U0443788

大鱼
有爱的青春陪伴者

或在同伴新婚盛宴

巧克力流心团
——著——

江苏凤凰文艺出版社

图书在版编目（CIP）数据

或在同伴新婚盛宴 / 巧克力流心团著. -- 南京：江苏凤凰文艺出版社, 2025. 1. -- ISBN 978-7-5594-9159-6

Ⅰ. I247.5

中国国家版本馆CIP数据核字第2024SM2450号

或在同伴新婚盛宴
巧克力流心团 著

责任编辑	王昕宁
特约编辑	周丽萍
责任校对	言　一
出版发行	江苏凤凰文艺出版社
	南京市中央路165号，邮编：210009
网　　址	http://www.jswenyi.com
印　　刷	长沙鸿发印务实业有限公司
开　　本	880mm×1230mm　1/32
印　　张	8
字　　数	215千字
版　　次	2025年1月第1版
印　　次	2025年1月第1次印刷
书　　号	ISBN 978-7-5594-9159-6
定　　价	42.80元

江苏凤凰文艺版图书凡印刷、装订错误，可向出版社调换，联系电话025-83280257

目录

第一章 /001
少女心事

第二章 /022
惶恐辜负

第三章 /038
大梦当醒

第四章 /050
影子牵手

第五章 /064
被迫接受

第六章 /081
贪嗔痴念

第七章 /103
死不悔改

第八章 /123
一语成谶

目录 /CONTENTS

第九章 /141
命运捉弄

第十章 /153
千里烟波

第十一章 /176
心似淬火

第十二章 /192
少女献祭

第十三章 /206
得偿所愿

第十四章 /225
往事已矣

番外 /235
没有如果

后记 /247

第一章

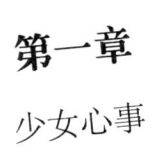

少女心事

围绕身边已六百天,你喜欢过我六十秒吗?
还期望知道这段相处里,被我暗恋的快乐吗?
…………

"我说过多少次了?不要再跟那些八竿子打不着的人来往,这些年他们从你这儿捞了多少好处?背地里说你傻,你不知道吗?家里的钱是大风刮来的吗?"

"你的意思是,我错了对吗?那是我舅,我帮衬他一下怎么了……咱们过不下去就离呗。"

"离就离,谁怕谁啊?"

争吵声伴随着"丁零当啷"的砸东西声透过窗口传出去,少女抱膝佝偻着身体蜷缩在沙发与立柜的间隙中,熟练地捂着耳朵,等待这场争吵以某方摔门而去暂时休止。

"我告诉你于冰,这日子我要是再跟你过一天,我就跟你姓!"迟迅额角青筋暴起,怒喝着拍掉妻子手里挥舞示威用的剪刀。

金属剪刀坠地,发出沉重的闷响。

红木地板被竖直的刀尖磕出一块凹痕,露出内里原木的土色。

迟喻望着地板的伤痕怔然,直到战火又一次蔓延到自己这边。

两双怒目瞪着迟喻,咬牙切齿地问出已经问过数十次的问题——

"我们离婚,你这次准备跟谁?"

迟迅提点道:"这次我们不会再复婚了,你要想清楚再回答。"

所以应该想什么呢？每年拟一份新的离婚协议书，却年年出幺蛾子，因为财产分配不均或是别的原因没能彻底分开。

迟喻从年幼时抱着母亲大腿哭着央求："你们不要离婚。"

到去年，迟喻麻木到面无表情地夸："离了就好。"

她被母亲带走后，又被带回来，搬家多次，转学多次。

重复同样的现实，还不够吗？

既然是这样的痴男怨女，那就愉快地做怨偶，又何必拖着我一起呢？

迟喻保持着抱膝的姿势，缓缓抬起头，杏眼中浮了层雾气，很不合时宜地嗤笑一声，反问道："这次是真离吗？能确认吗？"

"啪！"

短暂的耳鸣后，迟喻才感觉到脸颊上火辣辣的痛感，身体侧偏，手扶着沙发扶手的边缘勉强稳住身形。

"我是你老子，你怎么跟我说话呢？"

迟喻撑着沙发艰难地爬起来，避开父亲往外走。父亲的怒火很快因为母亲的回嘴而转移，迟喻甩上门，却没能甩掉那些互相慰问对方祖宗十八代，以及气急败坏时连带上自己都骂的"死全家"。

疾步下楼时胸部的剧烈颤感提醒着迟喻，她没有穿内衣。

夏日炎热，白日里家中无人，她在沙发上小憩，只着了一条睡裙。

父母是突兀地从门外吵着进家门的，根本没能给她多余的反应机会。

迟喻扶着生锈斑驳的铁栏杆大口喘息，皱着眉在两难的境地中摇摆，她没带钱，也没有带手机。

要回去拿吗？要他们先停一下，让她先具备离家出走的条件？这显然不现实。

她没有回头，趁着楼梯间无人，托着发育过分良好的胸往下走。

烈日当空，蝉鸣聒噪，柏油路面浮着一层热浪，住宅公园里不见乘凉的老人与玩闹的孩子，安静得可怖。

天气预报说这是近十年来最热的一天，所以今年真会是世界末日吗？是的话，就好了。

迟喻趿拉着人字拖，靠着睡裙宽松驼背前行，思忖着该去哪里，离得最近的奶奶家也有十五分钟的车程。

她垂着脑袋借树荫的遮蔽走了一小会儿，直到余光里出现遮挡物，险些撞到一堵高大的围墙。

迟喻捋了捋裙子，背倚着墙，慢吞吞地蹲了下去。

身体受到挤压，眼泪就跟着淌了出来，视线模糊清明又模糊，迟喻听见心底无声的哀叹与嘶吼。

——"如果不是为了你的话，我才不会跟你爸呢。"

——"这都是为了你好，单亲家庭的孩子多受歧视你知道吗？"

——"你为什么学不会知足呢？你看看同龄的孩子，吃穿用度有几个比你好的？"

可这些都不是我想要的啊，没有人问过我是否想要来到这个世界，明明都是你们强加给我的。

小学和初中加起来，迟喻转学过三次，下周一即将迎来轻车熟路的第四次，不过这次是原本学籍就在这儿，母亲动用了关系，保留了她的学籍，之前是想着等国外的一切办妥再说，也幸亏留了一条后路。

四下环顾，确认周遭无人后，迟喻才敢哭出声来。

哭被母亲视作最无用的懦弱行径，她每次在家里哭，轻则挨骂重则挨打。

故此哪怕是在外，她的哭泣都显得小心翼翼，生怕惊扰到什么。地表有搬运食物的蚂蚁经过，迟喻都要哽咽着先闭气憋一下，见它们怎么都无法迅速离开自己的视线，才放任自己继续。

"抱歉。"慵懒悦耳的声音自头顶倾泻而下。

迟喻揉着耳郭，错愕地抬眸，高墙上坐着个黑衣少年，正垂眼看着她。

她逆着光，只能看到对方锋利的轮廓，发梢、肩头都镀着一层薄光，宛若神祇。

少年猝然一跃而下，稳稳当当地落地，回身瞥来漫不经心的一眼。

"打扰到你哭，不好意思。"音色是少年人独有的清冽，夹杂着几丝倦意与散漫。

迟喻眨眼，泪珠滚落，终于看清楚那张脸——五官凌厉分明，眉眼深邃，瞳孔极黑，眼睛狭长锐利，眼尾有颗黑痣。明明神色寡淡，看过来的那一眼愣是潋滟得仿佛春日波光粼粼的湖面。

很久很久以后，迟喻才知道这种眼型叫桃花眼。

人是薄情寡义的人，偏偏生了这样一双看谁都深情的含情眼。

少年瞅着她打量了片刻，意味不明地笑了笑，去摸兜，然后冲她抛来一个小方块。迟喻双手捧着接住，才看清是一包纸巾。

她想道句谢，对方却已然转身离开，正往耳郭里塞着耳机，宽肩窄腰，脊背笔挺，像是冲天的利剑。

迟喻痴痴地目送着那道颀长的背影远去，还没缓过神来拆纸巾的封口，眼前突然一黑，凛冽的薄荷气息不由分说地钻进鼻腔，伴随而来的还有高处踏地的声响。

她抓着蒙盖在头上的东西，掌心触到柔软的布料，竭力扯下后，眼前出现的还是刚刚那道黑色的背影。

少年背对着她挥了挥手，没有停步的意思。

迟喻张嘴想叫住他，启口却喑哑得发不出完整的音节。

直到那道背影再次消失在视线尽头，迟喻才收回目光去看手里紧紧攥着的衣物。

是件外套，大体是黑色的，暗红点缀，张扬桀骜得和它的主人一样。

迟喻抖开外套把自己裹好，终于不再有暴露的无措感。她取了一张纸巾,胡乱抹掉眼角的泪,风干的泪痕淌过被扇过的左脸,是种难挨的细痒。

她把剩下的纸巾揣回外套口袋时,摸到了几张纸质硬物和一个薄薄的塑料包装物。

围墙内有棵凤凰木,胜火的红蔓出墙檐,于微风里招展,方才只配给少年做陪衬,现下却带着迟喻心跳加速、呼吸困难。

此刻缺爱缺关心,独独最不缺的就是钱。

迟喻捧着几张百元钞票和单独包装的口罩,笑着呛出眼泪来。她找了一家二十四小时自习室,借用卫生间洗了把脸,抱着外套睡了一觉,短暂地"离家出走"了十个钟头。

回家前,她特地去超市买了一瓶矿泉水,同时买了三只最大号的塑料袋,坐在楼下的长椅上借着路灯昏黄的光仔细将外套折好,封进袋中,再轻手轻脚地拉开楼道中央安置暖气阀门的铁门,将它塞了进去。

父母各坐沙发一端,沉着脸冷漠地看着迟喻进门换掉踩脏的人字拖,赤足去卫生间,没有多问一个字。

迟喻再次见到那个善心大发的少年,是在开学典礼上。她没有参加军训,自然错过了订校服的时机,只能等开学后补订的那一批,先穿自己的常服。

一中的校服配色统一是水蓝色,款式是全国统一的丑陋模板。

老师让她穿素点儿,不要太特立独行,于是她就选了不会出错的纯黑。

冗长而枯燥的校长致辞,无外乎是"今天你以母校为荣,明天母校以你为荣"等话术。

直到主持人讲到"有请拿到物理奥林匹克竞赛国奖的江聿怀为新生致辞"时,周遭突然响起窃窃私语。

这个班级里没有迟喻的初中同学,她站在最后一排,身后就是负手而立的班主任，无法询问，就跟随着众人往主席台看过去。

梦境里反复出现的少年就那么撞入眼帘，一身利落的黑色，隔着遥远的距离，都能感知到他周身那种带着攻击性的桀骜张狂。

"我是江聿怀，以前不认识，现在见到了，那就先静一静呗，我说完还得去吃早饭，没有那么多时间。"话筒中带着轻佻痞气的嗓音响彻操场。

人群发出哄笑。

校长气得面色铁青，又不好在这时候再让他滚下来。

江聿怀没带稿子，更不看向谁，就那么松散地扫过台下，他的目光有种莫名其妙的震慑力。

众人乍然静默了下来。

他用骨节分明的手指敲着话筒，似是在酝酿着什么。

一秒、两秒、三秒。

时间被拉得无限长。

迟喻仰着头，任心跳如擂鼓，肆无忌惮地看向他，揣度着他的名字到底该如何写。

该找个什么机会还他的钱……和外套呢？

江聿怀的话打断了迟喻的思绪，他喉结滚了滚，溢出一声轻笑："我不觉得自己有资格站在这儿教育谁，但师长所迫，不得已而为之，给我安排的时间是五分钟，现在终于拖得差不多了。"

清晨的日光斜过教学楼，被凌厉五官分割，江聿怀半身浸润在光中，肩头还埋在阴影里。

他忽然敛起慵懒姿态，立正，仰头去看纷飞的五星红旗。

侧颜同样优越出色，此起彼伏的吸气声证明并非迟喻一人因此惊叹。

江聿怀凝视着旗帜，淡漠地道："人要先弄清楚自己想要什么，和愿意为此付出什么代价，再去付诸行动。你的人生自己来选，根本

不用虚心听别人的意见，谁都不能为你活，千金难买你乐意。"

于少女时代、于极度困顿之中，如果遇到这样一个惊艳的人。

那么，这一生的浓墨重彩，都注定与他有关，再无法忘怀。

很多年后，有人问过迟喻究竟喜欢江聿怀什么，实在太多了，江聿怀没有哪点是迟喻不喜欢的。

迟喻想得烦了，所以干脆地回对方："千金难买我乐意。"

人一旦被推着适应新环境习惯了，就有了种迅速融入群体的奇异能力。开学第三日，迟喻与前座的陶琼打成一片，两人建立起挽手上厕所的良好关系。

中午吃完饭，两人挽着手在操场消食，路过篮球场时，迟喻频频窥望江聿怀的方向。

篮球场靠围墙，两侧树荫密布，不少女孩子坐在附近乘凉。迟喻没勇气坐在其中，也没想好怎么才能将钱和外套还给江聿怀。

陶琼从前和江聿怀是同一个初中的，知晓的八卦甚多。不知是看破好友心思还是没话闲谈，总之，陶琼就聊起了江聿怀这个人。

"初中那会儿他就是风云人物，家境、成绩都好，人又长得出挑，风头无两，具体表现为今天上主席台领奖，明天去广播站朗诵检讨。"

迟喻好奇："都检讨什么？"

陶琼莞尔："那种类可多了，翻墙啊，打架啊，还有一次事情闹得很大，好像是为一个女孩子出头，最后他一个人把责任全揽了，停课两个星期，检讨时坦荡地说下次还敢……反正那时候就有很多女孩子关注他。"

迟喻的右手攥皱衣摆，指骨隐隐泛白。她不动声色地问："那他现在和那个女孩子……"

陶琼懂她想说的意思，说："怎么可能？那都是八百年前的老皇历了。你看他那张脸，就知道了。"陶琼看傻子似的瞥了她一眼，旋即反应过来什么，警告道，"不是吧你？那张脸你看看就得了，可别想别的，算我求你了，喻喻。"

迟喻缓慢地点头，吐出一句："我尽量。"

绕了大半圈，两人再次回到了篮球场这边。

穿黑色球衣的少年利落地起跳，小臂线条流畅紧绷，手掌轻扬，篮球于虚空中划出弧线，不偏不倚地坠入篮圈。

江聿怀转身示意回防，一滴汗水自下颌滚落。

迟喻顿步，被好友轻唤才回过神来。

走到第三圈时，临近午休铃响，绝大部分人在往教学楼的方向走，这个年纪的少年有发泄不完的精力，是不午睡的，他们正中场休息。

江聿怀大马金刀地坐在围栏边，周遭围着不少人，可迟喻精准地看向他。

他骨节分明的手中转着一颗篮球，有女孩给他递水，自然而然地坐到他身边。迟喻终于看清，那是一张明艳大气的脸，她粉唇开合，在同江聿怀搭话。

他恣意懒散地回了句什么，逗得那女孩笑靥如花。

后来，迟喻又在球场撞见过江聿怀几次，他身旁常有女孩给他送水，也无一例外都是漂亮明艳的长相，和迟喻截然相反。

她虽无数次听见自己的叹息声，但还是会在下次"偶然路过"时恰好扫到江聿怀的方向，且偷偷记录下每次看到的、听见的。

他高三，生日是一月二十九日，水瓶座，厌恶葱花。

他喜欢喝冰可口可乐，喜欢在食堂二楼吃饭，穿 8 号球衣。

迟喻一一拿来和自己对比匹配度。

——星盘说水瓶男最配双子女，她就是双子座啊。

——以后不吃葱花了。

——冰可口可乐就是世界上最好喝的饮品，没有之一。

…………

她在搜索引擎里浏览 8 号球衣的含义，筛选出较为靠谱的答案：8 号球衣阶段的科比是最反叛、最渴望得到荣耀的时期……

于是，她拜托了在美国读书的表姐帮忙买张限量球星卡。

手掌扫开蒙着白雾的镜面，迟喻打量起镜中的自己，她生了张柔和没有棱角的小圆脸，皮肤极白，遗传了母亲的杏眼与小巧鼻子。

这种白皙使得脸颊浅淡的几点雀斑更为明显，她凑近了仔细看，下颌冒出一颗红肿的青春痘，鼻翼两侧有细小的黑头在撑大毛孔，试过撕拉式和涂抹式的面膜，却都无济于事。

挑不出大错误，又很难找到称赞点的平庸姿色。

视线往下，是圆鼓鼓的胸部。初三时，母亲日日给她熬汤补充营养，使得她的身体吹气球似的胖起来。升学的那个暑假，她学着各种瘦身大法，饿瘦了些，回归到比较正常的体形。

发育期发胖的结局是胸有 D 杯，每次上体育课与秋冬季节的跑操都是场巨大的折磨。

再往下，算不得纤细的腰腹和大腿内侧分布着淡淡的条索状纹路，迅速发胖自内撑开了真皮组织，起初是可怖的淡红色，迟喻有安慰过自己瘦下来会消失，然而并没有。

生长纹不会再消失，它会伴随自己终生，无论迟喻想不想接受。

迟喻转身背着镜子去擦头发，然后踏出浴室。

夜深人静，少女捧着背诵本在阳台上踱步，借晚风吹干湿发，背完了英语背语文，时不时地拨弄两下发丝加速水汽蒸发。

背诵完毕，迟喻开始往长纸条上写"日记"，内容相似度极高，可还是每天坚持记录。

9 月 16 日，今天也是见到江聿怀的一天……大家都在操场上溜达过，也勉强算是一起散过步，对吧？

写完后,她将字条折成星星,抛入玻璃罐子中装好。

以前迟喻的日记本是不上锁的,手机也没有设置密码,直到某天母亲怒气冲冲地举着翻盖手机质问她:"这个'债主'是谁?"

迟喻冷着脸抽过手机点开备注名,展示出10086的官方号码。

母亲并未因此道歉,而是指责道:"这有什么可备注的?心思也不知道都用在哪里。"

日记本扉页夹的头发消失也是意料之中的事情,后来,她不再用本子写日记,以此来做无声的抗争。

她睡前拉开衣柜,手掌顺入厚衣服底部,触碰到那件被小心埋藏起来的黑色外套,拉链冷冰冰地提醒着迟喻该认清现实。

可她明明倒头就会落入甜美梦乡。

运动会的项目中有篮球赛,学校利用每天午休的时间在体育馆进行预选赛。

迟喻陪着陶琼去看过几场,江聿怀参加的那场,体育馆的座位都坐满了。

穿短裙的啦啦队成员青春靓丽。

日光透过落地玻璃肆意挥洒,江聿怀每次一拿到球,观众席上都会发出惊呼声。他的假动作快得让人看不清,气焰嚣张跋扈,可技巧又出众。

他扣篮时运动背心下摆轻扬,露出一截少年人特有的劲瘦腹肌。迟喻跟着烫红了脸。

他反手一个三分球后,全场喝彩,"江聿怀"三个字震耳欲聋。

迟喻借机生平第一次喊出了他的名字。

江聿怀倏地侧过身,漫不经意地向观众席瞥一眼,视线短暂交会又挪开。

周遭的嘈杂声消失,迟喻听见自己纷乱的心跳声,手里那瓶浮着碎冰的可乐到底没能送出手,瓶壁的水汽顺着指缝滑入校服袖口,洇湿一片,导致整个下午写字时都变得难受。

两个班级的篮球水平总体相差无几,最后时刻,江聿怀投入一个绝杀球。欢呼冲破云霄,迟喻跟着起身。她今天中午没去食堂,带着面包草草解决午饭,占据了观众席前两排的好位置,就为了亲眼看着江聿怀接过别人递的冰可乐。

他随性地将湿发向后捋,额头光洁饱满,眼尾的黑痣生动鲜活,整个人都透着野劲儿,喉结滚动,直接仰头往嘴里倒冰嚼碎。

迟喻笑自己怯懦,又欣喜能那么近地看清楚他的一举一动。

科比的限量球星卡转运过关被寄到迟喻手里时,沐城已至深秋。

金黄的叶片悬在枝头,摇摇晃晃不肯坠落。

和可乐一样,迟喻始终没能鼓起勇气将那张卡送出去。高一与高三隔着四层楼,她每次大课间总抱着书假装去顶楼的教师办公室,就为了路过江聿怀所在的五楼。

运气好的话,她能透过玻璃窗看到他的侧脸,或是看到他在和别人讲话。

迟喻无比感谢江聿怀班里那位行事古板的班主任,他要求所有保送生都必须来学校上课,哪怕是一月份自主招生全面结束后也必须如此。这让她见江聿怀的机会变得更多了。

陶琼很是关注隔壁班的体育委员,对方相貌普通、成绩平庸,只有体育细胞发达。

迟喻不理解好友欣赏对方什么,就像陶琼难以理解她对江聿怀狂热的关注一样。

人与人之间原本就不需要互相理解,尊重就行。

这种尊重没有在篮球赛时,陶琼"投敌叛变"给敌对班级加油时打破，反而是在隔壁体委喜欢吃一楼木桶饭，江聿怀热衷二楼小炒时僵持不下。

争执无果，她们最终定下了靠天命决定吃什么的规矩。

每天上午第三节课，迟喻就会无比虔诚地掏出一枚硬币握在掌心，合眼默念完江聿怀的名字后郑重地在桌面上转起，由陶琼压住，明明是场内心戏的博弈，硬生生被进行成某种神秘的祈愿仪式。

一中习惯性抢跑，高一下学期便会分文理科，原来的化学课代表忽然决定学文科，感冒请了半天假的迟喻就离奇地因为化学成绩过硬被委任成课代表。

月考后，她被叫去老师办公室帮忙核算卷子分数，忙完时天已经黑透，只有四五楼的高三教室还亮着灯。

迟喻想起还没见过江聿怀晚自习的样子，便鬼使神差地拐过楼梯口，冲着他的班级走去。

熟悉的位置上空空如也。

她退了两步，转身走回头路下楼，忽然被记忆里懒散微沉的声音叫停。

"陈佳音，到此为止吧，你适可而止。"

迟喻驻足侧目，二楼走廊里的灯光全灭，只有楼梯处亮着一盏白炽灯，光亮蔓延不到更深处，可她知道那是江聿怀。

一中没人不认识陈佳音，她不仅长得很漂亮，艺术节上一支水袖独舞更是惊艳四方。

"我知道错了，我不是故意试探你的……对不起嘛。"女生音色甜腻，"我以为你不会在意的呀。"

迟喻意识到自己撞到了什么场合，这墙脚不该多听。她轻手轻脚地准备溜，一束光却斜斜地打到身上，把她钉死在原地。

迟喻背着身，低头看见光带出的影子，她同那道影子一样无所遁形。

"够了,陈佳音。"江聿怀的嗓音里透着倦意与不耐烦。

女孩子用力跺了跺脚,用哭腔骂了句:"江聿怀!你浑蛋!"讲完就往楼梯口跑,显然也没预料到迟喻的存在,撞到她的肩膀,梨花带雨地道了句抱歉,匆匆下楼。

迟喻僵硬地站在原地,顾不得肩膀隐隐作痛。

直到身前的影子被另一道覆盖,手机的光束落到胸前。

她抬眸,撞进一双噙着笑意,满是玩味的黑眸中。

江聿怀挑眉,薄唇轻启,痞气地发问:"看够了?"

迟喻不知是该庆幸他不记得自己,还是悲哀自己刻意出现在他周遭,却还是完全没被注意过。

那束并不明亮的光照把她的小心思照彻无余,江聿怀见过太多次这种情形,勾唇笑了笑,没再多说什么。

他关了手机电筒,拉开了走廊尽头的窗户。

萧瑟的北风涌进来,没穿外套的迟喻乍然打了个寒战。

清冷月光透过窗棂铺进来,落在江聿怀眼底,像是碎星浮动,让人读不出情绪。他没穿校服外套,白衬衫的扣子松散地扣着,露出冷白肌肤。

"天很晚了。"两人僵持了半分钟,江聿怀露出倦怠散漫的神色,淡声提醒。

迟喻听了出来。

她和陈佳音一样夺路而逃。

迟喻失眠了,她在深夜里听自己的心跳声,一声又一声,与叹息声交错在一起。

窗外的光已经朦朦胧胧地亮了起来,和许多个听完父母争吵后,被勒令明天不需要上学,在家思考离婚后跟他们谁的失眠夜一样。

迟喻再度将夜色熬了过去。

周六的闹钟比平时晚一个半钟头,她八点半出门,九点钟要到老师家补数学。

父母都已经出门了,迟喻顶着乌青的眼圈,从衣柜里拖出那件黑色外套。

她将那张没能送出的球星卡塞进外套口袋,深吸一口气,对自己讲:"放弃吧,求你了。"

别再那么难堪。

一对一补课,课时费五百块两个小时。

补课老师是个提前病退的中年女性,多数时候都很亲和耐心,只有在迟喻连续打哈欠,因为粗心大意把原本擅长的题型做错到第三次时说了重话。

"你父母是花了钱送你来补习的,你这个状态还学什么?"老师面带愠色。

迟喻攥着笔不敢看她的眼睛,怯怯地道歉:"对不起老师,以后不会了。"

水性笔的笔尖顿在纸面,将试卷戳出个细洞。

老师叹了口气:"算了,这节课我不算你课时,也不会跟你父母说。你调整好自己心态,现在才高一,你还有很长的路要走。"

"谢谢。"迟喻如蒙大赦,立誓道,"我一定会好好学的。"

抛硬币的活动在周一终止,迟喻陪着陶琼去吃一楼的盖浇饭。

即便下定了决心,心思还是会不由自主地飘向球场的方向,迟喻几次习惯性地迈上上楼的楼梯,又收回脚苦笑着往回走。

窗边那棵梧桐彻底枯败,她已经很久没见过江聿怀了。

他最近都没来上学,座位是空的,后来直接撤掉搬至后门处,书桌的陈列没有变动过,仍然倒扣着一本王朔的《动物凶猛》。

迟喻的父亲在成为名利场浮沉的商人前,是个就读于R大学文学系的文艺青年，现居的老房子里有间单独的书房，三面墙都是书柜，尘封着旧书与他的青春。

迟喻幼年时，他教她写作，给她讲比喻和拟人，如何具象化地写出高分日记，为她读自己喜欢的朦胧诗派代表作，绕不开的北岛、顾城、席慕蓉。

那些好像已经是很遥远的事情了，远到朦胧诗派衰落消亡，迟喻早记不清当时的画面。

她踩着凳子在书柜中上层看到一排王朔的作品。

《动物凶猛》的初版旁陈列的是《永失所爱》。

父母做生意，忙碌应酬多，绝大多数时候她都是一个人在家。

她明火执仗地坐在飘窗上花了大半个下午读完，感叹内容如书名般生猛。

迟喻在日记里仿写了书中的一段：也许那个夏天什么事也没发生。我看到了一个少年，产生了一些惊心动魄的想象。我在这里死去活来，他在那厢一无所知。后来他循着自己的轨迹消失了，我为自己增添了一段不堪回首的心悸经历。

无论再古板的班主任都不会强求竞赛保送生继续在校学习备战高考，江聿怀的保送通知书到手后，他不再来学校上课。

人与人的缘分浅薄到，印象留在最窘迫的那日。

更后来迟喻才知道，那本倒扣的《动物凶猛》是陈佳音按头安利给江聿怀的，他只敷衍地打开书，从来没读过。

迟喻还来不及为这段没开始就宣告结束的少女心思哀叹，多校联考的期中考试就砸到了头顶。

十门功课同步学的高一，从早考到晚，考了足足三天。

卷子出题刁钻超纲，迟喻只能靠着点兵点将点麻花来蒙上最后几道选择题和堆叠公式。

最后一科的收卷铃声宛若天籁，老师们加班加点地批卷。

度过忐忑的周末，就是放榜日。

数理化三科，就连满分一百五的数学，全班平均分也仅有六十，哀鸿遍野。

迟喻看着那张单科排名第十，刚刚九十分及格的数学卷子和个位数的物理卷子，以及不怎么配得上化学课代表头衔的化学成绩哭笑不得。

抠去物理和化学，单看文科排名反倒喜人，奈何全无用处，她父母早就为她选定了日后读理科。

上午放成绩订正卷子，下午三点开家长会。

一中速度，值得信赖。

不给学生任何喘息的时间，要么鲜花锦簇，要么棒子炖肉。

迟喻留下帮着画黑板报，等家长入场时逆流出校门，绕去报刊亭拿那本在老板那儿预订的《一半是海水，一半是火焰》，又回了学校。

十月底，深秋风里带寒，阳光和煦却没什么温度。

迟喻将马尾穿过鸭舌帽的卡扣，裹紧外套坐在操场的看台上搓热手开始翻阅。

身侧掀起一股迅猛的风，带着清冽的薄荷气息擦蹭而过，她后知后觉地抬头，看到了一抹魂牵梦萦的背影。

江聿怀似乎又长高了一些，头发更短了些，贴着头皮透出股冷硬，穿着一件黑色冲锋衣，单手抄兜，长腿笔直，裤脚塞在短靴内，拉出劲瘦利落的腿部线条。

他的步子很大，两级阶梯一跨。许是迟喻的视线过分炙热，江聿怀站到塑胶操场的平地处后，蓦然回眸冲观众席上看来。

迟喻紧绷着表情，努力把自己的脑袋压低，借帽檐落下的阴影隐匿自己的神色与心跳。

"啧。"嗤笑被风送到耳郭，江聿怀似笑非笑地拖着尾音揶揄了句,"家长会偷跑出来看闲书啊?"

他没说错,迟喻不置可否,却皱着眉小声地回嘴:"用你管。"

江聿怀不以为意,他原本就没准备管,约他的人迟到了,他干脆坐到了最靠前的那级石阶跷脚等。

迟喻低头到脖颈酸硬,她小心翼翼地试探着又扬起一点儿来,发现江聿怀早没有在关注自己了。

宽阔的脊背倚着石阶,屈肘松散地挂边搭着,冷白瘦长的指间转着一支钢笔,仿佛在等什么人。

观众席的石阶共十六级,将操场和教学楼完全隔断开来。

两个人一上一下坐着。

江聿怀低头刷手机,而迟喻一会儿看书,一会儿看他,看书的时候用来想他正面的神情。

他仍是疏离淡漠的模样,明明是双眼皮,褶皱却很窄,黑眸潋滟,可配着冷硬如刀的五官,怎么都读不出温柔来。

日头西斜,阴影覆过迟喻坐的位置,风更冷了,她咬着发白的唇微微打战,把手缩进外套的袖口里,坚决不肯先走。

迟喻刚刚过完十六岁生日四个月,许的愿都还没凉透。

能做的只有"光明正大"地望向石阶下的挺括背影。

结局是目睹到他等的人姗姗来迟,是个不认识的,也绝非本校学生的大美女。

女生长了这样一张脸,见过就一定会挪不开眼,她和江聿怀一样没穿校服。

女生拎着只小巧的心形链条包,穿着短款小香风外套,毛呢短裙搭配长靴。

鞋跟"嗒嗒嗒"地敲着台阶,清脆震耳。

"来晚了,不好意思。"女生盈然,歉意脉脉,"等会儿请你吃饭。"

"五十分钟,真有你的。"江聿怀扔给她一沓厚重的信,懒洋洋地调侃，"拿我的钱请我，到底算谁的？"

"我们之间还分什么你我？"女生娇滴滴地回，冲他要笔，"来，我给你打个借条。"

江聿怀把笔递给她，没再接腔，转身大步跨上石阶。

迟喻猝不及防，忘了伪装，再次被他带来的风拂到，带着凛冽、薄荷的清凉气息。

江聿怀目不斜视地离场，其实根本没注意到坐着的女孩子的样貌。而因为紧张，迟喻不小心扯到了食指的倒刺，撕了很长一段口子，血淋淋的，称不上剧痛，但时时刻刻都在提醒她创口的存在。

那是迟喻第一次和江聿怀讲话，也是彼年最后一次在学校见到他。

世界末日没能成真，日子就还是要继续过下去。

为了公平起见，班级每两周左右会换一次座位。深冬飘雪时，迟喻坐在暖气片边靠窗的位置，午后日光和暖气双重加持，催得人昏昏欲睡。

迟喻征求前后意见，将窗拉开了条小缝，微微起身贴着涌进来的风，晶莹的雪花随风落在鼻尖，被体温融化。吹了一小会儿，她彻底清醒过来，伏案刷起卷子。

她期中考试的理科成绩极不理想，开完家长会后父亲冷着脸将她叫到书房训斥。

"你知道你班主任说什么吗？说你数学不错，文科成绩挺好，下学期选文科正好。"

迟喻的目光越过父亲肩头，看向他背后满满当当的书柜。

"学文科有什么用？专业报考处处受限，出路少得可怕。"父亲皱着眉头，从桌上抽出一本《飞花》杂志，卷了卷敲着桌面，训斥道，"以后不许再看这些乱七八糟的东西，写的都是什么？不知所云。"

面前怒火中烧的中年男人无法理解少女微茫的悸动和青春期的多

愁善感，把对方喜欢的东西踩在脚下，且不忿地从中撕碎。

纸页在半空纷飞，迟喻顿了良久，明知会挨打，还是遵从内心深处的想法，把话问了出来。

她问父亲："那您当年为什么学文科？为什么读中文？"

没有想象中被质疑后的暴跳如雷，父亲愣了愣，语气柔和许多："正是因为我选过，所以才不让你学，难道爸爸还会害你不成？"

旧事蒙尘，少年做过的梦都已斑白，此时言之凿凿地教育女儿，试图为她规避所谓的错路。

但劝人是没有用的。

我没撞南墙到头破血流，又怎么知道撞不过呢？

迟喻没有再追问了。她扯过垃圾桶，将地上的碎纸整理干净，闷声答："我会考好的。"

"汤圆，你一定要记得你今天说过的话。"父亲露出满意的笑容。

标准的中国式父母，依靠高压教育，绝不给一点儿激励。

迟喻的天赋和家长的期望大相径庭，都用在了语文和外语上，永远的作文范文和接近满分的外语成绩。

她中考能以优异成绩考入一中重点班，全靠着昂贵的名师补习，填鸭式教育成果。

但初、高中的内容还是有差距，真想在一中这种能人辈出的地方杀出条路，只能比别人花上更多的时间。

她会躲在厕所逃避跑操，午饭后不再去操场散步，经常捧着书站立消食，偶尔被陶琼拉着去看人踢足球，也会撕下两页单词本捏在手里随时背诵。

期末考试的作文题目是围绕着"努力"展开的，迟喻引经据典地上排比论证，抒情结尾。

资质平庸者夜以继日勉励，才能踮着脚够到得天独厚者的半身，但足够了，努力过后的失败同样值得钦佩。

为了得分这样写，到底是劝不了自己的。

期末考试的成绩没期中出得那样快，先考完和批得快的先出成绩。

最提心吊胆的物理卷子发下来，窥到卷面上的"81"，迟喻才堪堪松了口气。

排名应该不会差了。

物理老师在讲台上表扬着迟喻的进步，她则埋首，换了黑笔，在卷面上写江聿怀的名字。

她已经很久没有见到他了。

他的物理很好，是能拿竞赛国奖第一，靠着物理保送的那种好。

那么今天有努力学习吗？排名有朝一日能与他并列吗？

思绪在老师讲到自己薄弱部分后迅速回笼，迟喻目光灼灼地盯着黑板，在漂亮的便笺上记录下过程，然后翻到便笺背面，用胶棒涂满，将写过江聿怀名字的地方完全贴死。

订正到背面时，便笺贴了同样的位置，连因试卷单薄的笔记凹痕都覆盖。

少女微妙的心思与点灯熬油博出的成绩紧密相连。

难以启齿、不敢示人、黯无天光。

第二章

惶恐辜负

迟喻以班级第十六名、年级第二十七名的成绩交出了对高一上学期的答卷。

文理分科表在年段排名出来后下发，选文科的交表，理科不用。

许多人拿到分科表的第一时间就是压进草稿纸堆，迟喻亦然。

这件事上她根本没得选，徒添烦恼的选项有江聿怀一个就够了。

今年春节比较晚，在二月中，补了大半个假期的课，终于在腊月二十九停下。

她穿着新买的羽绒服，粉嫩的颜色，下摆是时年流行的荷叶卷边，深一脚浅一脚地踩着积雪站到去年夏日撞见江聿怀的围墙下放仙女棒。

白日冷焰火，不够璀璨漂亮。

那堵墙很高，迟喻用围巾和帽子将脸挡住九成，站得远远的，能看到围墙内的独栋别墅，而无法透过窗户看到里面住的人。

她买了整包的仙女棒来赌运气，心里默念了数十次如果遇到准备好的说辞。

"这里背风容易点燃，所以我在这儿放，对不起。"

新年的神明很忙，听不见少女的祈祷，没有给她讲对不起的资格。

年终岁末，父母终于结束了忙碌，家中开始了大扫除。

迟喻迈入家门的那刻就感到了某种风雨欲来的寒意，她下意识地收回脚想逃，余光中就那么瞥见夹杂暗红、本该压在柜底的黑色外套。

心猛地一沉，跌落万丈深渊。

从青春期的女儿衣柜里翻找出一件压箱底的男式外套，警报在于冰的脑海里循环鸣叫,她没有急于打电话去质问,而是试探性地抽出来放在玄关,放在换鞋时肯定能看到的位置。

迟喻羽绒服下的衬衫早被汗水浸湿,她咬紧牙关,不动声色地抓起那件外套,语气惊喜:"在哪儿找到的啊?之前和堂哥吃饭,去年春天他看我冷拿给我穿的,后来想还给他,结果忘了放在哪儿了。"

"是吗?"于冰的注意力从盘中坚果上挪开,拿起手边的手机,当着迟喻的面找到迟航的微信拨打视频电话。

等待接通的时间漫长得仿佛过去了整个世纪。

迟喻立在玄关,手指摩挲着江聿怀外套的布料,绝望地等待审判。

心想今天不管是什么结局,我都认了。

"婶婶,怎么了?"迟航散漫的嗓音透过扬声器传来。

于冰将镜头掉转,微微抬手,对上迟喻手中的外套,凉声问:"这外套你认识吗?"

"我的啊,哪儿找到的?小迷糊一直说不见了,这不也没空见我,就一直放在她那儿。"迟航不假思索地回。

迟喻的心被堂哥解围的话从万丈深渊托起,他们俩小时候都被奶奶带大,迟喻七岁前都和迟航一起生活,兄妹俩感情极好。

但近两三年母亲与父亲那边的亲戚闹到老死不相往来,告诫她不许再见迟航。

多可笑,大人之间的撕扯,要殃及十几岁的孩子。

她的确是很久没见过迟航了。

于冰的脸色微微缓和,怀疑没有全部打消。父亲适时地走出厨房,恰如其分地打起圆场:"我就说是小航的吧,堂哥见见堂妹又怎么了?小孩子能懂什么?大过年的。"

中国人最过不去的话术,大过年的,什么都该算了。

但于冰明显不吃这套,她切回自己这边的摄像头,审视地看着迟航。

"我很喜欢这件外套。"迟航叹了口气,迟喻听见扬声器里传来熟悉又陌生的脚步声,接着是开木门的音效,"喻喻一直没还我,也不敢和我出来吃饭,所以我又买了件一模一样的,这儿呢。"

于冰面上终是冰雪消融,点着头柔和地讲:"知道了,你也别怪婶婶,你妹这年纪不能走错路。"

迟航敷衍地答"是是是""对对对"。

迟喻的心摆回原位,平安渡劫。

"行了,过年时记得把外套带着还给你哥,一天天的,不着调。"母亲把剥好的一小碟松子仁用手指推到迟喻站的方向。

打一巴掌给颗蜜枣。

迟喻平时很喜欢吃,今天吃起来却是满口的油腻。

这年的春晚没有赵本山,年味消减大半,年夜饭上大人们夹枪带棒,吃得没滋没味。

好在迟航是要出国的,不必拿来和迟喻比较成绩,而堂弟又才小学二年级,关系不好的亲戚里倒是没有挑出值得揶揄的点。

饭后,大人们喝酒打麻将,春晚当伴奏。

小辈们闲不住,跑下去放烟花爆竹,前院火树银花,迟喻被堂哥揪着帽子拽去后院拷问。

结了冰花的玻璃窗朦胧了室内暖黄灯火,迟喻皱着眉用毛绒小熊手套拍开他的手,嘟哝道:"哥,你干吗啊?"

"是江聿怀?"迟航单手抄兜,语出惊人。

心事被戳破,迟喻如遭雷劈。

迟航乐了:"怎么回事儿?说给我听听吧。"

"你是怎么知道的?"迟喻缓了缓神反问。

迟航耸肩回答:"我不知道,诈一诈你而已。那件外套全市拎不出几件,我和江聿怀一起买的。你得感谢你哥反应快,否则就你妈那个性格,你还能活到过春节吗?"

"他连我的名字都不知道,既然你们熟,还不如你跟我说说他呢。"迟喻拉着她哥的手开始晃荡着撒娇。

屡试不爽的方法，从小到大。

"求人都不喊哥了啊？"迟航提醒。

迟喻从善如流："哥哥最好了。"

"呵。"迟航讥笑，"江聿怀这个人打小就是一副阎王心肠，我看，你还是专心学习。"

"吃不到猪肉我还不能看看猪跑了吗？"迟喻扁嘴，"我再也不要理你了。"

迟航再次拽住她的帽子，笑得前仰后合："行行行，你别激动。哪天你妈不在家，喊我出来，你想要什么拿什么，大过年的，你别生气啊。"

迟喻想要江聿怀的联系方式，但哪怕是当着迟航的面她也不敢说。

迟航借着光等了自家妹妹半分钟，见她一直盯着他的手机，认命地投降，自言自语念叨着："谁让我这么宠你呢？"

迟航拨弄着手机打通电话，按住音量键调到最大外放。

呼啸的北风中，迟喻听见江聿怀懒洋洋地问："怎么了？"

迟航爽朗地回："拖家带口给您拜个年啊，记得发红包。"

"神经。"江聿怀笑着骂。

迟航将手机递到迟喻唇边，眼神催促她速度点儿别磨叽。

迟喻双手捧着手机合眼虔诚地讲"新年好，万事胜意"的时刻，前院烟花炸裂，盖过了她的声音。

江聿怀只当是迟航这边杂音太大，顿了会儿等结束。

迟喻错过火树银花的绚烂，等来了江聿怀那句慵懒低醇的"新年好"。

心"扑通扑通"的，压过迎接新春的爆竹，她雀跃地在原地转圈圈。迟航无可奈何地看着她自嗨，等了几分钟才喊她："走了，去前面放个鞭炮，给你驱邪。"

"谢谢哥哥。"迟喻双手合十，"我在此许愿哥哥得偿所愿。"

"你还是去庙里给我许吧。"迟航轻笑。他落后半步，凝视着妹妹蹦蹦跳跳的背影，无声地哈出一口白雾。

他知道迟喻不可能和江聿怀在一起的，少女心思总是诗，快乐一句是一句吧。

这天迟喻快乐异常，大家都以为是因为过年。

守岁到通宵，耳朵还是热的，迟喻责怪自己是真的傻。

冬去春又来，寒意料峭。

迟喻常在学累的时候抽出漂亮的信纸，写一些并不会送出的信当作慰藉，再小心翼翼地夹在上学期的错题本里，不会有人翻动，不会有人借用，异常安全。

一中有为高三学生举办百日誓师和成人礼的传统，算是个小型艺术节，只面对高三，被大家戏称为打鸡血后给躺半天的消化时间。

但表演的学生从高一与高二抽选，迟喻不知道江聿怀会不会来，但现在的迟喻不会放弃任何博出彩的机会。

她唱歌一般，跳舞水平限于幼儿园，拿得出手的只有钢琴，是能在最常见乐器里靠之中考加分的水平。

她自告奋勇地负责给唱歌的同学伴奏。

陶琼笑她平时巴不得吃饭都看两眼书，现在反倒精神头足了。迟喻捏她的脸威胁："下次不陪你去操场了哦。"

音乐教室在侧楼，第三节晚自习下课后迟喻会前去练琴，长廊另一端传来爆裂的鼓点，接着是迎上不落下风的电吉他，迟喻鬼使神差地踮脚透过玻璃窗望进去。

梦里多次出现的背影穿着件黑衬衫，红色吉他背带斜过，身体跟随着音符轻轻摇摆。

他不知道什么时候剃了个寸头。是谁说的来着，寸头是检验颜值的唯一标准，好看的。

迟喻看不见江聿怀的脸，全凭想象。同样来排练的女孩子路过，拍了拍她的肩邀请她一起去排练室。

休息时，迟喻擦着琴键听女孩子们闲聊，得知江聿怀自己组了乐队，这次也会参演。

于是，她会小跑着到侧楼去，踮脚站在门口听或看江聿怀弹一会儿吉他。

每次都做足了准备，以保证他突然半回眸时，只能看到路人路过教室的窗口。

她在风声鹤唳的少女时代里关注上一个成绩很好的凌厉少年，渴望有朝一日能像他一样出色。

迟喻隔窗听过好几天，因为时间短、变换多，始终没听出来他们究竟准备表演哪一首。

周五晚上，迟喻照例去帮化学老师录入周考成绩，走到门口时突然顿步转去了侧楼。

还是那间排练的音乐教室，染了一次性蓝发的少年跷着二郎腿坐在桌上，抱着吉他弹。

他嗓音慵懒低沉，淡淡唱着。

"谁说不能让我，此生唯一自传，如同诗一般。

"无论多远未来，读来依然一字一句，一篇都灿烂。"

迟喻趴在窗口，第一次听他开嗓唱歌，唱的是五月天的《后青春期的诗》。

江聿怀这种倨傲恣意的人，和他唱的歌一样，绚烂至极。

高一的歌唱节目排在报幕后的第二个，迟喻花钱请了个化妆师来给大家化妆，还特地新买了条纯白的小礼服。

长裙摆正好能挡住肉肉的腿，抹胸设计颇显小心机。

迟喻从小到大的钢琴比赛没参加过十场也有八场，今天出奇地紧张，憋着口气弹完了全程，没有半个音节敢松懈。

下台后，迟喻才知道江聿怀迟到，他的节目被移到最后，自己弹琴时他还没到。

那么多小心思的准备，尽是徒劳无功的独角戏，不过今天总能见到他的。

能见到就好了，别的不重要。

她兴致缺缺地划拉着手机，坐在比较前排的表演候场席等待。

尖叫声响起时，迟喻抬眸，追光灯映下来，消失大半年的风云人物再度出现在众人面前。

寸头、冷白皮、五官凌厉如刀锋。

衬衫穿得松松垮垮的，扣子开了三颗，下摆塞进裤线中，一副游戏人间的模样。

江聿怀单手抱着把带火焰图腾的电吉他，食指抵在唇边，做了个嘘声的手势。

全场骤然静默下来。

身后的帷幕缓缓拉开，乐队所有成员就位。敲架子鼓的是江聿怀的同桌，键盘手和贝斯手都略有些面熟，看起来都是本校学生。

江聿怀侧身退了半步，露出调整话筒的主唱女生，红裙胜火，明艳照人，她扬起手中话筒，飒爽道："《倔强》送给大家。"

迟喻是见过她的——在去年家长会那天的操场上。

这样出众的长相，任谁看了都会难忘。

"当我和世界不一样，那就让我不一样，坚持对我来说就是以刚克刚。"

起调极高，烟嗓带着冰冷的金属质感，氛围在摇滚乐爆裂的加持下燃到了最高点。台下有人举起金属礼，有人跟着轻声合唱。

青春是什么呢？是悸动、冲撞、理直气壮地奔赴南墙。

最后一个小节红衣主唱闭了麦克风，江聿怀开嗓。

迟喻伸出手，抓到舞台上虚无缥缈的光束，一碰就碎了。她跟着轻轻合："我不怕千万人阻挡，我只怕自己投降。"

曲终时，江聿怀勾唇，摔掉电吉他，头也不回地离场，对台下鼎沸的欢呼不屑一顾。

他为此准备了很久,结束了就结束了,不必再拖。

谁又敢说这样意气风发的少年,桀骜恣意是错呢?

欢呼如潮水般退却,迟喻听见后排有人小声讨论:"刚刚那是程茗吧?"

"不然呢?读的音乐学院,瞅人家这嗓子。"

舞台的光效黯下去,手中的光跟着消失。

迟喻仍然保持着昂头看台上的姿势,几不可闻地叹了口气。

站在他身边的人光芒万丈,总之不会是自己。

六月一日开始,高三学生放假回家自学和看考场。迟喻趁着课间去了五楼,在教室门口遥遥望了一眼,江聿怀规规矩矩地穿了校服,食指正顶着一颗篮球转动。

他在和朋友谈笑风生,倏地虚扫向窗口方向。视线半空逢迎,迟喻的心跳漏了半拍。

侧边的玻璃窗被推开,毕业前大家做了大扫除,窗明几净,听见有个清爽的男生大喊:"走啊江聿怀,出来打球了。"

玻璃窗映出迟喻紧绷的神情,她呆在那里,久久没有动作。

江聿怀颔首,把篮球夹在臂弯中,径直走到写着"祝各位金榜题名"的黑板前,拾起一根粉笔。

他随性地写下:祝各位成为想成为的人。

迟喻又嗅到那股薄荷味的凉风,她盯着那句话默念了三次。

下节课下课时,迟喻带着手机来到空无一人、却没锁门的教室里,拍下了这句话。

初夏的天气变幻莫测,雷声轰鸣后就是急促的雨点。

化学老师还在喋喋不休地讲着实验技巧,迟喻的心思飘远,满脑子想的都是——

雨这样大,江聿怀有带伞吗?大雨有绕过他吗?

不知道是哪儿来的勇气,她突兀地捂着肚子站起来,高举起手。

化学老师很喜欢自己这个课代表，以为她是闹肚子上厕所，和蔼地道："快去吧。"

上课时间的走廊清幽，脚步声带回音，迟喻每走一步，就像是在责问自己，你现在在做什么？

许多年后，迟喻和朋友喝酒玩真心话大冒险。

有人问迟喻："你年少时做过的最出格的事情是什么？"

在座都是熟络的朋友，这问题放了水。

她后来休学、打游戏，高考前四个月骨折，石膏打到快高考。

她实在比多数人的青春期出格多了，很容易答。

可迟喻抿着酒回："骗老师说我生理期，带着伞漫无目的地去找某个当时还根本不认识我的人，想在暴雨天为他撑伞，我怕那天以后再也见不到他了。"

酒局上最怕突然的安静，有人问："那后来呢？你找到了吗？"

迟喻莞尔，说："这是另外的问题，我下局输了你再问。"

那天，她没有再输，答案就没有示人。

事实上，迟喻没有找到，突如其来的暴雨笼罩整座城市，串联成线的雨幕将能见度限于雨伞下。

举目四顾心茫然。

迟喻敢用生理期撒谎的原因是她原本从不痛经，独独那个月疼了，腹部搅着劲，冷汗直下，蜷缩成虾米状在床上打滚。

所幸是个周末，否则没办法交代，这是撒谎的惩罚，迟喻有引以为戒。

高三的毕业典礼在操场举行，高一学生进不去，迟喻站在楼上往下看，踮着脚望了一眼人群里最耀眼的少年。

她双手在胸前合十，虔诚地祝愿他万事顺遂，虽然未来无她。

暑假里，迟喻无意间撞见过江聿怀一次，不知道为什么多数离他最近的时候，都是自己窘迫无助的时刻。

父母再度争执吵架,她懒得听,拿了伞出门。

风急扯断了伞骨,她只好用手拉扯着一端,尴尬地就近避进屋檐下躲雨。

她缓过神来时,才发现这里早站了一个人,身姿颀长,仰起头后露出张桀骜凌厉的俊脸,锋利双眸微敛,眼尾的黑痣生动鲜活。

江聿怀自顾自地玩着手机,显然没有认出她来。

迟喻僵硬地靠着墙边罚站半天,见他真没什么讲话的意思才堪堪松懈一点儿,用余光小心地瞥过去。

他的手很漂亮,骨肉匀称,手指细长,手掌宽大,指甲剪得很干净。

骨节凹凸错落得恰到好处,青筋若隐若现,左手握了瓶周遭渗出水汽的冰水,姿态松弛懒倦。他忽地收起手机,扭开瓶盖,锋利喉结微动,饮下大半瓶,很日常的动作,偏带着让人怦然心动的性感。

许是迟喻的目光过分炙热,江聿怀侧目睨她,晃了晃手里剩下的半瓶水,痞气地问:"渴了啊?"

迟喻摇头,心说这都是哪儿跟哪儿啊?

母亲的电话打断了千回百转的少女心事,她在接听之前犹豫过是否要离开这个屋檐。

暴雨拦路,她没舍得。

迟喻后悔了。

"你去哪儿了!"失控的情绪带着尖锐刺耳的声音冲出听筒,迟喻颤了颤,没有及时按掉。

"你们全家都欺负我,你就站在你爸那边吧,小白眼狼,我养狗都比养你强……"

蒙蒙的是雨还是眼眶中打转的泪呢?

掌心骤地一空,江聿怀换手将通话中的手机拿走,举到离她很远的地方,揉着耳郭淡淡地讲:"吵死了。"

母亲的怒骂得不到回应,也很快断了线。江聿怀又将手机还给她,跟着一起给的还有半包纸巾。

迟喻怔怔地看向他，无声凝噎。

江聿怀终于认真打量起身侧的女孩子，乌发雪肌，带着点儿婴儿肥，长睫盈泪，眼睛大而圆，瞳孔漆黑，哭得梨花带雨。

不是他喜欢的那种长相，但是普世意义上的清纯脸，很可爱的幼龄长相。

几年后互联网兴起一种审美，白幼瘦，迟喻将前两个占满，却也实在算不上胖，青春期过后，只剩下丰盈的身材与略带婴儿肥的脸。

可现在，他就只觉得这个妹妹太傻了，挨骂都不会挂断或者拿远不听的嘛。

"抱、抱歉。"迟喻哭得上气不接下气，磕磕巴巴地道，"打扰到你躲雨了。"

江聿怀挑眉，把支在左侧的长杆伞挪到他们中间。

迟喻的关注点全在他，没余力看别的，才发觉人家有伞。

他们来到屋檐下的目的根本不一样，窘境只是她的，不是江聿怀的。

委屈和泪腺不受控制，江聿怀不再看她，更没有问及半个字，好像刚刚帮忙夺手机解困的并不是他。

迟喻抱膝缓缓蹲下，把自己脑袋埋进膝窝里小声地哭，她其实很想和他讲讲话，想问他："你都不问我为什么吗？"

可她能明了江聿怀那种薄凉的神色，大概率不置可否，小概率反问一句："我为什么要问呢？"

是啊，他为什么要问呢？

我是闯入者，他不过是寻个僻静地界而已。

他不认识我、不记得我，就算记得也根本不在乎，从来都没理由来负担我的情绪。

迟喻到底受凉生病，高烧不退。

她在医院连续打了三天的点滴，父母轮班陪伴在侧，夫妻俩温言软语，仿佛动辄问候对方全家的争吵不曾发生。

那场雨中屋檐下的偶遇更似是病中反反复复的大梦，连母亲的怒骂都遥远模糊到根本不存在。

手背被吊针扎到青紫，母亲捧着心疼到落泪。

"他们是爱我的，我不应该不爱他们"——迟喻这样试图说服自己。

天会放晴，生活还要继续。

暑假中，父母为她报了足量的补习班抢跑，名师的课不好抢，她总穿梭在各个老师家之间，赶不上吃饭的时候就在车上吃，买的总是小孩子喜欢的简餐。

肯德基、麦当劳、必胜客、吉野家，除开月经期，总是搭配冰可乐。

做生意忙碌，但父亲多数时间都在接送她。

两个小时一堂课，中间的时段如何打发掉，迟喻想不通，父亲也告诉她不用管这个。

"爸爸不辛苦，为了你，我跟你妈什么都愿意做，你就负责好学习就行。想吃什么告诉我，我去给你买。"

每到交课时费的时候，信封的厚度都沉得她心惊，她只能更努力一点儿，现在还是不够的。

希冀的眼神与殷殷的期盼是悬在迟喻头顶的尖刀，迫使她不敢松懈下来。

高二开学后的月考里，迟喻拿到了全校第十二名的成绩，比上学期期末进步了几名，父母和老师都很满意，可迟喻知道，这是她竭尽全力加上运气能拿到的最好成绩了。

普通人究竟要怎么和天才比肩而立呢？

迟喻的同桌是个数学竞赛生，她看过同桌做题，是那种扫过题目后落笔作答，为了给她讲题才写出步骤的人。

差距如天堑。

同桌也有她的烦恼，会对自己次次跑题的语文作文无计可施。

迟喻和陶琼的午后散步再度恢复。这次不再为了看谁，江聿怀此刻该在 Q 大校园继续意气风发，而暑假中陶琼迷恋上了追星。

迟喻习惯性在操场的小卖铺买带着碎冰的可乐和一支巧克力味可爱多，第一圈的时候吃掉可爱多，第二圈可乐差不多化了点儿，再顺顺嘴里的甜味，算是她为数不多的闲暇休憩时刻。

父亲和母亲不会监督迟喻的学习，除开接送补课上心，全凭自觉。

他们会各做各的事情，为了不争抢追的电视剧，所以客厅和主卧都安装了电视机。

迟喻会熬夜刷题，常常周末不必早起时才能记起很久没往罐子里扔过星星了。

Q 大啊。

以她对自己水平的了解，就算马上变成许愿池里的王八，都不敢有这种奢求。

那考去燕城就很好，能考 R 大就很好，离得也不算太远，无力超越父母的高度，平级的话，总算是个交代吧？

她取了本崭新的漂亮本子，在扉页拿金粉色的彩光笔认认真真地写下：

R 大　法学

她再翻开第二页，落下今天的时间，"10 月 16 日，星期六"，笔尖微顿，带出条拖尾的弧线，她顺着以花体英文莫名其妙地写下了"jyh"的缩写。

此后的每一天，她都在睡前总结学习笔记，每天写日期时都习惯性地写一次英文缩写，因为写得足够花哨，更像是少女苦中作乐的装饰笔调。

她就那么大大方方地摆在书桌上。

某日，扉页多了行遒劲有力的行楷，是父亲的字：

心想事成

这年的冬天体感上比往年的冷许多,保温杯里冒出袅袅白汽,陶琼黑着眼圈转过身来问迟喻刚刚那道物理题。

寒假前的期末考最被重视,决定了能否过个好年,与家宴上会否被拎出来树立成反面典型。

迟喻肤白,眼下乌青更甚,她换了支红笔开始给好友讲题,再一起躲去厕所逃掉值周生对教室留人情况的检查。

跑步是迟喻最厌恶的事,胸部负重颠簸,叠加上冬日就更为难过,呼吸不畅,每次全程跟在队伍末尾跑下来都会想呕吐。

迟喻不擅长到哪怕八百米中考算三十分,整个初三早中晚都被迫按着跑步,最后拼了命也只跑了四分十几秒,被扣掉了三分。

女厕所是最佳躲避地点,课间聚在这儿的人都对彼此的行为心照不宣。

只是之前多是玩手机与拿着餐厅的宣传单订饭,现在变成了背书。

站在窗口的是个文科重点班的女孩子,她手里捧着本笔记,小声地背历史时间线。

撞见的次数多了,也能算是朋友。

迟喻等她合上笔记本不再背,才搭了两句闲话,等检查的时间挨过,又纷纷回到教室继续投入学习的海洋。

期末考定在周一和周二,每周末的补习暂停,休息好了才能考试算是师长间的常识。

迟喻的父母都忙,她年幼时在奶奶家与堂哥吵吵闹闹地长到七岁,被接来父母身边后总是独自在家。

小时候,父母是直接给迟喻留好早午的餐食,然后反锁上防盗门,陪伴她的是连播七集的黄金档与插播卖货信息的收音机。

到了九岁,父亲逛商场买了台神州笔记本电脑,迟喻的娱乐便多了土豆、优酷、搜动漫、4399、百度贴吧与QQ养宠物。去报刊亭买充值卡时，父亲每次都买一整沓给她，戏说每次去买，报刊亭都以为他家里是开网吧的。

迟喻会花半个下午充完卡，把宠物企鹅与小熊都养得可可爱爱的。

有时候被送去奶奶家，堂哥教她打游戏，侠盗飞车、拳皇与人机版本的CS（反恐精英），还被"奴役"在哥哥出门时帮忙网友打怪刷材料。

再大点儿，她开始在贴吧写同人文，两三个短篇被追捧加精后取得了巨大的满足感，拿到心意动漫人物贴吧的小吧主职位，和许多玩得好的网友互换手机号码，寄信联系，同样也开了长篇连载。

然后，迟喻像是无数因为学业宣布暂别的网友一样，辞掉职位，断更，久久不再登录账户。

她难得睡了个懒觉，父母不在家，她准备吃完早饭去书房开电脑去看一眼很久不见的网友们。

路过阳台时，她隔着玻璃拉门愣了很久。那天，她没有开电脑和手机，而是回到书桌前，埋头刷了三套题。

玻璃冰花上是父亲写的"迟喻，努力"。

她能想到父亲关了拉门站在外面开窗时的神情，用手指的温度融开薄冰写就时的期盼。

惶恐辜负。

第三章

大梦当醒

考数学时压迫感如有千钧，卫生间里讨论的竟不是某道题选几，而是文科考场突然有人考到一半昏过去了，救护车就是来拉人的。

迟喻听得云里雾里，还是陶琼解释给她听的。

据说是前一天晚上彻夜不眠背诵文综内容，考试时低血糖昏过去了，就是那个我们常常在洗手间逃避时遇到的女孩子。

那么努力想要考好，但根本没机会考完全程。

迟喻唏嘘，但也只是为她叹了口气，继续去看了两眼下午要考的生物。

期末发挥稳定，迟喻的排名没有变动。

迟喻在一月二十八日订了一个漂亮的芝士生日蛋糕，掩人耳目地让店员把祝福语写成了"岁聿云暮"，一年好景君须记。

晚餐时去取蛋糕回来，父亲扫见黑底白巧的牌子，笑着关切地说："辛苦学习一年了，是该奖励自己一下的，零花钱够吗？"

"够的。"迟喻仰起头，乖巧地答。

"聿怀"两个字取得极好，指笃念之意，隐匿于成语之中，也不失色。

这天，父母难得都在家吃饭，餐桌气氛和谐。

最后，迟喻还颇有仪式感地关灯点了蜡烛，虔诚地祈愿："希望所思所想所念尽数成真。"

十六七岁的女孩子，难免心绪万千。

明是空花艳阳，镜花水月，仍在点灯熬油的疲惫时刻萌出对他的无尽幻想。

必须要变得足够优秀才行,早起坐在父亲车里去上学的路上,迟喻会听陈奕迅的《浮夸》让自己清醒过来。

她发誓在座各位必须看到她。

这时候的迟喻还不明白,原来非某人的那杯茶,哪怕全力邀请对方尽情地喝,也只能饮一程,而非一世。

所有事情都在稳中向好发展,然后厄运就劈头盖脸地砸落到脸上。

四月夜风清凉,迟喻背着沉重的书包,被母亲在校门口叫住的那个瞬间,就已经猜到些什么。

她在玄关换拖鞋,迈过满地狼藉,终于找到块比较干净的地方坐下,沉默地听母亲和她讲事。

开局是不变的内容,父母决定协议离婚,关于她的抚养权正在积极商讨中。

"我这边觉得,你还是跟我,跟你爸有诸多不便……老话说得好,宁要讨饭的娘,不要当官的爹,你觉得呢?"于冰微笑地问。

迟喻合眼又睁眼,有气无力地回:"随便,我都行。"

"那好,我会尽力争取。另外,明天开始你想去学校就去,不想去就不用去了,我会跟你班主任说的。"

迟喻蹙眉打断母亲的话:"你什么意思?"

于冰泰然解释道:"离婚财产分割时我会放弃公司所有权,带你出国,所以你不必读了。"

孤高冷月静静地窥伺着人间,迟喻缓了很久,才回过神来。她听见不属于自己身体里的声音,带着颤音崩溃地问:"那我究竟算什么?既然如此为什么不早说呢?你去国外发展且要带我走的打算为什么不早提?我过去一年半的努力就像是个沙随便你们风里扬,是吗?"

"我怎么知道呢?"于冰面色不改,"让你出国不是为你好吗?你当人人都拿得到跟你一样的条件吗?"

于冰的音色很冷，砭骨的寒意钻进骨缝，冻得迟喻躯体僵硬，指甲抠着指腹。

于冰没等到想要的回答，失望地叹了口气，又弯腰拍着迟喻的脸，反问道："谁能有资格预知未来呢？"

于冰说完，转身拎起包甩门走了。

半生拼杀，他们都在这座城市拥有不止一套房子，徒留狼藉和一个曾经的所谓"爱情结晶"来面对残局。

迟喻独自哭够，凝着泪眼去看客厅悬坠的那盏水晶吊灯。

垂苏烦琐，华美昂贵，实际积尘颇多，像极了父母的感情——出身军人家庭，长在部队大院的纨绔，玩到三十四岁，爱上了书香门第、小自己九岁的女孩子。

他们相恋结婚，同度过美好的一段时光，一并下海创业。

后来呢？后来爱被恨扼杀了，葬在每次争吵与摔打里。

迟喻枕着自己的膝头，竭力去回避那些不好的地方，母亲在创业过程中压力巨大，精神焦虑，她是离得最近的发泄对象。

还在上小学的时候，母亲常常会突如其来地对她说些刺耳的话。

譬如母亲在她耳畔恶魔般低语："你奶奶其实不喜欢你，她只喜欢她大孙子。"

迟喻的性子原本没如今这样软，是会梗着脖子反驳吵架的，然后被父亲不问缘由地打一顿，倔强地下回继续。

有时是离奇的污蔑。小学班主任和母亲关系走得很近，对自己喜爱有加，关切不已，某日放学后被留堂，要求写封检讨书，内容是听妈妈的话。

翌日，迟喻当着全班朗读，这样的行为摧毁了什么呢？

迟喻答不出。

那时，她经常挨打，站在父亲的角度，妻子与女儿之间，他无条件站到妻子这边，似乎没什么错误。

只是枉为人父罢了。

后来，他终于在自己被折磨得彻夜难眠后发现妻子的不对劲。

绝望间浮现于眼前的前尘旧事催着迟喻弯腰去拾碎掉的白瓷片，她盯着满地狼藉怔然，最终松开手。

"哐当"一声，瓷片再度落地，四分五裂，再难拾起。

她绕过障碍物，回到自己的卧室，借着清冷月色摸索到那本"学习日程表"，随意摊开了某一页放在身前。

月光漫不到的墙角，少女瑟缩成团，目光没有焦点，游弋在墙角的踢脚线与雪白的天花板之间。

家庭的桎梏如天网，一刻不停地施压，却无力挣脱，因为世上有某些人、某些事的存在，她才堪堪对未来的生活怀有微弱的期待。

迟喻扶着地摇摇晃晃地站起身，去看玻璃映出的怯懦脸庞，自嘲讥讽地扯着唇笑自己。

这次应该是玩真的，财产分割与抚养权之争进行得如火如荼。

迟喻先请了一个星期的假，父母两方的亲戚轮番约她逛街吃饭出去玩，美其名曰"散心"，实则都在做说客，为自己这方拉高选票。

被念叨烦了，迟喻又去上学。实际上也学不进去，她开始把手机放在笔袋里看小说。

她看的是红极一时的《盗墓笔记》，备选书单是江南的《九州缥缈录》。

教室里人多，恐怖的地方随之弱化，篇幅也足够长，日复一日地拿来打发时间，遇到不想参加的随堂小考，她则直接去讲台上与老师说明情况。

她以后是要出国的，不必再参加，科任老师欣然应允。

陶琼看不下去她这样，想劝，欲言又止。

迟喻反过来揉好友的脑袋宽慰："我知道你想说什么，但我没有办法。"

我没办法再劝自己开开心心地从头再来。

摧毁一座沙堡尚且需要时间重建，我又不是建筑物，给够材料夜以继日就能再修葺漂亮。

她连着四节物理课都在走神发呆看小说，再看黑板时已然捡不起，干脆彻底放弃。

可仿佛一切冥冥之中注定，这两本时年在中国网文占据神坛的史诗级长篇，多年后竟都以烂尾告终。

迟航为了这事特地从澳大利亚回国，订了她喜欢的餐厅包间吃饭，样样都是她喜欢的菜，每道却都食之无味。

"你直说吧。"迟喻放下筷子，切入主题。

迟航给她夹菜的手虚空一滞："叔叔不是不让你出国，等你大点儿。再说了，奶奶现在的身体情况怎么样，你也不是不知道，如果真见不到最后那面呢？"

这些日子来打什么牌的都有，唯有堂哥打出的这张最猛烈。

父亲晚婚，奶奶年纪很大，原本就罹患糖尿病，三个月前出门拜佛，不慎摔倒后卧床不起。

迟喻每次见奶奶，她都拉着自己的手呢喃些自己少女时代的事情，上年纪的人神志开始不清明，并不是好兆头。

迟航起身去开窗，沙哑而沉重地讲："我现在就常常后怕，我怕每个国内家里打来的电话，怕是不好的消息，怕见不到最后那一面，但哥哥已经没有回头路能走，你不一样。"

他没和其他人一样来规劝迟喻或是诋毁她母亲人有多不靠谱，情绪化过分，迟喻会受到什么样的伤害。

迟航只沙声陈述了个不争的事实，少年留学生的困境，至亲病重，自己无能为力，担惊受怕。

思念游离在海岸线之外。

迟喻的决心在打开家门那一刻灰飞烟灭。于冰明白她去见过迟航后会做出什么样的决定，她选择先下手为强。

纱窗已经被暴力划破，钢丝网卷着边破败不堪，迟喻立在门口，于冰立在窗前,母女俩隔着很长一段距离无声对峙。

这套房子是小高层,十二楼。

正常人绝不会,可于冰是个精力无限、行事张狂、不达目的不罢休的人。

纵然有千万般的怨念与恨意涌动,都无法接受失去,迟喻赌不起。

"我会跟你走。"

是非成败转头空。

迟喻开始随心所欲,寂寞了去学校半天,多数时候窝在家里打游戏,这年的CS(反恐精英)已经不再流行,她打CF(穿越火线)。

FPS(第一人称射击)类游戏废眼,魔兽世界没有迟航带又不太能玩顺,最后,她下了盛极一时的"剑侠情"。

建模页面选了像自己的萝莉体型、包子脸,输入名字时,她指尖在键盘上顿了半晌。

最终,她敲下"怀聿"三个字。

这名字古风极了,虚拟世界里没人会认出她来,她不必顾忌。

戴上耳麦后便是另一个世界,侠以武犯禁,她通宵达旦地过任务升级,买下整个商城里的白发与成衣外观,拜了新的师父、认识新的朋友,被带进帮会,在语音频道里同素昧平生的人唠嗑聊天。

有人在知道她还是高二学生时表现得无比诧异,迟喻讲明自己日后会出国,不需要继续国内学业,对方便不再劝。

周末打攻防时人多,家中电脑卡。

迟喻跑去外面打游戏,被母亲发现后,翌日就带着她买了台高配台式主机,连宽带都办了时年最快的网速。

"外面的店环境不行,人也都不是什么正经人,妈妈让人给你配了最好的,你想玩就在家玩,充值的钱还够吗?"

温言软语的关切和在家时看迟喻通宵打游戏会端来的夜宵,此刻的无限娇纵和彼时的咄咄相逼,完完全全是两个极端。

红枣银耳汤炖煮得火候很足，胶质满满，迟喻搅弄着浮在表面的枸杞，回眸透过如水的月华发呆，屏幕的角色待机没动。

老白发、包子脸的萝莉置身于昆仑雪域，孤寂地吹奏着雪凤冰王笛。

迟喻想自己终于读懂了毛姆写的那句话。

一个人的性格是极其复杂的，卑劣与伟大，善良与恶毒，仇恨与热爱，是可以互不排斥地并存在同一颗心里的。

母亲不常在家，有时凌晨三四点喝完酒回来，推门和迟喻打个招呼。

迟喻会放下鼠标，去厨房盛煮好的醒酒汤。她不问母亲为什么夜里喝酒，就好像母亲不在意她竟然会打游戏到现在。

她逐渐不再在纸面上誊写江聿怀名字的缩写。

即将远隔万里重洋，大梦当醒。

这种诡异且堕落的宁静显然不会长久，因小事爆发激烈的争吵后，迟喻拎起挂在卧室门后的背包夺门而出。

提起着实可笑，她潜意识中早早意识到会有这天，提前为离家出走做足了准备。

包中有母亲信用卡的副卡，额度三万，还有今年过年时的压岁钱，现金两万六，笔记本电脑、湿巾、纸巾、卫生巾，两套换洗衣物和一件睡衣，就连防身用的裁纸刀都有备无患地装了一把。

迟喻早不是年幼时只会无措大哭，或者一年半前趿拉拖鞋身无分文往外走的那位了。

她已然学会了如何为自己做最坏的打算。

她在酒店给自己开了间房，放下东西后，她打开笔记本电脑。

清早八点半，好友列表中灰茫茫的。

迟喻盯着屏幕发呆良久，才开始做日常，手机静音模式，亮了又灭，反复如此。

迟喻把平时不做的游戏日常都做完，才抓起手机，忽略掉一大堆的未接电话与短信消息，直接点开了微信，准备问问游戏好友们今天什么时候有空，十二点竞技场开门，谁有空能打。

微信聊天页面刷满问她人在哪里的消息。

最下方通讯录那儿的"+1"显得独树一帜。

迟喻好奇地点进去，想看看是哪位睿智到连微信和其他联系方式都没有，就被派来劝她回家的大聪明。

点进去的一瞬间，游戏悠扬婉转的配乐被按下了暂停键。

对方的头像是黑红相间的纯色，昵称简洁，惊得迟喻心头震颤。

Jyh：江聿怀。

迟喻无法精准地描述自己这一刻的心情。

她清楚地知道江聿怀会在此刻加她好友的原因。

她曾无比想贴近，却可笑到是用这种方式。

总之回神时，迟喻已经通过了这条好友申请。迟航太了解她了，他没联系自家妹妹，但直接给她安排了一个不可能被拒绝的人。

不需要迟喻来酝酿开场白，通过的须臾，江聿怀的语音消息就砸了过来。

两条都很短。

迟喻换了耳机去听，他的音色低哑磁性十足，带着几分早起的懒倦。

第一条是自我介绍："我是你哥的朋友，迟航说未成年少女离家出走，求我对你提供目前所需要的一切帮助。"

另一条言简意赅，可态度十分强硬。

"你现在有两个选择，发坐标给我，我去找你，或者我发坐标给你，你来找我。"

因为通过的瞬间就发来了信息，迟喻想装死都没机会。她认命地关了电脑，发了个位置过去，然后去了趟洗手间。

她对着镜子打量自己，长款连衣裙，头发是前天洗的，凌乱略油，眼底蕴着淡淡的薄红。

迟喻边整理着长发，边自暴自弃地想，在意一个人，结果次次正面撞上都是最颓然的时候。

江聿怀来得相当快。迟喻站在酒店门口的阴影里，隔着车流一眼就看到了马路斜对面，人头攒动中的那抹颀长身影。

他还是一身黑，修身短T恤配休闲裤与板鞋，出众得惊人。

迟喻的目光追随着他冲自己走来，盛夏时节，正午明媚热烈的光被叶片稀释，斑驳陆离地洒了人满身，他的侧颜同样无可挑剔，下颌干净利落。

她就站在那儿，按着自己快跳出来的心，看仰望了很久的人大步流星地走向自己。

哪怕这代价痛苦无比，迟喻都是认的。

此时，夏日独有的聒噪蝉鸣都消失了，周遭的景致都褪色，只有江聿怀一人鲜艳张扬。

迟喻独独能看向他，人转瞬就已经站在面前。

江聿怀睨了眼离家出走的小姑娘，觉察出几分眼熟，也没多在意，上下打量了一圈后，淡淡地问："你吃饭了吗？"

经典无比的开场白。

迟喻摇头，她早起就开始吵架，没空更没胃口。

江聿怀踩上她站的那级台阶，和人并肩，懒洋洋地追问："想吃什么？"

迟喻低头看着自己的脚尖，不搭腔。

江聿怀垂眸，望见女孩子露出的白嫩后颈。她把脑袋压得很低，穿了满身的白，像只受了委屈的小兔子，如果掀掉帽子的话，说不定还会有折起耷拉着的兔耳朵。

被迟航催命般催起的起床气散掉大半，他似是而非地讲了句："我是不是在哪儿见过你？"

迟喻被这句提问激得愤然，她心思太多，藏不住，干脆破罐子破摔，昂起头盯着江聿怀那张俊脸质问："我长得真就那么没记忆点？"

"不是。"江聿怀和那双泫然欲泣的漂亮杏眼对视，否定地回。

迟喻抽鼻子："那你还不记得？"满腔委屈无处发泄，转换成了泪，不受控制地淌出眼眶。

江聿怀蹙眉，有个把妹妹当宝的兄弟的下场就是时常听到他把"我妹"挂在嘴边，经常一行人打完球去吃饭的路上，这人在娃娃机前停下，开始"氪金"抓娃娃。

理由简单粗暴又很让人无语——

"我妹很喜欢库洛米，这个出了新的。"

时间久了，大家难免对这个"我妹"生出些印象来——很乖巧的女孩子，成绩很好，热衷于小恶魔形象的毛绒玩具。

迟航曾经在江聿怀高三开学半个月后特地请他吃饭，打招呼说："我妹回国在一中读高一，你有空帮忙关照一下，叫迟喻。"

江聿怀直接回绝了，且答得相当狂妄不羁："省省吧，我关心你妹妹，是把你妹妹往火坑里推呢。"

他妹妹没赶上开学，原本就跟同学间缺了军训时积攒的革命友谊，再无端生出多的照拂，不知道的还以为迟航多恨他妹妹呢。

起初是感觉没必要，后来是自己不再去学校了，这事就彻底搁置。

今晨接到迟航十万火急的求助，江聿怀原本仍想婉拒，奈何迟航开口就直接喊了"爹"。

冲着这新晋的"父子"关系，江聿怀还是得关心下的。

江聿怀调侃了迟航两句："这就是你所谓的特别乖？"

迟航沉默了片刻，闷声说："家里事多，你多担待。"

家家有本难念的经，江聿怀不再问，加到微信就来寻人。

这真是句随心所欲的问答，好兄弟的妹妹，曾经和自己同一个高中，没见过才不正常。

他一百个不理解自己哪句话出了问题，只当作小姑娘受了天大的委屈离家出走，遇到能帮忙的人先哭一会儿。

他由着她哭。

"还要再哭一会儿吗？"江聿怀换到逆风向，温和地问。

"你、你……"小姑娘上气不接下气地憋出全句,"我哭一会儿。"

江聿怀是有点儿服气的,他看了十分钟篮球赛,小姑娘居然还在哭,到底是什么属性,能一直哭不嫌累。

他没哄人的习惯。

倒不是小姑娘哭得自己心烦,平心而论,哭得还挺好听。

江聿怀揉了揉耳郭,又回了迟航的消息,指尖顿在库洛米号啕大哭的头像上,点进备注,将原来的"汤圆圆圆圆圆圆"改成了"哭包小公主"。

接着,他抽了两张纸巾抖开,又叠成四方形和手机一同递过去,尽可能温柔地哄:"擦擦吧,哭包小公主。"

迟喻颤着眼睫凝眸,终于看清了江聿怀给自己的备注,娇嗔地瞪他:"我才不是哭包。"

"行行行。"江聿怀高举双手投降,抽回自己的手机,轻触屏幕,又举过去,"这样可以了吗?"

不满屏的聊天框,最顶端的备注中只剩下了"小公主"三个字。

江聿怀漫不经心地拖长尾音,带着丝丝缕缕的缱绻,念给她听:"小公主。"

迟喻怔然,一时连哭都忘了。

第四章

影子牵手

迟喻跟在江聿怀的身后，没问要去哪里，直到被塞上副驾驶的位置，才堪堪回过神。她轻声道："我坐后面就行。"哭腔未褪，怎么都带着几许心虚。

车里飘浮着甜美的柑橘调香水味，该是江聿怀女伴的，这个位置本不该迟喻坐。

"我是你司机吗？"江聿怀有一搭没一搭地点着方向盘，倒没阻止。

迟喻最终没起身，车门被锁了。

她认命地坐在副驾驶座，用他给的纸巾去捏鼻子，好像如果闻不到的话，就能减轻心理负担。

凛冽的木质香调拂过来，驱散甜调，骨节分明的手出现在眼前，扯着安全带的一端，缓慢地横斜过她的身体。

"嗒"的一声，扣好了。

江聿怀坐回原处："想吃什么？"

"都可以。"迟喻细弱地回。

"西冷七分熟一客，五分熟一客……你们今天主打什么甜品？"江聿怀没看菜单，直接报的单。

侍应生微笑地翻开特辑甜品页，热切地推荐道："本周的玫瑰蜜桃酸奶冻和法式巴斯克芝士套餐八折。"

江聿怀瞅了瞅对坐耷拉脑袋没展现任何兴趣的女孩子，努力地回忆某位兄弟的宠妹行为，从记忆中挑拣出小家伙似乎很喜欢买巧克力这回事。

"熔岩巧克力,你刚刚推荐的也都要。"

这是本市相当出色的一家西餐店,装潢复古有格调,巴洛克风格为主,正中央是个拍照用的铁质落地鸟笼,铺了华丽的毛毯。

灯光刻意营造出昏黄感,帮着迟喻来掩掉自己的神色。

梦境与想象中曾计划过无数次与江聿怀见面的场景,无一当是现下这般。

"乖乖吃饭。"

迟喻在江聿怀的催促下抬头握起叉子。

前菜的沙拉鲜嫩,色彩丰富,油醋汁浇了整份,食来照旧寡淡。

侍应生贴心地问两份生熟度不一致的牛排如何放置,最后都放到了江聿怀面前。

迟喻心不在焉地搅着奶油浓汤,注意力尽数落在对面持刀分切牛排的漂亮手上。

他食指压着刀柄,骨节处的青筋微微凸起,干脆利落地沿着纹理割成小块。

他刀使得极好,完全听不见一点儿碰盘底的杂音。

整块牛排很快被切好,江聿怀推给她,语气中带着不容置喙的强硬:"吃饭。"

迟喻讷讷:"谢谢哥哥。"

"啧。"江聿怀嗤笑,"把名字加上,不知道的还以为你喊迟航呢。"

唇齿间酝酿半晌,迟喻试探着喊:"那……江聿怀大哥哥?"

"嗯。"江聿怀满意地颔首应下,温声讲,"吃饭吧。"

迟喻戳起块牛排放进嘴里,紧实弹牙,肉汁四溢,被江聿怀投喂自带加成,味蕾和胃部都得到了巨大的满足。

近来不用念书复习抢时间,无所事事,吃东西的速度跟着放慢许多。

加之对面坐的是江聿怀,迟喻便吃得更为端庄,小口小口地往嘴里送,细嚼慢咽。

橙红色裙摆掠过桌沿时,迟喻还沉浸在美梦中。

"江聿怀。"甜腻的女声伴随着敲击桌面的脆响,同步击破少女的梦境,"不解释一下吗?她是谁?"

迟喻机械性地保持着握叉姿态,昂头看向发声者。

对方系颈吊带裙,长相明艳,身姿妖娆,是江聿怀最喜欢的那一类女孩子,身份不言而喻。

迟喻呼吸一滞,又看向江聿怀。

他皱了下眉,直白地答:"我妹。"

坦荡得完全不像是那种有几个好妹妹的托词。大美人的视线在迟喻和江聿怀间来回睃了两圈,似是在确认他话中的可信度。

对座的女孩子长得很乖,五官柔和无公害,小圆脸婴儿肥,如果能瘦点儿的话勉强称得上是七分清秀初恋脸。

盘里是切好的牛排,手中没握刀,她认识江聿怀这么久,清楚这人从没有照顾人的习惯,除非真是他妹妹。

女孩子眼睛是哭肿的,看起来是遇到了什么糟心事跑来找自己哥哥哭诉的。

理顺了逻辑后,大美人本着爱屋及乌的心态柔声道歉:"不好意思,姐姐不是那个意思。"

"分手吧。"江聿怀冷淡地打断。

大美人诧异地望向他,以为自己听错了:"你说什么?"

"分手。"江聿怀字正腔圆地念了一遍,"你还有哪个音节听不明白?我最讨厌被人用审视的目光看着。"

随心所欲,肆无忌惮,潇洒得像是一阵风。

当初因此喜欢上这个人,现在因为同样的特质被分手,也算是求仁得仁。

迟喻自知她不该有任何反应,可实在没能忍住,呛到咳出声。

江聿怀神色自若地给她倒柠檬水:"吃咸了就喝水。"

迟喻双手捧着杯抿了一大口,硬生生将咳嗽压下去。大美人已经离开了，回眸倩影难寻。

"对、对、对不起。"迟喻磕磕巴巴地道歉，扶着桌站起来，"我帮你追回来吧，你和她解释一下。"

江聿怀挑眉，慵懒地问："说对不起有什么用，你还不如来点儿实际的。"

迟喻一噎，无措地侧身站着。

这样就更像是兔子了。江聿怀叹气，反手敲桌："错了就乖乖坐下，把饭吃完。"

迟喻被带着去了趟附近的五星级酒店，她被安顿在大堂等候，江聿怀收拾了私人物品，将自己那份房卡还给了前台，且又多续了一周的房费。

吃饱喝足后智商恢复不少，迟喻推测出了事情的全貌。

江聿怀该是放暑假了，带了女朋友回来玩，怕麻烦没带回家，所以住的是酒店。

此刻，她的出现无端毁掉了另一个女孩子的快乐和爱意。

负罪感如藤蔓拔地而起，包裹着迟喻，一点点地收紧，让周遭的氧气变得稀薄。

"啪！"清脆的响指在耳畔炸开。

江聿怀隔着鸭舌帽按了按她的脑袋："走了。"

咸腥的海风涌入车窗，迟喻认出这是去海滨公园的路，她其实不在乎去哪里，江聿怀随便带她去哪里都可以。

"睁开双眼做场梦，问你送我归家有何用……"

这年，吴雨霏的《吴哥窟》红极一时，车载广播里恰好循环到。

迟喻曾因为曲调循环听这歌写同人文，看过无数次歌词，也会哼唱。

但她首次体会到词作人林若宁描述的所谓复杂心情，是坐在江聿怀的副驾驶座，被他带着去往海滨公园的路上。

"上帝四次三番再愚弄，听得见耳边风，难逃避你那面孔。"

迟喻侧过头，光明正大地看向江聿怀，视线自他鬓角描摹到流畅颈线牵扯的喉结,再隐入衣领。

江聿怀似乎非常老司机,他单手控着方向盘,悠闲自得。

女声低低地唱着:"越要退出,越向你生命移动。"

迟喻收回目光,转向窗外,天际与汪洋相接,一望无际。

天地浩大,可她无法从中得到任何宽慰。

江聿怀听不懂这首歌,因为他没有这种心思,任凭听懂的人如何愁肠百结,对方都不会有半点儿关心。

迟喻笑自己想多了,说第三者实在抬高自己,如果不是迟航精准地发过姓名,他怕连自己是哪个"喻"都不清楚。

连名带姓都是两个钟头前才知晓,又何必自抬身价到能影响江聿怀抉择的高度呢?

沐城是个标准的海滨旅游城市,暑期里海边游客如织,本市人少有特地来大热旅游景区凑热闹的。

江聿怀根本不会带孩子,可他知道女孩子们都喜欢些什么,只是平素懒得特地去陪,眼前这位算例外中的例外。

当康亦问他在干吗,要不要出来打球时,他抬眸睨了眼迟喻的方向,回康亦:*不打,在带兔子玩。*

康亦的感叹号之多完美地表达了他的震撼:*救命,你也有一天会养宠物?*

Jyh:*管得着吗你?*

人多不影响迟喻举着朵大大的棉花糖躲进可以遮阴的旋转木马上坐了一轮又一轮。

她出来时刚好看到有穿双子JK(日式校服)制服的两个女孩子,正在慢吞吞地挪向江聿怀。

这姿态迟喻太熟悉,她回身给自己挑了支巧克力味甜筒,放缓步伐悠悠地走过去。

就听见江聿怀声线清洌,淡漠而礼貌地回绝:"不好意思,我这人不喜欢太乖的。"

迟喻等到女孩子们走了才迎上去,轻声问:"那家冰激凌挺好吃的,你要吃吗?"

"你就光看着啊?"江聿怀勾唇,所答非问。

迟喻愣了愣。

江聿怀漫不经心地提点道:"小没良心,就看着,都不知道过来给哥哥解个围?"

迟喻灿然,咬着冰激凌坐到他旁边,晃着腿调侃回去:"我怎么解?说我嫂子马上来?"

"未尝不可。"江聿怀笑着评价。

他们没能在海边待太久,空中倏然飘起太阳雨,人群喧嚣,两人匆匆寻找躲避物。

迟喻紧跟着江聿怀的步调,刻意地落后了半步,和他落下的影子草草牵过几次手。

躲雨超市里在单曲循环王菲的《匆匆那年》。

宿命其实给过迟喻太多太多的提示,劝诫她不要学习飞蛾扑火,可扑火原本就是飞蛾的宿命。

让这个岁数的迟喻不再关注江聿怀,就好比期待某天太阳西升东落,是绝对不可能事件。

江聿怀买了不少看起来女孩子爱吃的零食和饮品,最后惯例给自己拿了几听冰可乐。

骤雨在一首歌的时间里停止,玻璃斜打的雨丝和暗了几分的地面无声诉说着它们曾来过。

江聿怀陪迟喻回她住的酒店取了行李退房,酷哥单肩背粉红色书包真的很反差萌。

迟喻偷偷翘起嘴角笑,被抓包捏住脸颊轻扯。

江聿怀捏着细嫩的软肉,磨牙荫翳地问:"还笑吗?笑的话就自己背。"

"我背就我背嘛。"迟喻软糯地碎碎念,"我还能帮你提袋子呢。"

江聿怀叹气:"别人见了不知道的还以为我手是断了呢。"

门外有家卖炸麻团的店,迟喻三步并作两步地小跑过去买刚出炉的热乎麻团,收钱的阿姨笑呵呵地夸:"你们兄妹感情真好。"

江聿怀付钱时笑说:"一个小时让她气死三回的那种好。"

迟喻不明白为什么谁看他们俩都认为是兄妹关系。

其实有些人生来就不适合做爱侣,可迟喻偏偏固执不肯信。

她被带进了那栋曾经远望过无数次,希望能透过窗户看到江聿怀的独栋别墅。

小花园中垂柳青青,季节性支气管炎患者迟喻仅是看着,就开始喉咙发痒。

别墅内的装潢和江聿怀本人大差不差,黑白灰为主的工业金属冷淡风。

他弯腰翻出一双一次性拖鞋给迟喻穿,又从玄关处的盒子里摸出一把钥匙递给她,嘱咐道:"以后不想回家就来这儿吧。我家除了周末固定有阿姨来通风打扫,没别人,你可以来玩游戏,网速和配置够你玩市面上所有游戏,开机密码是……"

"为什么?"迟喻在门口踟蹰不前,江聿怀平静地看向她。

圆润的杏眼和潋滟的桃花眼对视,映出彼此的神色。

迟喻重复:"为什么对我这么好?"

既然独居的话,为什么不带你女朋友住家里?而是把钥匙给到我?

江聿怀回答得理所当然:"你是迟航他妹妹,一个人住外面不安全。"

迟喻心说不知道的还以为迟航救过你命呢,爱屋及乌到这种程度。

仿佛是会读心术一样,江聿怀慵懒地倚着墙面,从购物袋里掏出一瓶可乐,陪她耗时间:"迟航还真救过我命,当年我跟你一样离家出走,迟航把自己好几年的压岁钱都搭给我了,眼都没眨一下。"

"是他压岁钱少,还是你能花?"迟喻小声嘀咕。

江聿怀轻笑:"我离家出走了三个月。"

迟喻震惊不已:"没被找到?"

"没人发现。我以为我会威胁到他们,然而并没有。"江聿怀语气如常,辨不出真假,只招呼她,"进来。"

迟喻是不敢在江聿怀面前登录自己游戏账号的,好在他只问了一嘴迟喻平时玩什么,开机后帮忙点了下载,在后台挂着。

然后,江聿怀交代了几句,就自己关门午睡补觉去了。

他给迟喻留了一袋子零食和整个别墅物件的使用权。

出于对朋友妹妹关心的角度,做得无可挑剔,但迟喻其实想和他多待一会儿,又苦笑不知道待在一起能说些什么、做些什么。

难道演技拙劣地说你教教我物理题吗?

她就那么来来回回地刷着再翻不出新意的贴吧,看日光逐渐收敛锋芒,余霞成绮。

最后,她在自己的个人贴吧里开了一个单独的主题帖:**睁开双眼做场梦**。

晚上,江聿怀带她出去吃饭,这次选的他自己的喜好。

麻辣火锅,辣得人身心舒畅,迟喻疯狂灌可乐和靠红糖冰粉解辣。

辣度是她争口气选的,憋着口气不过水蘸麻酱强吃。

她鼻尖渗出汗珠,江聿怀看得发笑,给她递纸巾,无可奈何地讲:"不知道跟谁学的,倔成这样。"

迟喻颤着睫毛去舀那碗冒脑花,含混地应:"跟你。"

"那就当跟我学的吧。"江聿怀心情不错,主动背锅。

江聿怀最后还是送她回家了,她总要面对。下车前,江聿怀给她递了瓶冰可乐。

迟喻双手捧着那瓶可乐,慢吞吞地挪上电梯间,到家后,再从窗口看下去。

十六楼,路灯下的江聿怀面容模糊到看不清明。

手机响了下。

Jyh：进门了？

小公主：嗯，十六楼。

江聿怀转身上车，车灯照彻夜幕，驶离了迟喻的视线范围。

迟喻盘腿坐在落地窗前，回想起今天发生的一切，如梦似幻。

灯被关掉，如水的月华淌在身前。

少女抱着那瓶被体温焐到常温的冰可乐，没有开封，而是低头虔诚地吻了一下瓶身。

江聿怀不是个用朋友圈当日记本记录生活的人，也从不秀恩爱，偶尔带着定位发旅行途中的风景摄影，少有配字的时候。

迟喻抱着兔子抱枕一条条地翻下去，窥看他对外展示的生活一隅。

夏日在后海扫街，看荫蔽处下棋的大爷与练摊儿的人间烟火；寒假在冰岛自驾，雷克雅未克的尽头是大海与雪山。

难得在九宫格的绚烂极光下配了字：*得幸运女神眷顾，追到极光大爆发。*

然后是江南水乡，乌篷船悠悠荡起波澜，上个夏天是川西环线的自驾。

日照金山壮阔震撼，夜景色达灯火辉煌，拍得极好。

他拍的照片会讲故事。

迟喻看累了，不知不觉地睡过去。梦里去过江聿怀踏足的地方，她在冰天雪地里和他挽手用雪球互相攻击，这梦太好，醒来时日上三竿。

母亲不知道什么时候回过家，桌上堆满了给她的礼物，人不在。

迟喻重新翻开那本许久未更新的《学习笔记》，认真地写下了今后想去打卡的地方。

她开始在每天睡前，检查两次手机，确认关闭 Wi-Fi（无线网络）和蜂窝移动网络后，再开始给江聿怀发消息。

她肆无忌惮地倾诉本日的苦恼难过，抑或欢喜与小确幸。

每条都发不出去，但迟喻已经足够满足。

久不去学校，和多数同学的交情都生疏起来，陶琼是例外，她会在每天晚自习放学后回家的路上抽空跟迟喻聊天，有时太累了懒得打字，就直接发语音。

这天，陶琼喊迟喻来玩狼人杀，迟喻应约打车到陶琼说的地标处，四下环顾，都没能看到所谓的狼人杀店面。

"你等等，我还有十来分钟到，你站在原地等，我看看谁到了，让人下来接你。"陶琼的语音里还能听到汽车的鸣笛声，她家小区道路规划问题很大，时常堵住。

迟喻叹气，想说"不用，我等你一起"，陶琼先她一步："王成到了，他马上下来找你。"

王成是陶琼的同桌，大家熟络，再客气就不是那么回事了，迟喻没拒绝。

两分钟后，迟喻就看到路口拐角处有个穿深蓝色运动装的少年冲她招手。

这个岁数的少年总带着蓬勃朝气，迟喻微笑着打了个招呼，指了指身旁的便利店，邀请道："我请大家，一起进去挑吧。"

大号购物袋装得鼓鼓囊囊，迟喻和王成并肩往狼人杀店走。

手腕蓦地被箍住，凛冽又侵占性十足的焚香气息扑面而来，迟喻被扯着转了个身，下意识地皱眉挣扎，惊呼："干吗？"

人已然被拉拽出两步，差点儿撞到那人的胸膛，她愤然抬眸，顺着领口扣得松散的衬衫往上，直接跌进一双晦涩不明的桃花眼眼底，须臾间连呼吸都停顿。

江聿怀扣着她的手，愠然质问："这话该我问你？"

温热的体温贴着动脉传来，迟喻顺着江聿怀的眼神看过去，他们正走到一家酒店的大门口。

并肩、异性、购物袋、酒店门口。

要素齐全得过分可怕。

但迟喻先想到的不是怎么辩解，而是他换了香水，这个味道很贴合他，和本人一样强势得可怕。

"你是谁？"王成回过神，喝道。

江聿怀斜睨，眸光如刃，寒声回答："她哥。"

王成一秒泄气，摸了摸脑袋，又指向前方拐角处用粉笔字写的不仔细看不易察觉的"狼人杀这边楼梯进"。

他解释说："我们去玩狼人杀，你哥不让的话，那要不算了？迟喻，你等下自己跟陶琼讲一声吧。"

江聿怀松手，揉了揉女孩子的脑袋，温和许多："要去玩狼人杀？"

迟喻乖乖点头，杏眼湿漉漉的，是被吓到的迹象。

江聿怀鬼使神差地觉得自己该哄哄受惊的迟喻："人齐了？"

"还差一个。"王成抢答。

江聿怀似笑非笑："那现在不差了。"

"我要是你，就笑不出来了，哥哥。"迟喻眨着眼睛，笑得狡黠。

"怎么？"江聿怀不明所以，顺着藕白手臂的指引，看到交警正冷酷地沿街贴着罚单，刚才他车停得着急，来不及找车位。

"罚款从你零花钱里扣。"江聿怀叹了口气。

迟喻摸出钱包，乖乖摸了几张粉红色的钞票往他手里塞。

江聿怀气乐了："怎么，小迟喻还准备提前预付下次了是吧？"

迟喻把脑袋晃得如同拨浪鼓。

江聿怀轻按她的脑袋，快步过去跟交警致歉、挪车，就近找了停车场后又折返回来与他们组局狼人杀。

迟喻这个年纪社交圈很小，能玩到一起的多是同学或是同学的朋友，像江聿怀这种风头无两的角色，即便消失了很久，依然被人记得。

迟喻进去时，看见有几个是同班同学，剩下的陌生脸孔也纷纷和她微笑致意。

有人惊异于江聿怀为什么会出现在这儿，和同伴小声议论。

王成边给大家分水，边好心帮忙解释了句："这是迟喻她哥，听说我们缺了个人，来陪他妹玩的。"

大家都露出副恍然大悟的模样，除了卡点来的陶琼。

陶琼拿眼神疯狂暗示，迟喻读懂了她的问题：不是吧，你们……

迟喻同样拿眼神回她：我没有。

迟喻之前没玩过这个，临时被科普的规则，开局就抽到了狼人牌，在坎坷不安中迎来白天的问话环节。

江聿怀气定神闲地替她打掩护，盖过了险些暴露的地方。等到第三个白天，迟喻入戏，把自己摘得一干二净。

陶琼在第四局得票最多，留下"遗言"被放逐出局，最后江聿怀狼人自曝，带领整个狼人阵营走向了胜利。

迟喻松了口气，和陶琼挽着手去上厕所。这家店分上、下两层，他们在二楼玩，陶琼谨慎地拉着她去一楼聊，连内间都没进，就靠在洗手台这儿，视线开阔，谁来了都能立马噤声。

"怎么回事啊？"陶琼贴着迟喻小声耳语。

迟喻无奈地笑笑："如你所见，他和我堂哥关系特好，是兄弟，上次我离家出走，我堂哥拜托他搭把手，这才认识，没别的了。"

"那就好，那就好。"陶琼重复着，感叹地讲，"你吓死我了，我怕你泥足深陷不肯休。"

迟喻食指捏着拇指的指腹，神色淡然，没有答话。

不过是长两岁，学会了收敛情绪，隐匿的方式更多，可这并不能代表什么。

陶琼严肃地盯着她看了半分钟，忽而粲然，拍着她肩膀讲："还好，看来我们小迟喻没有在家里待疯。"

如果偏要迟喻尽可能以客观的方式评价十几岁时的江聿怀的话。

那一定是个好哥哥。

他会在玩桌游时竭力袒护她，帮她赢，会在散场后礼貌而贴心地询问是否需要帮忙先送她朋友陶琼回家。

陶琼笑嘻嘻地说："谢谢哥哥。"然后就跳上了路边等客的出租车。

迟喻跟在江聿怀身后往停车场走，夏夜的晚风轻柔，夹杂着丝丝缕缕的凉意，绕过身旁人，又扬着她的裙角打转。

昏黄的路灯将影子扯得斜长，她悄悄回头，发现影子很自然地叠到了一起，嘴角止不住地扬起。

"没门禁？"清冽的嗓音钻进耳郭。

迟喻软声回答："没有。我妈出去玩了，不在本地，没人管我几点回去。"

肚子在这时"咕噜噜"地叫了起来。

江聿怀回眸，月下少女白得发光，漆黑的杏眼剪水。他哂笑，去揉那颗蓬松的丸子头，指尖挑起樱桃发圈："走了，想吃什么？"

那天的天气很好，地面上迟喻的影子跟江聿怀的相撞，指尖部分有过短暂的触碰。

第五章

被迫接受

离婚协议迟迟没能签署完毕，于冰给迟喻扔了两万块钱和一张储蓄卡后，收拾行李前往港城"散心"。而迟喻则在她飞机落地当天被父亲接回自己的住所。

反复争论和联系不上母亲后，迟喻再度被送去学校上课。

算上暑假，她已经近四个月没有端正地坐在课堂里完整听过一节课了。

手指触碰到笔记本时有种异样的陌生感，迟喻不知道该从何下笔。她又翻了一个新本子，前面空出许多页，从三分之一的地方开始当没感情的誊抄机器。

习惯最恐怖的地方就是有一丁点儿的改变，就开始牵一发而动全身的难挨。

她的外教上课轻松愉快，采取半聊天式的模式，时间往往过得很快，现在却要开始盯着黑板上方的挂钟倒数计时。

父母间的拉扯最直观地体现在迟喻的生活上。

要她出国的母亲撒手去做自己的事情，将她"短暂"地扔给想让她留在国内的父亲这儿照料。

于冰仿佛从没思考过，一个未成年在做人生决定时，最关键的就是环境因素。

父亲会在每天的晚饭时刻固定对迟喻输出留在国内的好处，她总是越吃越快，有次喝汤着急，嘴里直接烫起了泡，舌尖碰到就疼。

这是迟喻余生受胃病困扰的开端。

唯一值得庆幸的事可能要数迟喻可以开始借故问江聿怀物理题了。

第一次开口总是极难的，迟喻挑挑拣拣选了套习题卷的最后一道大题。

她深呼吸数次，拍下题目，小心翼翼地敲屏幕，删删改改，最后闭眼按发送。

小公主：哥哥在吗？我最近回去读书了，有点儿跟不上，你现在有时间吗？我有道物理题不太会做，你方便给我讲一下吗？

迟喻双手捧着手机，屏幕的幽光映了满脸。

六分钟后才得到回复。

Jyh：才看到，稍等。

又过了两分钟，迟喻得到一张写了详细步骤的解题思路。

她正放大着图片，江聿怀的语音就打了过来。

夜里，他的音色隔着话筒，慵懒低沉含着些笑意："小汤圆可以看懂吗？力学是挺不好学的，我当年学得也不太好……"

迟喻大脑宕机半响，等他耐心地分析完了整道题，才轻声细语地说："我缺了很久的课，有点儿力不从心。"

"嗯。"江聿怀哼了声，温柔地讲，"以后刷题遇到不会的可以直接发我，看到了会回的，我数学其实也还行。"

竞赛省一，为了物理竞赛国奖让路的那种还行。

迟喻满心欢喜，甜美地回："那谢谢哥哥了。"

那晚的月色特别美，少女坐在阳台上，对着挂断的九分钟语音笑了很久。

迟喻并不敢借机每天都问，惶恐对方觉得自己烦，抑或印象里自己的成绩差到无可救药。

更不敢遵循某种如三天一问的规律，生怕演技拙劣，被察觉到心思。

可她如果不主动找江聿怀的话，永远得不到对方发来的消息。

她只好精心看过皇历，揣度完时间，才点开置顶认真问题。

有一次，江聿怀发来的解题思路很详尽，没有打语音电话，而是发了条二十几秒的语音信息。

背景音是嘈杂的鼓点，而写题的纸张是某家酒吧的酒水点单页。

迟喻立刻道歉：不好意思，打扰到你了。

江聿怀秒回：没有。

话题反而无法继续下去。

这样不咸不淡的"解答"关系终止于迟喻再次被迫目睹父母争吵，她哭红了眼睛，绝望时抬起眼去抓手机。

她终于鼓起勇气，直接打给江聿怀，想说点儿除问题目之外的话题。

可接听的是个女生，语气有些重，在迟喻开口前先出声："你找江聿怀的话，他现在接不了，正在洗澡。"

宣示主权的行为。

电光石火之间，迟喻想到了江聿怀哄她时的备注。

"小公主"。

江聿怀无心，可站在女孩子的角度太容易被误解了。

迟喻很冷静地控制着声线，回对方道："好的姐姐，那我明天再来问我哥哥物理题。"

"行。"对方直接切断了语音。

迟喻屏住呼吸向上划拉聊天记录，上一条是物理题的解题照片，语音之类的也都是她问，江聿怀答。

她不知道别人能信多少，只希望不给江聿怀添麻烦。

心动是她独自的兵荒马乱，也该她独自背负。

而且就算接听的是江聿怀又能怎么样呢？她能跟他倾诉什么？难道和他哭诉自己家中这些乱七八糟的琐事，当事人无力解决，就带给他人负面情绪吗？

迟喻扔开手机扶着床头柜站起，去推窗户。深秋的凉风灌进来，吹干泪痕，她探出头去看月亮。

细瘦的孤月躲在阴云后时隐时现。

这一生推窗无数，迟喻却永远记得那天晚上的夜色和被她硬生生按进海底的少女心思。

那心思又挣扎着想浮上来，迟喻奋力地往下丢石头砸它。

看它"咕嘟"冒泡，到最后水面的涟漪都消失，彻底平静下来。

隔了两天，迟喻终于劝好自己，想去跟江聿怀解释的时候，发现自己已经被拉黑了。

他的朋友圈空置，只有一条浅灰的横杠，她发过去一条"在吗"后没有弹出被删除好友的提示。

到底是那位姐姐，还是江聿怀本人的操作，迟喻不得而知。

现实甚至没有给她多余的时间去揣度。于冰在和人的争吵拉扯中手臂脱臼，她是独生子女，父亲早逝，母亲身体不算好，能照顾的亲眷除开还在离婚协议中的丈夫，只剩下迟喻这个女儿了。

医院刺鼻的消毒水味与带着假笑和礼品上门道歉的过错方家属萦绕在迟喻左右。

脱臼定了轻伤二级，于冰立誓绝不和解私了，一定要走法律程序送对方坐牢。

迟喻坐在医院的暖气片旁，慢条斯理地清理着橘子表面的白色丝络，抬眸看见正沉默地为母亲削苹果的父亲。

手指推着苹果的中端，长长的果皮连接不断，最后坠进垃圾桶时，整只苹果削好了，他切块用叉子喂给床上的妻子。

整个过程都很安静，只有刀锋破开果肉细胞壁和落进垃圾桶的声响。

迟喻扭过头，飞雪漫天。

冬天来了，春天不会再遥远。

父母原本破碎的感情在一次又一次的探望照顾中得以缓和，到最后没人再提离婚的事情。

回不了头的只有迟喻。母亲在港城刷爆了信用卡,那笔钱是父亲还的,伤筋动骨一百天,母亲不算突兀地停止了她的出国计划,相对的,迟喻需要在国内念书。

把家养的马驹放去草原独活,待其好不容易适应,又再圈回来圈养。

主人是不会考虑马驹痛苦与否的。

可又很离奇,这件原本板上钉钉走刑事的案子,在最后还是以和解告终。

就因为对方和于冰说了这样一句话:"我打听过了,你女儿在一中念书。"

几天后,迟喻再次提笔写她断更许久的同人文。

她写:人们未免把爱想得过分神圣了,爱也可以不堪、丑陋,充满自私欲,同时又离奇地愿意为对方付出一切。

迟喻继续浑浑噩噩地上学念书,常因为打游戏和父亲发生争吵。有时她吵赢了,锁着门边哭边操控网游角色;有时是父亲赢了,他关掉了装在客厅的路由器,让迟喻只能对着掉线的屏幕无能狂怒。

父母在规避无视她的情绪问题,强硬地归咎于小女孩闹脾气。

无可奈何,被迫接受。

这八个字贯穿迟喻整个年幼和年少时期。

一切都糟糕透顶。

最先发现迟喻不对劲的是她的班主任,班主任在找她谈心未果后联系了于冰,提醒于冰,迟喻的状态非常差,甚至在课间操时忽然哭了起来。

于冰开车来接她,特地带了迟喻喜欢的冬日三件套。

烤地瓜、糖炒栗子与橘子。

车开出一段距离后,两侧的风景不再熟悉,迟喻才慢吞吞地问:"我们去哪里?"

"先吃吧，困了就睡会儿，等到了你就知道了。"于冰柔声回道。

迟喻第一次见到传说中的七院时，十六岁半。

这家医院频繁地出现在调侃骂人的语句中："我看你这脑子多半得去七院看看了。"

七院是所精神专科医院。

迟喻捏着单子，出入每个大夫让她去的地方，脑CT（影像学检查方式）的吸盘弄得整个头都很难受，大量的测评表眼花缭乱。

最后，那张前缀是测评指标的诊断书冷冰冰地摆在眼前。

诊断参考：**可能存在比较严重的抑郁症状，附带重度焦虑倾向。**

于冰当即慌了神，立刻又为她重新挂了心理咨询的号，上午没有专家号，母女俩硬生生坐在医院长椅等到了下午开诊。

医生是个很和蔼的中年女性，很有名，算是沐城排得上号的，同时也曾是于冰焦虑症的主治医师。

母亲送她进诊室打了个招呼，又退出去。

医生看到迟喻时露出点儿不出所料的神色，接过病历单后叹了口气问："你父亲还是老样子，油盐不进，对你母亲的情绪不管不顾？"

迟喻点头又摇头，最后回："比以前更让我难以接受。"

迟迅算是个很奇怪的人，他对西医的信任度非常低，于冰厌恶服药，作为丈夫的他绝不加以制止。

那天，迟喻拿着开的药回到家，面对的是一桌热菜和父亲一句冷冰冰的"你根本不用听他们的，都是骗子"。

他们再次爆发激烈的争执，以菜冷汤凉无人顾告罄。

期中和期末的成绩烂得惊人，父亲觉得是迟喻的心思不在学习上，直接动了手。

迟喻其实想问："我要怎么样？"

你们的争吵和离婚拉扯，让我荒废掉大半年的时光，让我痛苦不堪，为什么可以当作什么都没发生过？

但她没问,她失望透顶,已经不在乎了。

今年春节少了许多年味,迟航和朋友在外旅游,初三才回国。

因为母亲和父亲去年的争执不休,绝大部分同龄亲戚被爹妈裹挟着必须恨屋及乌,对迟喻敬而远之。

爆竹声声,万家灯火。

迟喻裹着羽绒服,拎了袋仙女棒独自下楼。

微弱的火光在暗夜里炸开,"吱吱啦啦"地响着,迟喻盯着那簇四散的烟火,为自己许下渺小的愿望。

"如果世上真的有神明的话,希望今年能够比去年过得好那么一点点儿。"

寒风萧索凛冽,迟喻跺着脚取暖,最后退回楼道中。

感应灯灭掉,手机光亮乍起。

迟喻垂眸点开和江聿怀的聊天框,上一条是她清早发的"早安,新年好"。

屏幕露出小作文的一块,三天前的一月二十九日是江聿怀的生日,迟喻洋洋洒洒写尽了祝福及感谢。

那瓶没有开封的可乐被安放在抽屉最内端,暗无天日地储存着,没开过独栋别墅门的备用钥匙被嵌在手账本的尾页夹层中,垫在可乐之下。

外套到底没有还给"迟航",父母如非必要都不会帮她收拾衣柜,记不得这种小事。

迟喻谨慎地会在每次发消息前点开江聿怀的朋友圈确认自己是否被拉黑。

灰白看多了,突然见到色彩还有些茫然无措。

最新的一条是江聿怀生日时说谢谢大家的祝福。

迟喻反复刷新了几次,皱着眉切回主界面,想确认自己是否被移除了黑名单，就惊悚地发现顶端显示着"对方正在输入中……"。

她按着小鹿的角防止它乱撞，凝神等待江聿怀的消息。

一条语音和一条"1666"的转账。

语音相当短，外面喧闹嘈杂，迟喻凑在耳畔放到最大音量，终于听清。

是一句再平常不过的新年祝福。

"新年快乐，小汤圆。"

不知为何，泪水忽然盈满眼眶。

Jyh：抱歉，我不知道是谁拿我手机拉黑了你。新年快乐，小汤圆。

睫毛兜不住泪珠，滚过脸颊泅入围巾，湿漉漉的，蹭得脖颈间难受。

迟喻回他：没关系，新年快乐，江聿怀大哥哥。红包太大了，我就不收了。

Jyh：收。

迟喻颤着指尖点完，又再次祝他新年快乐，且若无其事地补了句：才看到你前天生日，哥哥生日快乐呀！

江聿怀那边该是忙的，过了两分钟才回。

Jyh：乖。

楼道里人来人往，没人关注站在一楼等人的少女是何用意，迟喻脸对着墙面。

感应灯亮起时能看到斑驳墙壁和经年累月留下的磕碰灰痕。

她快乐不起来，恨自己敏感又太聪明。

江聿怀的短句中含有太多层意思，能碰到他手机的人绝不止一位。

而过年给小辈们发红包时想到自己，他既把自己安放在妹妹的位置，又说明了坦荡没有半点男女之情。

宽大的羽绒服兜内，指甲嵌进指腹，抠得生疼。

在过去的两个半月内，江聿怀从没有哪一刻，想要主动联系过自己，甚至根本没发现她的消失。

迟喻的生日在二月八日，跟江聿怀离得很近，同是水瓶座，总撞上过年，今年恰是初四。迟航结束旅行回国的时间卡在初三，多少带着为她庆生的意味。

生日当天一早就有人来敲门，迟喻以为是预订的蛋糕提前送达，没想到是个精致的粉红色礼品袋，飘带系了大朵蝴蝶结。

她怀抱着惊喜的心态拆开来，霎时泪盈于睫，盒子里安静地躺着一支派克的钢笔，光亮的笔杆映出她欲哭未哭的一双眼睛，笔帽处有激光浮刻的金字"Chiyu"。

钢笔的旁边是张贺卡，字迹遒劲有力：小汤圆十七岁生日快乐，学业有成——江聿怀。

这个型号的钢笔迟喻其实自己有一支，因为那会儿看到江聿怀在用，但自己买的，与对方亲自送的，差距如天堑。

她双手捧着那支钢笔，端到眼前，缓慢地呼出一口郁结的气。

迟喻整个高二都读得七零八落，上学和休学的日期对半开，座位换到了最后一排的角落。老师不知道她是否参加高考，对她不参与随堂小测漠然无视，课代表同样对她的作业能收则收，不会多做强求。

她的新同桌同样是个要出国的女孩子，叫任璇，每天来上半天课，中午吃个午饭，再去上同步美国时间的课程，有时会留得久一些，把下午的课间操和体育课都给上完。

那阵子，迟喻总在前两节课昏昏欲睡，醒了桌上常有任璇分的小零食点心，偶尔会帮她带冰可乐。

迟喻初中毕业的暑假在国外待过三个月，口语不错，又学了大半年的雅思。任璇刷托福机经卡住时，迟喻会帮忙看看。

女孩子们间的友谊简单纯粹，日子流水般淌过，迟喻不太敢在夜里联系江聿怀，怕再打扰到什么。

白天问题又没理由，老师、同学都能问。

只剩下周末有正当的理由和机会，可江聿怀的周末生活丰富多彩，迟喻总要捧着手机等大半天，才能得到"题目讲解"，以及一句温柔到快令她有负担的解释。

迟喻知道江聿怀有个乐队，周六下午排练，晚上一般会演出，喜欢的运动除了篮球，还有游泳。

有一回，江聿怀和她打语音讲题，插来个轻佻的男声笑着戏谑："哟，江少爷也有跟女朋友报备行程的时候啊。"

江聿怀淡声让对方快滚，又要迟喻别介意。

"大家玩得好，信口开河惯了。"江聿怀温润地解围。

迟喻顿了半分钟，才软语应答，乖巧地说："没关系。"

手机已经锁了屏幕，照出低垂的眉眼，倘若我真问心有愧呢？

她再次减少了联系江聿怀的频率。

某次月考，迟喻懒得参加，没跟家里说，人来了学校，坐在操场树荫下玩手机。

阴影覆过来时，她抬眸，看到举着瓶冰可乐带笑的任璇。

"你今天怎么也来了？"迟喻接过，面带惊讶。

任璇贴着她坐下，手掌揉着膝盖处，似是在思忖什么，迟喻没打扰。

微风压着叶片婆娑作响，不知过了多久，任璇倏然开嗓，轻声说："因为二班的班长。"

迟喻愣怔，倒不算太意外。

任璇自顾自地倾诉起来："其实我们是初中同班同学。说不上是什么时候开始关注他的，可能是我没带书，他把自己的书推给我，然后被罚抄课文，也可能是会考时抄板书，我躬身翻找东西，后排有人说我碍事，他吼对方说我压得那么低，和坐着有什么区别？"

迟喻是个极合格的倾听者，会恰如其分地给到不突兀的语气附和，表现出自己有在认真听。

"其实出国这事是很早就决定好的。我以前学习其实不怎么好,或者你从我高一的成绩就能看出来。我为了能跟他考上同一所高中,初三花了半条命,中考运气特好,拿不准的好几道选择题都蒙对了,结果用力过猛了点儿,结果你也看到了,我分到了一班,他分到了二班,万般皆是命啊。

"高一时,我上了一整年的完全听不明白的数学竞赛课,就为了能坐在他旁边,但其实我们就只是普通的初中同学。

"然后出国的话,选文科其实能更轻松一点儿,但是选了文科,就不能在同一个楼层了……我没别的想法,就是希望能够多看看他。来上学是为了可以在升旗仪式啊,课间操时光明正大地看向他。

"很蠢对吧?我知道这些时间可以做更多的事情,可还是想在离开前多看看他。我五月就得去读预科了,按照我家里人的设想,我要读完研才能回国,往后七八年,天南海北。"

阳光透过叶片的间隙,光斑打在迟喻掌心,她拍了拍任璇的肩膀,点头认真地回她:"我都明白的,因为我也有过这种心情,而我甚至无法在升旗仪式上再看到他,更没勇气提及他的名字。

"侥幸因为我堂哥和他是好朋友,才得到许多的照拂。"

迟喻揉碎日光,喃喃自语:"有一天,我看到他在野外露营,准备拍一场日出,腊月,零下十几度,我裹着羽绒服坐在阳台上,隔着一千多公里的距离陪他等到凌晨四点半。他或许永远不会知道有个傻子与他看了同一场日出,可我自己知道就够了。"

任璇侧目,看了迟喻一小会儿,莞尔说:"算啦,万一七八年后还能再相逢,彼此成为更好的人呢,到时候正好是结婚的年纪。"

"是啊,你说得对。"迟喻揉着发酸的鼻尖,跟着自我疏解情绪。

在接连两次月考成绩都不理想,被父亲呵责打骂、冷眼相向后,迟喻状态一度跌到谷底，甚至因为焦虑开始出现躯体反应，恶心想吐，有厌食倾向且失眠，人跟着肉眼可见地消瘦起来。

于冰坚持为她请了一个月的病假，为此和迟迅大闹一场，最终险胜。

迟喻无事可做，她打游戏是个标准的PVP（对战）党，靠花钱买金给装备镶嵌升级，在竞技场不开门的时候，只剩下挂机与切磋两件事，玩多了总会腻味。

某日，她拎着蛋糕路过新开的花鸟鱼市场，鬼使神差地订了套养鱼的工具。

偌大的鱼缸快赶上她的书桌长，假石山水沉溺其中，店家送了她漂亮的水生植物，翠绿的藻类隐在山石间摇晃。

迟喻这阵子的记忆力和行为诡异地出现偏离，反应了好一阵子，才意识到自己没有买鱼，又匆匆打车回去，自己用网捞出些心仪的。

她钟爱通体透明、胸鳍到鱼尾有梦幻色彩的小鱼，购入良多，光盯着鱼缸能打发掉许多时间。

有时，她会拍照发给江聿怀看，她不问题时，能得到的回复寥寥无几。

暑假那会儿，迟航回国组局，喊了他的兄弟们。

在得知局上有江聿怀后，迟喻非要迟航带她同去。迟航拗不过，犹豫再三，到底同意了。

迟喻穿着粉嫩的雪纺吊带，不会化妆，但还是精心涂了隔离与唇膏。

那是迟喻第一次见到迟航和江聿怀的世界，男孩子们聚在一起百无禁忌，聊的领域多是篮球、足球或大学生活，十句中有九句是她听不懂的。

迟喻是整个桌上唯一的异性，坐在迟航和江聿怀中间，形成了某种奇妙的保护圈，吃碟在每道菜刚上桌时都被舀上一大勺，她低头拼命吃，还是冒成了小山。

"哎，迟妹妹真的好乖呀，跟你哥这个狗东西做兄妹真是白瞎了。"

染着黄毛，名叫康亦的男生举杯，笑着说，"来，我以酒代可乐，敬你一个。"

"听听？"迟航揶揄，"你说的是人话吗？"

江聿怀横手挡过康亦躬身准备碰过来的杯子，慵懒地骂："神经。"

"啧。"康亦悻悻收手，轻慢地调侃，"至不至于这么紧张啊，咱家妹妹得满十六了吧？"

迟喻开腔，小声回应："我都过完十七岁生日了。"

"了不起。"江聿怀按她的脑袋，慢条斯理地问，"我是不是还得给小汤圆鼓个掌庆祝？都不知道迟航到底是怎么当哥的。"

迟航被气乐了，用筷子敲着碗反问："这怎么还带人身攻击的啊？自己没妹妹就忍着，别妄图觊觎别人家的啊，列位都注意点儿啊。"

"那你还是防火防盗防江聿怀去吧，说起来咱家妹妹还真的挺像兔子的。"康亦想起江聿怀很久之前那个没头没脑的兔子比喻，福至心灵。

迟喻心虚地把脑袋压得更低，乖乖往嘴里塞东西。

江聿怀不知道从哪儿知道她喜甜嗜辣的饮食习惯，饲养员当得比迟航还尽职尽责。

可被照顾得越好，迟喻就会越难过。

这种温柔和细致的观察力绝不是一蹴而就的，江聿怀是前人栽的树，她是后来以妹妹身份借机乘凉的人。

每个瞬间细想起来都是偷。

局中人尽兴，迟喻试图偷偷去给自己倒酒时，江聿怀还是拦住了她，认真地教育道："小孩子不要喝酒，喝多了怎么办？外面坏人那么多。"

他喊服务员，给迟喻要了两罐没有酒精的菠萝啤和新疆奶啤："喝这个解解馋得了。"

"那你是坏人吗？"迟喻气鼓鼓地念叨。

迟航竖起大拇指夸："还是你能制得住她，世上真是一物降一物，我这个妹妹我反正是管不了一点儿的,要不送你算了。"

江聿怀勾唇,指向迟航,幽幽地道:"小汤圆看清楚谁是坏人了吧?喊声哥哥,你就归我了。"

迟喻没得到喝酒的机会,甚至不能借醉来诉说心事,只能在众人酒酣时很小声又多次地喊:"哥哥。"

江聿怀把椰奶推到她面前,懒散地揉着她顺滑的发丝:"喊哥哥也不能给你喝酒,乖点儿。"

盛宴终散,晓风残月。

江聿怀架着半醉的迟航,迟喻拽着江聿怀衣服的下摆,三人一并立在饭店的霓虹灯牌下,等代驾过来开车。

五彩斑斓的光影错落在江聿怀俊美无俦的脸上,迟喻不知道哪儿来的勇气,蓦地踮起脚,抬眸与他平视,含混不清地念了句真心话。

"聿怀哥哥真好看啊。"

只那么一句,江聿怀垂眸看她。少女眸底清澈,心思昭然若揭。

他骤然惊觉,自己曾经见过这样一双眼睛,是某个落雨的屋檐下,盈满了泪。

江聿怀别开头,不敢再对上迟喻的眼睛。

稀薄的晨雾绕着路灯,昏黄幽微,薄唇轻动,最终没有发出任何声响。

远处的灯光在迟喻眼中模糊起来,江聿怀没有醉,他其实什么都明白了。

天会亮,有些东西在悄然发生变化。

迟喻对她和江聿怀的关系从来都有明确的认知,如果她不是迟航的妹妹,压根儿不会得到半点儿青睐。

自己的身份实在太过特别,未成年、准高三、朋友的妹妹、时不时休学、出国概率占一半的"叛逆"少女,是不合适属性叠满的类型。

迟喻其实什么都清楚。

然后，她清醒地看着自己日复一日地沉沦。

"明知不可为而为之，算是勇敢吗？"她对着鱼缸里的鱼倾诉愁肠百结。

传闻鱼的记忆只有七秒，可面前的小粉还是被迟喻念烦了，藏进了假山不肯出来。

于是，她又断掉了网络信号和无线网，给江聿怀发他永远不会收到的消息。

高三加了到十点钟的晚自习，陶琼不再有闲情逸致与她发语音。同龄的朋友们都忙于学业，而任璇才出国，隔着时差各种不适应，少有交流。

迟喻的时间似乎被按过暂停键，流速极慢，和身边的每个人都格格不入，药物的副作用带给她光怪陆离的梦境与扶着墙才能站稳的眩晕与无力感。

父母的争吵在母亲季节性焦虑发作时达到顶点。

喧闹、质疑、强烈的躯体反应与孤独感，源源不断地蚕食着迟喻的精神状态。

元旦假期时，灰掉很久的亲传师父头像亮了起来，是个很可爱的女孩子，考研戒了游戏大半年，第一件事就是找小徒弟迟喻八卦：**最近怎么样呀徒弟弟？有什么进展吗？**

迟喻：*渐行渐远渐无书。*

迟喻把青轴机械键盘敲得噼里啪啦，回得很快，上次联系江聿怀其实还挺近的，在昨天。

她精心编辑，删改数次，"群发"的新年祝福。

她没得到江聿怀任何回应。

他没理由回群发来的祝福，迟喻什么都了解。

师父的小心翼翼透着屏幕都能察觉到，迟喻懒洋洋地敲着键盘回：

没事的,都过去了,你回来玩吗?我上个输出号带你,我们先换武器吧。

人在疲倦到某个程度时,被纷乱杂事裹挟着往前走,会发现得不到回应的情绪实在不值一提。

昔年多少事,都付笑谈中。

第六章

贪嗔痴念

迟喻再见到江聿怀是隔年的元旦，她复学后被父亲逼着好好学习，而她坚持在休息日打游戏，最后父亲出门前带走了家里的网线，物理上为她"断网"。

但其实没什么的，这年头总有办法，迟喻在网吧门口拦住了一位姐姐，借了对方的身份证。网吧老板也没怎么查看就给她开了网卡。她厌恶烟味，挑了靠门口的地方坐，有人进门撩起门口厚重的棉帘，寒风就裹着新鲜的空气涌进来。

迟喻裹着粉红色羽绒服，耳麦垫着纸巾，全神贯注地和固定队友打着竞技场。

"给我山河，对面奶断了……"

轻软的声线隐没在周遭嘈杂的叫骂中，长安的竞技场门外，白发花萝蹦蹦跳跳地转着笔等再次进入。

视线中突然出现了一抹冷白色，骨节分明的手上扬，食指倒叩，在她的主机上很轻地敲了两下。

须臾间，迟喻的世界失去了声音。

直到竞技场的读条结束，她都没有点进去，队友在疯狂地问着些什么，却已经模糊到难以辨别。

迟喻僵硬地抬眸，却只看到江聿怀擦身而过的冷峻侧脸。她慌忙撂下句"抱歉，打不了了"，直接拔掉网卡去前台结账，以最快的速度追了出去。

她打了几个小时的竞技场，完全不知道外面何时又下了雪。

积雪未消融，昨夜新年有人放鞭炮，红纸碎夹杂在皑皑白雪中，煞是扎眼。

迟喻一路小跑，终于追上了穿纯黑冲锋衣的身影。江聿怀侧目，那双向来潋滟的桃花眼，此刻却没什么情绪，覆了层淡淡的寒霜。

凛冽的北风将他身上浓重的焚香气息吹涌入迟喻鼻腔。

很特别的香水味，似是浸润在烟火鼎盛的庙宇中，神佛低眉，信徒虔诵。

那为什么，迟喻原本放下的贪嗔痴，又都在江聿怀这淡漠的一瞥中再度翻涌于心间呢？

鹅毛大雪纷纷扬扬地飘洒，他们谁都没有多余的动作，驻足等对方先开口。

少女心念电转，生出几许旖念，旋即又强硬地压下。

迟喻等到的是江聿怀薄唇轻启，带着哈出的白雾，似是而非又惜字如金的几个字。

江聿怀问："迷途知返了？"

迟喻弄不清他是不是在问自己知道高三了不该来网吧。

唇咬到发白，牙关在打战，她迈出半步，挡到江聿怀身前，昂头倔强地反问："我知不知返又跟你有什么关系？我家里的事你又知道多少？"

江聿怀很平静地看着她，风雪都绕过那张俊脸，云淡风轻地回："你家庭很不幸，所以呢？你现在根本不是在报复你父母，只是在单纯地伤害自己。"

被他这样漠视，迟喻瞬间失去所有理智，绝望地讲："既然你不在意，那你刚刚为什么要管我？"

江聿怀嗤笑，不以为意地答："我没有想要管你，也管不了你，你想做什么做什么，我只是恰好遇到，打个招呼而已，现在打完了。"

他转身就走，迟喻被扔在漫天风雪里。

她目送那道颀长的背影消失在拐角处，去到视线和此生都再无法追逐的地方。

知耻而后勇，迟喻就那么戒断了手机和网络，埋头苦学到了期末考试完。

考完试，迟喻才终于腾出空来，回复自己那位有两个小时时差的便宜堂哥的消息。

汤圆圆：我考完期末考试了，你之前说有事跟我说，现在说吧。

哥：……其实现在说不说都没事了。

汤圆圆：你什么毛病？

迟航的"对方正在输入中……"打了很久，久到陶琼选好了晚上要吃的餐厅，两人走到校门口打车时才发过来。

很长的一段，一鼓作气地发完。

哥：你元旦那会儿遇见江聿怀了对吗？不管他当时跟你说了什么，你都别放在心上，他那会儿会从燕城回来，是因为从小带他长大的外婆逝世，他是回来主持葬礼的，心情不咋好……反正你当耳边风听听就行。

迟喻僵在原地，冬日昼短，路灯串连着亮起，雪光荧荧。

她恍惚间又回忆起江聿怀身上那股浓重的焚香气味，那种香气除了庙宇，还可能出现在殡葬祭奠上。

不过当时迟喻只顾着自我情绪崩溃，没能往别处多想。

今天是一月二十三日，距离江聿怀生日还有六天，距离上次见面过了二十三天。

一切早就堕进了无可挽回的绝境中。

"汤圆？"陶琼拍她的肩膀，提醒道，"车来了。"

车驶上立交桥，窗外华灯璀璨，迟喻在玻璃上哈出一片白雾，用指腹潦草地乱画着，微不可闻地叹出一口气，再用手掌心贴着冰冷的玻璃,轻而易举地抹干净。

那天的晚餐是新式的烧烤,自选烤串,炉子两侧带了滚轴,能自动翻面,烤得均匀,而迟喻没心思吃。

很久很久以后,迟喻才明白其实江聿怀所谓的"重话"在他那儿其实也算不得重。

他的父母是商业联姻,各玩各的,光是母亲的婚礼他就参加过三次。

并非江聿怀在故意漠视她的痛苦,而是比起原生家庭和失去至亲的难过,迟喻当时的处境,实在不值一提,但时过境迁,知晓亦已全无用处。

这年的寒假在无穷尽的补课中度过,从早八点补到晚八点,名师为迟喻一对一查缺补漏,紫色的"五三"与明黄色的"天利三十八套"交错被翻开。

伴着呼啸的北风,迟喻在静谧的夜里刷完一道又一道的练习题。

入睡时,耳畔都还是笔尖擦蹭纸面的"沙沙"声和师长们殷殷期盼的叮嘱。

连生日当天,迟喻都不敢得闲,晚饭切了生日蛋糕后,才有心思去拆江聿怀送的礼物。江聿怀送给她的十八岁生日礼物是块蔻驰的珍珠贝母盘手表,灯光打下来,表盘流光溢彩。

这是一件很适合送家里小女孩的礼物,轻奢又不会太贵重,也寓意着一寸光阴一寸金,不带一分暧昧。实际上,迟喻已无暇顾及自己的那点小心思。

希冀的阴云重新布满迟喻的生活,奶奶因糖尿病并发症卧床不起,混沌中让人给自己打电话,说了三两句念想后,唯一不忘补充的就是"好好学习"。

老人家开始越来越糊涂,迟喻得了半个上午的空,总是往奶奶家跑。

迟喻多休上午，下午还要继续奔赴各个补习老师家中，有时奶奶拉着她的手喃喃自己少女时代的事，说久了不愿放人。爷爷就会叹着气劝："好了好了，汤圆还得学习呢。"

有种绝望叫作我本可以。

迟喻再未翻开过那本曾经写下过无数花体英文缩写的学习笔记。

旧时梦与记忆中的雨都封存在抽屉中，不敢触碰。

翻盘逆袭的路在高三开学一个星期后直接被敲碎打破，迟喻洗完澡出浴缸时滑倒，直接把自己摔了个骨折，三甲医院骨科主任亲诊，钢板石膏打得熟稔笔挺。

迟航无可奈何地打来语音逗她："你不想参加一模也可以，不高考出国你爸也不能拿你咋的，咱们没必要自残吧？"

迟喻简直骂不出来什么话，她愤怒地单方面在朋友圈宣布和迟航断绝兄妹关系。

然后，她就看到一个熟悉得不能再熟悉的头像给自己点了赞。

迟喻揉着眼睛刷新，又多出了一条评论。

Jyh：挺好。

互加微信一年半，迟喻第一次知道江聿怀原来也是会刷朋友圈的。

她慌乱地想着去隐藏起之前那些不着四六的朋友圈，隐藏了几个后又笑自己多余，停下了动作。

她重新拿起床头柜上那本读到三分之一的《我与地坛》。

伤筋动骨一百天，卧床不起还能坚持学业的大有人在，可迟喻做不到。

行动不便，睡觉无法换姿势，她夜夜失眠。

哪里都不好受，反倒是得了父母许多关切。他们不再呵责和步步紧逼，退到了难以理解的低位。有几个瞬间，迟喻看母亲小心翼翼地进来送水果，见自己在玩手机或是看杂书都没有多余的话。

真的有一种他们误会自己不想努力刻意自残的感觉，她不知如何解释,干脆缄默不言。

几位补课老师纷纷发来问候,还有老师告诉她骨汤滋补做法的。

病中人的情感或许总有相通。

史铁生在书里写"就命运而言,休论公道"。

史铁生也写"冬天伴着火炉和书,一遍遍坚定不死的决心,写一些并不发出的信"。

这令迟喻想起了去年冬天,她没有火炉,常在深夜里伴着盏小橘灯,看墙面上自己打出的手影,给江聿怀发出些他收不到的消息。

她在骨折卧床期间摒弃各学科,看遍了从父亲书柜挪到她床头柜上的《史铁生文集》。

拆掉石膏后,左腿比右腿肉眼可见地细了不少,更给校园趣事中多添了一则。

迟喻喜欢喝可乐这事尽人皆知,传闻校长后来在每年高三致辞时都要念叨一句:"少喝碳酸饮料,容易骨质疏松,你们就有个学姐高三下学期关键时期摔倒就骨折了,耽误了许多事。"

窗外的梧桐萌出新绿,教室里安静得只能听见试卷和笔尖的交响曲,迟喻松动着僵硬的肩胛骨,含了颗薄荷糖继续埋首写题。

终于到了无暇想其他事的时刻。

她还是很想考去燕城,学校差一点儿没关系,只要能离开父母,其他的不重要。

就业前景和家庭负担都跟迟喻没关系,父母为她积攒的钱算不上多,却也足够她此生无忧。

黑板左上角的数字从双位数降到个位。

在校的最后一天,班主任擦掉上面的"2",回身强调起考试的注意事项,最后对着台下共处了三年的学生们微笑着说:"祝大家得偿所愿,暂时没能如愿也无所谓,多数人要三十岁才能认清自己想要什么样的生活,人生有梦,各自精彩。"

一班参加高考的四十六人在班长的呼应下集体起立，鞠深躬喊："过去三年，老师辛苦了。"

迟喻考前失眠了，她坐在如水的月华中和同样难眠的陶琼有一搭没一搭地聊天。

汤小圆：你说我们没书读的话会怎么样？不如一起去开拉面馆。

陶小琼：商业投资风险大，还是街边支煎饼馃子摊吧，你摊一个，我吃一个，你可得供应上。

汤小圆：得了，创业未半而启道崩殂，还是尽可能蒙的全对吧。

陶小琼：有理有理，那我先努力去睡了，晚安，你也放下手机，睡不着也眯一会儿，别真去卖煎饼馃子啊。

迟喻背贴着阳台的护栏，鬼使神差地又点开了江聿怀的微信聊天框。

她杏眼倏地亮起来，本该显示昵称的那栏，赫然显示"对方正在输入中……"。

心跳不听话地飞速跳跃起来，迟喻死盯着屏幕，等了五分钟，都不见江聿怀发什么过来，而顶端又回归了昵称。

突如其来的勇气驱使着迟喻主动发了条信息过去：我明天高考，睡不着。

江聿怀是秒回的。

Jyh：我知道，所以现在小汤圆可以许一个我即刻能完成的愿望，代价是我做完，你就必须躺下睡觉。

她来不及去想个最狂妄热烈的愿望，只发了一句：那你给我唱首歌吧。

江聿怀答应了，他的语音直接打过来，久违的清冽嗓音在夜色里晃着："想听什么？"

迟喻不假思索地软糯地回："《后青春期的诗》。"

"嗯。"江聿怀低声应,"那等我一下。"

听筒那头是脚步声和试吉他的弦音。

他炫技般地弹了段副歌部分才开唱,唱腔慵懒低沉,带着淡淡的倦意:"回忆夸饰着伤感,逝水比喻时光荏苒,终于我们不再,为了生命狂欢,为爱情狂乱。然而青春彼岸,盛夏正要一天一天一天地灿烂。"

迟喻开了外放,伸手去捧一簇落在阳台大理石地面上的月光。

时隔两年,再听到这首歌的旋律,仿佛被时光机器送回那个余霞成绮的黄昏,江聿怀跷着二郎腿对窗散漫地低唱。

虚岁十六的迟喻立在门外偷听,那时她有还不错的成绩和如晚霞般值得期盼的未来。

江聿怀唱下去,为她改了词,只改了一个字,直愣愣地砸到迟喻心底。

"谁说不能让你,此生唯一自传,如同诗一般。无论多远未来,读来依然一字一句,一篇都灿烂。"

"好了,唱完了,遇到不会的就选 C。睡觉吧,小汤圆,晚安。"尾音拖长,宠溺地哄着。

迟喻这辈子都无法忘记高考前夜江聿怀为她唱过歌。

明明自元旦后就再无私下的交集,掐断这份心思其实很容易。

消失得足够久,对方总能忘,江聿怀拒绝过的人太多,深谙此道,自知不该再接触。

但他还是酝酿着在迟喻高考前夜想说些什么鼓励的话,最后不在意做得暧昧与否,只为了哄女孩子睡觉好好休息。

当晚,迟喻睡得还不错。

考数学和语文时,她把握不准的两道题的答案都是选 C。

出考场时,天空中飘着细密的雨丝,传说每年高考都下雨,哭冤死的考生。

迟喻超常发挥，她这届赶上了本省高考改革，从原来的估分报志愿，改成了出分报志愿。

好处是不用怕低报，坏处是人人都想高报。

填报志愿那几天兵荒马乱，迟喻超了一本线四十几分，上燕城几所211的好专业有难度，但可以考虑省内几所带着985和211名头的中外办学2+2项目，声名好听，也算是顺遂母亲的心愿，差强人意的结局。

迟喻再没有理由选择燕城，区位优势无法补齐省内对内分数线的调控。

接到录取电话时，迟喻正在收拾参考书打包准备卖掉，她很平静地接听，第一志愿滑档，第二志愿是财经大学，母亲的母校，录取专业是工商管理。

鸡肋，但要求比王牌的会计低，这对迟喻来说都无所谓。

喜欢的专业读不到，别的总能凑合读下去。

"九十七块四。"收废品的工作人员给出了报价。

十二年青春，换半塑料袋冰激凌。

可歌可泣，巧克力味最好吃。

迟喻给江聿怀发自己的录取信息，意料之中地没得到回复。她不再捧着手机苦等，而是弯腰按开了电脑主机，点进游戏。

直到父母回家出门聚餐前，她才看到江聿怀一个钟头前回了信息。

Jyh：财大挺好。

"祝愿各位前程似锦，一中永远以你们为骄傲。"

三年青春在校长激昂澎湃的致辞中落下帷幕。

集体毕业照提前拍好，订制成册，在今天发放。迟喻和陶琼约了个摄影师兼职妆娘，为她们俩拍闺密照。

妆容按照各自的五官描画，迟喻眼型圆，眼线刻意下垂后又微微扬起,挑出若有似无的妩媚,而陶琼眼型狭长,则在鼻尖点了颗小痣。

衣服算上一中校服,共准备了三套,甜系的洛丽塔小洋裙放在中间拍摄,最后是日式制服。

迟喻穿着红色格子百褶裙,陶琼穿蓝色。

自古红蓝出CP(配对),镜头定格下少女牵着手漫步在光影错落的走廊里,回眸冲对方粲然一笑,实验室里举着烧杯模仿实验课的场景,在教具的遮掩下偷偷跟对方耳语。

最后的拍摄地点是操场。

夏日午后,骄阳似火,塑胶地翻滚着热浪,却丝毫不影响足球场和篮球场上男孩子们挥汗如雨。

刚出了教学楼,隔着两百多米的距离,迟喻一眼就望见了篮球场上起跳投篮入圈,稳稳落地的江聿怀。

她步子稍顿,正过衬衫领结,又低头理了理裙摆。

最后,她偏头和陶琼确认:"我现在看起来怎么样?"

陶琼不明所以,竖起大拇指夸:"我喻貌美如花。"

一中的操场假期对外开放,白天是少年和青年们的主场,到晚上就变成了广场舞和遛弯儿的地界。

江聿怀假期中被朋友们约着回来打球,不知道是谁赶了谁的趟。

迟喻就那么配合着摄影姐姐的要求摆出各种姿态,眼神时不时地飘向篮球场那边。

日光透过叶片的间隙,斑驳细碎的光影打了满脸,烈日下的那人穿了身亮眼的蓝色球衣,冷白的皮肤耀眼到反光。

"看我,这边。"摄影姐姐连按数下快门,满意地切回照片,"等我回去给你们选图修图,还有什么特别想拍的场景吗?"

陶琼摇头。

迟喻转向篮球场的方向,轻咬唇瓣,幽幽地问:"不知道您能不能找到一个角度,把我的背影和中间的篮球场一起拍进去。"

"哎?"摄影姐姐挑眉,旋即明白过来什么,笑说,"某人正在那里打球对吗?"

"对呢。"迟喻坦荡应声。

距离足够远,她不担心江聿怀会听到。

摄影姐姐捧着相机站到几米开外的地方,单膝跪地记录下这一幕。

少女的手指在背后勾缠着,斜侧身体,正对着篮球场的方向。

影像默不作声,却将一桩少女心事诉尽。

迟喻读高中的第一天,站在离江聿怀很远的地方仰望他。

高中毕业的最后一天,已经能够平视,可距离依然存在。

有始有终。

这三年并非一无所获。

迟喻绕了大半圈去小卖部拎了两瓶带冰碴儿的可乐和两支可爱多,拉着陶琼往篮球场挪动。

迟喻选了树荫处落座,人手一支可爱多咬着。

她光明正大地看向球场上的江聿怀,看不太懂篮球,但是江聿怀的个人风格显著,只要到他手里的球就很少会再传出。

三分或是上篮暴扣,肌肉线条利落流畅,扬手时运动服下摆露出截劲瘦紧实的腹肌。

迟喻倏地低头,大口咬着可爱多,试图驱散心口翻涌上头的热意。

一场球打完,江聿怀所在的一方获胜。迟喻起身,拍了拍染尘的裙角,握住手边瓶身凝出水雾的冰可乐,大大方方地凑了上去。

"哟,你是在哪儿都有妹妹送水啊。"梳脏辫的青年拍拍江聿怀的肩膀提醒。

迟喻乖巧地待在不远处,江聿怀回身,桃花眼潋滟,看到人时露出点儿转瞬即逝的意外。

似乎每次见到迟喻的时候,她人总要瘦上一大圈。

脸颊的婴儿肥都快消失殆尽，更衬出那双水汪汪的杏眼，扎了双马尾，发圈上有毛茸茸的小球。

白衬衫塞进百褶裙内，胸线鼓鼓囊囊，腰身纤细，裙子卡在大腿中段，往下是带着点儿肉感的腿，白得亮眼，像只可爱的小兔子，又纯又欲。

"扭不开瓶盖了？"江聿怀走向她，自然而然地接过来，懒散地问。

"才不是。"小兔子一秒转凶，鼓着腮解释，"我这是给你送的水！我自己有！我扭开了！"

江聿怀轻笑："这样啊，那谢谢我们小汤圆。"

他仰头，突兀的喉结滚动，汗水顺着颈线淌入衣领间，迟喻不由自主地吞咽唾液。

湿发被他随性地抓到脑后，露出光洁饱满的额头，大概是喝了水的缘故，音色亮了些许。

"考得挺好的。"江聿怀夸着，他摸出片湿巾，慢条斯理地擦拭着手掌，一根一根的指节仔细清洁过，去扯了下女孩子左边马尾的毛绒兔子发饰，散漫地念，"毕业快乐，小汤圆。"

迟喻乖顺地任他揉自己脑袋。

江聿怀三言两语，过去一整年的隔阂尴尬冰雪消融。

"哟，还得是我们江爷，跟哪儿都有漂亮妹妹送水呢。"脏辫青年挤眉弄眼地戏谑。

江聿怀横着手掌将迟喻的视线挡开，轻踹对方："滚，这是我妹。"

"我就说这个妹妹我是见过的。"脏辫青年笑着说，"别介意妹妹，我这人不怎么会说话。"

迟喻柔声细语地回："啊，没事，我不介意。"

"你俩还唠上了？"江聿怀一阵头疼，"是我介意行了吧？"

对方热络地问："那妹妹一起吃午饭吗？"

迟喻摇头，指在等她的陶琼："我和朋友约好了。晚上有班级聚餐，谢谢哥哥。"

江聿怀淡淡地纠正:"别见谁都喊哥哥,人家有名字,你可以直呼他大名,王狗剩。"

脏辫青年愤然,冲着别的队友吐槽:"听听,江聿怀这说的是人话吗?就因为他妹喊我哥,我连人都不算了?"

"做梦喝了多少酒?"另一个声音插进来,"那是迟航的堂妹,你就感天谢地不是迟航在吧,否则你连命都没了。"

话题就此被迟航这个不在场的打住。

饭点,一行人浩浩荡荡地往校门外走。

迟喻与陶琼走在最后,江聿怀走在她前面,把她俩和人群精准地隔断开来。

迟喻仰头去看江聿怀的后颈,又低头去偷偷踩他的影子。

满心满眼都是藏不住的雀跃欣喜,再无暇顾他。

直到自己的名字第二次被不算熟悉的声音叫道,迟喻才茫然地抬头,寻声望过去。

王成立在校门口,脸上带着温和而腼腆的笑容,对上迟喻眼神的目光有几分闪烁,但完全没有要移开的意思。

少年就那么颇不平静地注视着她,嘴唇开合几次,欲言又止。

如同照镜子一般在对方脸上看到了自己每次面对江聿怀时的神色,惶惑、紧绷,每个表情都在努力演算做到最佳表现。

迟喻只能无措地失笑。

她这三年来上课的时间本就不怎么多,颓然趴桌看小说、玩手机也能占三分之一,对身边的同学关注不多。

对王成最深的印象是暑期里持续了三个多钟头的狼人杀——因为有江聿怀在场。

当下,她甚至回忆不起王成其人最令自己印象深刻之处,悲凉感就那么慢慢散开来。

迟喻提步想当作没看懂直接走开。

心酸而已,哪个没有?

余光里出现一只手,迟喻皱眉,向后退了半步。

电光石火间那只手在扣到自己腕骨前被另一只冷白的手箍住,推挡远离。

"同学。"江聿怀冷冷地开嗓,"有话说话,别动手动脚的。"

手上被捏住的力度加大,王成忍下痛感,径直对上一双荫翳幽深的黑眸,礼貌地颔首:"哥哥好。"

江聿怀没应,凉声道:"有话就说。"

"迟喻。"王成温声喊她的名字,言语中未尽之意囫囵吞咽入腹。

少年最后垂头说:"我考到广城了,想祝你前程似锦。"

迟喻怔然,莞尔回他:"愿闻君安康。"

散场的局百无禁忌,他们这一届念书时年龄卡得严格,读到高中毕业都已经成年。

饭局上酒瓶碰撞,清脆地响在耳侧。

有人说宏图之志,有人羞赧告白,有人一笑泯恩仇。

今夜盛筵繁华,觥筹交错。

可总该认清人生其实大部分时刻都是散落一地的瓜子壳,零散、不由己控。

迟喻近年的性子内敛太多,更喜静,极少参与这类集体活动。

她旷掉了两届运动会、秋游和学农,除了陶琼,跟班里绝大多数同学的关系都不热络,会来是因为陶琼的力邀。

刚刚表白成功的一对小情侣扯着包厢里的K歌设备合唱《被风吹过的夏天》。

对视时的甜蜜令人羡慕,迟喻握着啤酒瓶单手轻敲桌面。

气氛在被灌到半醉的学委踩着凳子吼"分不分别的不重要,主要是苟富贵,勿相忘"那个瞬间被炒到最高点。

酒过三巡,言犹未尽。

迟喻不太想面对分别,托故去卫生间躲会儿。她起身,走过男生那桌时被轻轻地勾了下手指,触电般地又被放开。

"对不起。"王成对自己上午不妥的行径道歉。

迟喻摇摇头回道:"没关系。"

那天是迟喻这一生中最后一次见到王成,迟喻起初是本科那几年沉迷网游与江聿怀,对聚会的社交敬而远之,后来是出国和久留燕城。

隐约听谁提过一嘴,王成读船舶专业,后来常年在海上。

人和人如果想完全没有交集,未免太过容易。

酒店走廊中灯火通明,迟喻顺着服务生的指路去寻卫生间,蓦然看到拐角尽头处的江聿怀,下意识地先揉了揉眼睛确认。

他换了件短袖配牛仔裤,人松弛地靠着墙面,长腿斜支,漂亮的手指捏着手机覆在左耳,有一搭没一搭地跟谁打电话。

大概是迟喻的目光炙热得过分,江聿怀睨过来,冲她勾了勾手。

"挂了。"

迟喻慢悠悠地移动过去,就只听清了这一句淡漠寻常的结束语。

凛冽的松木香气混着三分酒气与尼古丁,不难闻,就是很难描述。

"在这儿吃散伙饭?"江聿怀看似随意地问了句。

迟喻点头如捣蒜。

江聿怀有点儿想笑,还真应了那句老话,说曹操曹操到,迟航刚刚语音里才叨叨完他妹妹,下一秒女孩子就站到了自己面前。

眼睛亮晶晶的,喝了不少酒的样子,领结松松散散地挂在颈间,衬衫扣子开了两颗,还是白日里的妆容,纯欲中妩媚的那部分被明黄的光线放得无限大。

风情万种的大美人江聿怀见多了,他生平第一次认认真真地待在原地，等这个不是自己喜欢的类型的小女孩踮起脚想方设法来搭讪。

酒精让人思绪迟缓，迟喻平时和他讲话总要在心里预演三回。

现下反而不知道该说点儿什么好了。

迟喻捏着裙角，长睫轻颤，保持着微微踮脚的姿势仰头，目不转睛地盯着人看。

极僭越的对视。

江聿怀默许了。

"喝了多少？"江聿怀按着她的发旋，微微用力，把人按回平地站稳，懒洋洋地发问。

迟喻想了想，不确定地回："三瓶啤的、两杯白的？"

江聿怀轻嗤："还挺能喝，那吃完给哥哥打电话，我送你回去。"

"可我没有你手机号。"女孩子含混念叨，轻软中带着点儿奶。

江聿怀突然想逗逗她："159……记住了？"

说得猝不及防，迟喻两手空空，但她很流畅地重复了一次，回道："我记住了。"

江聿怀一噎，勾唇夸："你这记忆力，挺惊人啊。"

"不是。"迟喻倔强反驳，"不是我记忆力好。"

只是与你有关的一切，我都记得特别清楚而已。

这家饭店的包厢带 KTV 功能，不用转场，撤菜上果盘点心和酒水饮料足矣。

喧嚣热闹迟喻不在意，离别愁绪迟喻不太有。

她思忖着江聿怀在喝酒，自己不可以比他早出去，又捏着瓶饮料慢吞吞地饮下。

迟喻坐在暗处，投射性的光影掠过肩颈，脑袋枕着椅背，沉浸在靡靡歌声中，静候着命运降临。

快到凌晨时分，人陆陆续续地离开，迟喻刻意拖了尾。

直到最后收了钱负责结账的同学准备离场，迟喻才不疾不徐地站起来。

有点儿意外的是，江聿怀比她先出来。

饭店左右两边镇着威武的石狮，楼梯缓阶四级。

他坐在石狮底座的平面处，宽肩窄腰大长腿，姿态闲适自在。

迟喻有点儿看不清他，眨了眨眼重新凝视。这个人是百变的，他在每种场合里都如此游刃有余，且危险到不该触碰。

"江聿怀。"她舌尖微微翘起，他的名字从心口滑出。

江聿怀回眸，酒店的霓虹灯牌落下正好是椭圆形的光束，聚在少女身上，姣好脸颊泛着粉，眉眼弯弯，笑容璀璨。

夜风带着裙摆轻晃，湖泊般的眸里映出自己的身影。

今夜的江聿怀第二次感觉到微妙，迟喻是长大了一点儿的。

这样的感觉就好像你最初在朋友那儿见到一只小小的可爱到不行的兔子，乖巧任由捧在手心里把玩，自然而然地当作宠物爱护。

但过了很久以后，再见有点儿陌生到认不出，兔子变得可口肥美，竟乍然生出麻辣还是卤汁吞咽入腹的念头。

值得唾弃。

"走吗？我喊了代驾，停车场在那边。"江聿怀冲西侧指了指。

迟喻摇头，带着鼻音哼唧，所答非问："我四个月前就成年了。"

"好好好。"江聿怀无可奈何地哄着，"成年了，了不起，给小汤圆鼓个掌，三下够吗？"

他还真就"啪啪啪"拍了三声。

静谧的夜色被惊扰，迟喻歪头瞅他，又喃喃评价了一句："拍得一般般。"

江聿怀算是彻底看明白了，是醉得不轻。他挑眉，又上下打量了下少女的装束："是要抱还是要背？"

迟喻甜美地反问："宝贝儿？"

"我果然不适合跟醉鬼探讨行为逻辑。"江聿怀举手投降，跨步到她下面那阶楼梯上。

距离突然被拉近，迟喻反应不及。

呼吸带出的热意和起伏的胸线只差一点点儿就能扑到江聿怀的躯体，她茫然地从潋滟的桃花眼里看到失措的自己。

"上来吧。"江聿怀叹气，背身冲向她，后颈的反骨凸起，肩脊宽阔。

迟喻反应了半秒，犹豫着讲："不用，我能自己走的。"

江聿怀戏谑地说："是指你挪半步，我给你鼓掌，你走一路我得给你鼓一路掌的话，我宁可背你。"

"我没。"

最终，她还是乖乖地揽住江聿怀的脖颈，瞬间的失重感被拖扣住膝窝的温热手掌驱散。

心跳剧烈如战鼓，耳畔轰鸣。

迟喻趴伏在江聿怀背部，脑袋无处安放，试探半天，最后将下巴抵到他的肩头。

夏夜的风温柔缱绻，视线可见范围变成了迟喻步行时到不了的天地。

弯月高悬，星星稀少，昏黄路灯扯着他们的影子，密不可分的一整团。

整个人都很热，有酒后的燥热，更多的是互渡过来的体温。

"对不起。"迟喻轻声道歉，"我很重吗？以后一定戒酒。"

重完全谈不上，更多的是胸前绵软被挤压的触感，少女的洗发露是椰奶味，甜丝丝的，马尾下摆擦过外露的肌肤带来的酥痒。

江聿怀浮出点儿后悔的念头，早知道还不如抱她了。

"很轻，可以多吃点儿。"嘶哑低沉的嗓音磨着耳郭。

迟喻完全没能松懈，她无意识地把自己埋进对方的颈窝当鸵鸟，于是急促的热息全然打到江聿怀颈部。

"为什么会叫汤圆?"江聿怀磨牙,随便起了个话题。

迟喻软音认认真真地回答:"我父母特别忙,小时候住奶奶家,有年元宵节,一直等爸爸妈妈回家,不肯吃菜,饿到踩着凳子爬上饭桌,一口气吃掉了十个汤圆,所以就叫这个了。"

可可爱爱,没有脑袋。

去往停车场的路不长不短,迟喻希望它最好能长点儿,又觉江聿怀辛苦,希望短点儿。

两难全。

迟喻被安稳地塞进后座,月光打在安全带的金属卡扣上,冷寒的一道身影斜过身前,迟喻不知道哪儿来的勇气,按住那只为自己系扣安全带的手。

掌心下是分明的指骨关节,她抬眸,盯着江聿怀,一字一顿地表白。

"我喜欢你,你可以喜欢我一下吗?"尾音已然细弱到自己都快听不清的地步。

"抱歉。"江聿怀的神色隐没在暗处,幽幽地回,"我不喜欢你这款乖的。"

"所以我究竟是哪里乖呢?"迟喻按着他的手掌,逼问道。

是欺骗父母留着你外套,还是离家出走,高三在网吧打游戏,这些在你眼里都算乖吗?

托词礼貌而蹩脚。

正常情况到这儿就该结束了。

可迟喻今夜有种不到黄河不死心的偏执。

"你们兄妹俩到底是吃什么长大的?都这么执念深重?"江聿怀看向少女,慵懒地问。

夜风自他背后涌入,赖以生存的氧气都带着江聿怀的气息。

这样暧昧旖旎的时刻,每句话都如同利剑,戳得人千疮百孔。

迟喻咬唇，手指一寸寸地收回。

软嫩的指腹摩挲过手背，江聿怀几不可察地倒吸了一口凉气，有点儿后悔今夜喝了酒，叫代驾，才会背着她来停车场。

准备关门前，他对上少女那张泫然欲泣的脸，动作忽滞。

"对不起，我承认我刚刚跟你说话是有点儿大声。"江聿怀生平极少花心思哄人，绝大多数哭哭啼啼的场景他都觉得吵闹厌恶，会直接离场。

可人是他自己塞到车里又弄哭的，总不能真放着不管，由她去。

江聿怀无可奈何地哄着："你乖点儿，别哭行吗？"

"你刚刚才说过最讨厌乖的！"迟喻蹙眉。

江聿怀挑眉，语气温和了几个度，宠溺地回："那我变卦，现在喜欢乖的了，行吗？"

迟喻变脸般听话地颤着长睫隐去泪光，清润的眸子锁着他。

纵横无数的猎手拿只柔弱的兔子毫无办法。

气氛在代驾穿着广告马甲骑电动车匆匆赶来，出声确认订单后被打破。

两人都坐在后座，迟喻侧头看着江聿怀闭目养神，立交桥上的路灯分布均匀，优越五官分割忽明忽暗的光线。

广播电台放着首点播的粤语歌，此前迟喻没听过，还是主持人报名，方知是关淑怡的《地尽头》。

声线低回幽婉，哀怨愁肠诉尽。

"我都坚持追寻命中的一半，强硬到自满……忘掉根本，生有何欢。"

约莫五公里的车程，酒醒七分，江聿怀始终没看迟喻任何一眼。

她在这样的疏离中哭笑不得地面对现实。

江聿怀的车开不进迟喻现在住的小区，迟喻去开车门，轻声讲："再见。"

"我送你。"原以为睡着的人倏地出声,强硬得不容回绝。

这次是并肩而行了,迟喻低头数着人行横道的格子,终于不再言语。

"没门禁?"江聿怀淡声平静地问。

"我妈去旅游了。"迟喻如实回。

江聿怀颔首:"这样,那我送你上去。"

他所谓的上去,是只送上电梯,目送迟喻进家门,顺手帮忙带门,再利落地转身离开。

周全潇洒。

金属防盗门板隔绝迟喻缠绕的视线,她扶着玄关柜,按住心口,大口大口地喘粗气,竭力去安抚那颗急速跳动很久的心脏。

还是不够醉,唯三分醒最难挨。

迟喻站到腿麻,又蹲了一小会儿才去洗澡卸妆。

出来时,她翻冰箱,连着开了两听啤酒往下顺,趴到床上久违地开始重写手账。

夜色将尽未尽,笔尖在某个瞬间顿住,墨痕晕开,少女枕臂酣睡。

她没能在翌日醒来后成功断片,仍清楚地记得自己不揣冒昧地表达爱意后,江聿怀的四两拨千斤。

有些事只有特定的场合可以做,日光下无能为力。

胆小鬼如迟喻,连"叨扰致歉"四个字,都不敢发出。

第七章

死不悔改

本科的生活丰富多彩且杂事良多。

四人寝，上床下桌、带独卫，环境算得上很好，可到底不比家里。

陌生人从相识到相处原本就会有这样那样的摩擦，再加上习惯和生长环境后就更离奇。

迟喻调停了数场室友的争执不休。

直到迟喻某日哭笑不得地跟汤宁扒拉手指强调："你计算错了，你数学是体育老师教的吗？"

汤宁很认真地回应她："对啊，我小学六年，体育、数学、语文是同一个老师教的，怎么了？"

迟喻噎住，摇头和对方道歉。

地域、家庭、成长环境迥然不同的四个人，都必须在磨合中去学着体谅和包容对方。

迟喻最初在室友眼中同样是足够奇葩的存在，入校的第一件事问网在哪里办，十六寸的游戏本、机械键盘和各种外设占满大半张桌子。

她拒绝加入任何社团，因为活动会耽误她玩游戏，对各类讲座更是全无兴趣。

迟喻根本不像是来学习的，更像是个网瘾少女来打游戏的，她开学起就摸清了各类老师的习惯，时常逃课回寝室打游戏，在室友不睡觉的时候挂着语音软件。

她会在每个十点半断网的夜里，开手机热点，转用笔记本自带键盘继续。

赶上有室友早睡或是失眠心烦时难免有怨气在胸,迟喻不对的地方更多,然后就变成每周五上完课回家,周一早上再打着哈欠来上课。

原因倒也无他,唯对高数较为重视而已。

数学这玩意儿,不会的是真不会,迟喻允许自己放纵打游戏,却不许自己挂科重修浪费时间,以及绩点过低影响出国。

多数懒得上课和想出去旅游的时候,母亲会找关系为她开病假条。

要求同样是:你可以不去上课,但成绩给我保持。

迟喻是相对争气的,主要是高中素质教育好。

在高考结束后,迟喻开始重新打"剑侠情",AFK(停止游戏)大几个月后,好友列表里灰了一大片。

她的签名还是从前的那句,那时候她所在的帮会和另一个帮会交恶,每日开帮战打架。

于是,她"中二"病晚期地挂了一句:醉卧沙场君莫笑。

师徒列表空空如也,她的亲传师父直接注销了账号离开。

或许是有给她留下一言半语的,只是信件的时效是三十天,会过期。

迟喻在世界频道给自己收了个亲传徒弟,同是万花,体型是花姐,还没有满级,她从头开始教,像是当年她师父带自己那样。

认识了新的朋友,迟喻开始学着去打本,时间在课业和游戏间反复消磨。小半年下来,她和隔壁寝室同样沉迷游戏的周昼结对出入……共同逃课。

她的书架上特地空出位置,放了只透明的玻璃罩,罩着瓶可乐,衣柜中挂了件黑色卫衣。

迟喻能够自由自在地抱着那件属于江聿怀的衣服回到床上,拉好床帘,仿佛能触碰到他残存的体温。

深秋还没有暖气的季节,寝室里冷得发慌。

迟喻失眠,她套了江聿怀那件外套,拉开靠窗的帘布,笼着月色清晖入掌心。

上次联系还是江聿怀夸她高考考得不错。

那些接触的好时光,全是迟喻靠着堂哥妹妹身份偷来的,终须归还。

她什么都明白的。

迟喻手法犀利且有钱,在游戏里自然混得风生水起,用别人调侃的话来说就是——"汤圆打二十五人团本的时候喊了句老婆,半个团的妹子都回了她。"

虚拟世界背后是真实的玩家,迟喻沉溺其间,她看身边朋友们的爱恨情仇,看贴吧里虐心的奔现故事。

无聊的时候,她在花海挂机,见过穿着竞技场毕业套装,可阵营中立的白发高马尾道长,有人搭讪不会回话,蹭着听了个明恋故事。

有人喜欢上自己的亲传师父,因阵营不同,看不到对方的位置,所以干脆退掉。

"我只会竞技模式,退掉阵营以后无事可做,所以干脆在这儿等她,偶尔做门派日常时,总能遇到。"

唏嘘多了,自己的暗恋未果也不过是万千无奈中的一个。

若有人问及迟喻她的游戏名字,她会在心情不错的时候解释提及,或者装作没看到在挂机。

每每有男性表现出越界的好与喜欢,迟喻就会先跑开或以"我不网恋"回绝。

迟喻尤爱给女性亲友角色放一种折人民币大概三十块一个的道具烟花。

叫真橙之心,十分钟燃尽,十分钟的绚烂也是绚烂。

她喜欢世界频道滚动的公告:

奉日月以为盟,昭天地以为鉴,啸山河以为证,敬鬼神以为凭,纵然前路荆棘遍野,亦将坦然无惧仗剑随行,今生今世,不离不弃,永生永世,相许相从。

晃着晃着就到了期末，考试前三天复习一本书，考试重点借汤宁的书现画现学。

会计是他们专业的公共课，迟喻赶着周末拉母亲为她开小灶补习。

"有借必有贷，借贷必相等，这样简单的事……考不到八十，出去别说是我女儿了。"

鉴于网瘾少女身份在开学时被某位不合的室友传到全班皆知。

出成绩后，不断有人来迟喻寝室，妄图为自己找找平衡。

迟喻大大方方地给对方看系统成绩截图界面，然后面带微笑而眼神怜悯地讲："没事儿，还有补考呢，你不一定会重修的。"

这样喜欢看笑话，那就别想再自在地回去了。

而这个算得上高空飞过的期末成绩并没有让迟喻多开心，西方经济学老师堪称变态，挂科率高达五成，每节课坐前排听课，借她划重点的汤宁不幸以五十八分挂科。

迟喻在寝室楼下踯躅半个钟头，酝酿怎么安慰对方和解释，最后买了两块同样的巧克力蛋糕推开门。

汤宁正在收拾回家的行李箱，抬头看她笑笑地讲："没事的汤圆圆，我知道你没背着我偷偷学过，有那闲工夫，你只想多打会儿游戏。"

迟喻靠坐着爬床的梯子，漫不经心地戳着蛋糕，给汤宁说自己高中的事情。

总在休学、复学、请假、复学中度过。

"总之，我就是养成了一种能在很短的时间内输入许多东西，考完就忘的能力，如果没有你借给我每科的书和重点笔记，我根本什么都不是。"

"我是举手之劳，算我报答你每个逃课的中午帮我抢糖醋排骨吧。"汤宁莞尔，"我没有手，你喂我。"

迟喻拆掉汤宁的蛋糕，叉起很大一块塞她嘴里。

汤宁含混不清地讲:"我是真的觉得没什么,我是少数民族预科一年才考到咱们学校来的,而你是三年里一年半都在休学考来的,原本就不一样。"

人生来就有差异化赛道。

有人三岁开始学英语,看迪士尼外语动画长大,有人到初二才开始学英语,没必要比较和嫉妒。

迟喻在汤宁身上汲取到许多种让人心神凝定的方式。

寒假中,迟喻没见到江聿怀,迟航回国给她送礼物的第一句就是:"江聿怀今年去他妈妈那儿过年了,寒假在英国过。"

兄妹感情荡然无存,迟喻拿了礼物转身就走,迟航追着哄了半天她都没搭理他。

"要不我陪你去趟英国吧?"迟航跷着二郎腿坐在长椅上,疲惫地揉着太阳穴提议,"不然你想让你哥怎么样?"

迟喻横眉瞪他:"谁让你提他了?"

迟航委屈道:"那我这不是怕你暗戳戳惦记,没事去他家门口溜达两圈碰运气失望吗?"

这种知妹莫若兄的行为让迟喻无言以对。

江聿怀的礼物远隔重洋而来,没能在生日当天送到,为此他特意道歉。

Jhy:生日快乐,有气冲迟航撒。

迟喻拿着这条消息做令牌,狠狠捶了堂哥几下。

今年江聿怀送的生日礼物是只五十六厘米的巴塞罗熊,憨厚可爱,小卷毛,被定义为婴儿安抚玩具的牌子,手感舒服,可以将脑袋埋进小熊柔软的腹部,逃避掉所有的烦恼。

每一年江聿怀的礼物,迟喻都很喜欢。

除了高数,迟喻最上心的课程是外语,本校有过了六级免修英语的规定，迟喻成功在大一下学期高分刷过，为自己争取到每周多两节课的游戏时间。

彼年，迟喻唯一见到江聿怀的机会是迟航的生日宴。

迟航生于八月末，出国念书后很少能够在国内过完正经的生日，难得今年他的兄弟们都为他推迟回校时间相聚。

结果被台风"烟花"即将登陆的消息阻断，大雨倾倒整座城市，单位停工，各类预警信号频繁弹出。

迟喻抱着小熊玩偶立在窗边发呆，爷爷的水养假山绿苔脆嫩。

迟航把窗开了条小缝，顺手拍她的脑袋哄道："喂喂喂，你亲哥生日哎，你这丧气的表情是干吗呢？"

"他不能来了。"迟喻道。

迟航敛了笑肃然地问："你真就那么喜欢他啊？"

迟喻轻哼，雨声压过她的回答。

"是啊。"我就是那么喜欢江聿怀呢。

迟航背身，坐到暖气片上，瞅着自己妹妹那张执迷不悟的脸，幽幽地讲："要知道伤心总是难免的。"

"我知道。"迟喻神色自若，"我为自己点播一首《痴心绝对》行了吗？"

雨势在临近傍晚时彻底停了下来，再没有降落，原计划停课停工两天，翌日却是个艳阳高照的好天气，交通恢复正常。

台风虽然失约，盛筵却再难聚集。

大家都必须各自奔赴天涯。

迟喻大二的开端是惊心动魄的室友失联，直接冲破了没能见到江聿怀的难过。

汤宁没有在开学时按时到校，辅导员联系她的家人也找不到她人。

迟喻辗转难眠，夏日炎炎，她把江聿怀的外套叠好放在枕边，看天光一点点亮起来。

　　闭上眼就会做些很不好的假设,迟喻终于肯承认自己是彻头彻尾的悲观主义者。

　　过去一年嬉笑怒骂,生活的点点滴滴都闪过心头。

　　迟喻无能为力地向神明祈祷汤宁平安。

　　迟喻旷了上午的课,去食堂买了早餐回寝室,正慢吞吞地看着《武林外传》往下顺,寝室门锁忽然被扭动。

　　迟喻惊喜地回过头,看见风尘仆仆的女孩子拖着行李箱站在门口,举起手腕处的塑料袋:"我老家的特产。"

　　蓝色粗布的窗帘无法遮挡住明亮的日光,迟喻怔然地看着汤宁,笑着骂:"你没事玩什么失踪啊!"

　　汤宁大概是知道她担心,先摸到充电器给手机充上电,又问她借了手机打给辅导员说明情况。

　　迟喻跟着听了一遍。

　　汤宁坐绿皮火车从云滇出发来沐城,三天四夜,手机在车上没电了,所以没能联系上大家。

　　虚惊一场,是世界上最好的事情。

　　迟喻在一个半月后汤宁生日时,送了她一个充电宝当生日礼物。

　　迟喻仍然是游戏人间的状态,时常挑周四下午旷课出游,书念得敷衍。

　　两人对战冲排名的队友变成了丐萝,昵称初曲。

　　本体是个二少,迟喻第一次遇见"她"是在某次打大明宫,对方上的是军娘号,邀她同骑。

　　迟喻这人有个算不上差的毛病,看到女孩子就喜欢上去贴贴和喊媳妇。

　　不知道从哪天开始,她就已经习惯性地喊初曲"媳妇儿"了。

　　一代版本一代神,二十世纪九十年代初的奶花配新出职业丐帮,制霸竞技场的存在。

初曲说自己麦克风坏了,"她"埋头打人,迟喻一个人报技能,倒也无忧无虑地上着分。

变数出在十一月十一日。

时年双十一还没被购物节的狂潮席卷,它的另一个含义是光棍节,不少人在这天告白脱单。

迟喻躺着玩手机,特别关注的初曲突然发来消息:*怎么办啊,汤圆,我今晚被两个女孩子表白了。*

汤圆圆:当然是选择都接受啊。

初曲发了串省略号。

汤圆圆:*我不在乎我媳妇儿多几个女朋友!*

初曲发来一条语音。

迟喻不明所以,两人认识大半年,周年庆她想要挂件脸黑,初曲带她反复重制单刷,做成就懒得跳山,初曲上号给她完成,无聊的时候两人会找个风景好的地方挂机。

初曲号比较多,而迟喻是外观党,什么体型都能配合截图。

迟喻的耳机不在床上,又爬下去找到戴上才点开听。

清悦的少年音荡在耳侧:"问题是我是男孩子啊。"

迟喻沉着冷静:你别开变声器。

下一秒,手机来电直接弹出备注"初曲"。

之前两人发过短信方便找人,通话还是头一次。

"我什么时候说过自己是女孩子?只是看你喜欢那么喊,就随你去了。"

迟喻的思路持续短路。

"汤圆圆?"

迟喻重新爬下床,轻手轻脚地推开寝室门,疾步走到走廊尽头才开嗓反问:"那你玩那么多萝莉和御姐?"

初曲理直气壮:"可我大号是二少啊,而且萝莉不是选择体型时你自己说的,萝莉是世界之光,我要玩就玩个矮子跟你站一起的吗?"

言犹在耳,迟喻哑然。

那天,她靠在走廊的暖气片上,有一搭没一搭地和初曲扯了很多,到困得眼皮耷拉睁不开时,才被催着去睡觉:"快睡觉,熬夜对女孩子不好。"

迟喻在震惊下到底忘记询问初曲同时被两个女孩子表白的结果。

他是不一样的存在,从前迟喻回避和异性过多接触,把"不情缘、不网恋"贴在脑门上。

然而反过来,无关乎性别、容貌地与某人相谈甚欢后,再知性别,又实在无法退回原点,她习惯了和初曲说遇到的苦恼、暗恋的未果,把"她"当作了倾诉对象。

迟喻带着陶琼入坑一起玩游戏,她和陶琼提及时,陶琼的反应更让她意想不到。

陶琼说:"啊,你才发现初曲是男孩子吗?我之前就问过你,你非要说人家是女孩子,你这是什么当局者迷的情节啊?"

迟喻问了整圈,得到的答案大体相同。

更有几位直接戳破:*初曲喜欢你,你真没看出来啊?*

迟喻看出来了,还给了热烈的反应,只不过那是在以为对方是女孩子的大前提下。

江湖险恶,不行就撤。

习惯的可怕之处在于牵一发而动全身,迟喻和初曲的好感度早就刷到了生死不离,对方的上线在自己这边有长串的提示。

肌肉记忆促使迟喻按下和初曲的组队,回过神时,人已经在组里。

仿佛什么都未发生过,相处模式仍旧,可迟喻开始蓄意逃避。

初曲则没有多提,他们的竞技场到了全服前十的排位,再往上不能只靠默契了,他终于开麦,背景音多是网咖,不算太吵闹。

初曲的音色是那种清爽的少年音，他会跟着迟喻某位给她起外号为"团砸"的亲友喊，不过他喊得更加亲昵，他叫她"傻团"。

网游的代入感强到惊人，生死与共的竞技场队友则更深。

迟喻的技能喊话卖萌撩人，刷 buff（增益效果）的是"我超可爱"，而听风吹雪这个用自己血量来平稳对方血线的技能则是，"听风吹了个雪，嫁了吧"。

在初曲是女孩子的情况下很正常，但是换了性别就很不对劲。

她喜欢江聿怀，也喜欢是"女孩子"的初曲，初曲很好，但是江聿怀珠玉在前，无法将就。

在意识到初曲对自己的感情超越友谊后，迟喻决定离开游戏冷静一下。

她托故说自己要备考期末了，最近不太会上游戏。初曲表示理解，他比迟喻大一岁，同样面临期末严酷的摧残。

此时距离期末还有一个月，远不到迟喻平时开始复习的时刻，像是为了骗人骗己那般，迟喻开始系统性地刷微积分。

迟喻难得在死亡星期四上满了八节课，全用来思考该怎么办了。

她随手发了条朋友圈带痛哭流涕的表情：**当代女大学生为何彻夜未眠，人类到底何时能逃离微积分虐待？**

让她受宠若惊的是，朋友圈发出几个小时后，聊天置顶中突然多了条消息。

Jyh：**课表给我看看？**

迟喻乖乖地发图过去。

Jyh：**那给你讲微积分？**

迟喻双手捧着手机，眨眼几次才敢认清不是在梦境中，颤着指间回：**不会添麻烦吗？**

Jyh：**不会，你有语音软件吗？**

迟喻把自己的账号发了过去，下一刻左下角的小熊跳动起来，和微信头像同样的银河，昵称只有一道横杠。

Jyh：嗯，去你频道说吧。

迟喻挂在自己频道里，没有隐身，频道名还是前段时间沉迷蛋黄酥时改的"江湖就是我手里这块蛋黄酥"。

反应不及，耳麦中已然传来熟悉又陌生的嗓音："你用哪版微积分教材？"

不知是否这几年全国通用同一版本，迟喻讷讷地答完，江聿怀那边已经传来翻书声，温和中含着笑意问："那是哪里不会？"

仿佛旧日重现。

只是这次迟喻全无准备，偃旗息鼓的爱慕翻覆上心间，她就那么直白地翻到某处，听江聿怀为自己讲下去。

"叮"的一声，进频道的提示音响起，迟喻的心绪都放在江聿怀这儿，没有切到公屏查看。

那天，他给迟喻讲了很久很久的题目，更像是个无情的辅导机器。

直到背景音里他室友揶揄："……你真不去送啊，大哥？"

声音由远及近，迟喻没能听清前面那句，却隐约意识到些什么。

巨大的欣喜往往会伴随着猛烈的悲伤袭来，期待无效。

"她走她的，我为什么要送？"江聿怀淡漠地反问，骨子里的凉薄透过网线扑面袭来。

他浑不在意，连麦克风都没有闭掉："把这道讲完就先不说了，我室友太吵。"

迟喻潦草地应付完，讲自己会了，低头发现原本工整的本子上，多了几道不该有的乱痕。

江聿怀来得快，离开得同样迅速。

迟喻迅速点开了网页，熟练地检索同一串铭记在心的字母。

江聿怀的社交账号除开微信，无一例外都是同一个，前缀是 fav（最喜欢），后缀迟喻早早搜过，毫无结果，不是英文字母，拼音更无法拼出。

他是个从不会秀恩爱的人,迟喻能顺着人人网关系脉络和知乎这类的点赞互动摸索到江聿怀近期的一点点感情动向。

每次看了,她都拿自己和对方比,不如人是种绝命的打击,到后来迟喻强制自己戒断,尽可能地不再去搜。

迟喻不出所料地对上一位漂亮姐姐,这位姐姐最近半年的知乎话题都是关于留学事宜,切到最高赞,是关于编曲的回答。

这位姐姐的长相是江聿怀喜欢的那类明艳大气款,兴趣相投,佳人一对。

最后,她再换到人人网界面,今天傍晚六点多,江聿怀在给她讲题的时候,这位姐姐拍了机票照,发了一句"高山流水,后会有期"。

自己也不过是江聿怀打发时间的消磨品。

不过算了,起码学到了知识呢。

迟喻缓了半晌,安慰好自己,才终于着眼去看刚刚有谁来过。

屏幕上提示着初曲进来又离开了,她不知如何解释,或者根本不必解释,她的确在被讲题。

——虽然对方挂着整个频道唯二的橙马。

这是频道特有的管理员权限,除开频道主,只有两个,一个在迟喻曾以为初曲是女孩子,每天喊"她"媳妇儿时给出,另一个在刚刚,套给了可能永远不会再来的江聿怀那儿。

果茶奶盖慢慢融化,满口的甜腻,舌尖带着麻,迟喻轻咬,感慨道:人啊,死不悔改。

迟喻给初曲发了句:刚刚那个人就是江聿怀。

初曲回:猜到了。

迟喻点进江聿怀的资料,他没有签名,资料处除了性别都空置,唯有最底端的个人简介那里,有这样一句狂妄的诗句:我知道如何对付不幸，如何熬过虚耗，挫不义的锋芒，补上帝的缺席。

迟喻反复默读几次，彻底记在心底，又恍然地点开自己的简介。

她打网游，习惯在简介中挂着带帮会前缀或是固定团前缀的昵称，攻防、进帮会频道时直接复制粘贴就好。

游戏昵称的慕聿怀就长短不一地挂在那儿。

迟喻搓揉着脸颊，哭笑不得地删掉，新建了个文档存好，知道大抵江聿怀不会关注。

后来，迟喻百度到江聿怀那句简介的出处，特地买了辛波斯卡的诗集通览。某日她看得起劲，气得难得下来溜达的企业管理老师苦笑："好看吗？就不能换节课看？"

迟喻用行动表示了自己坚决对所有科目一视同仁。

下一节的企业规划资源管理课，她在笔记本电脑屏幕后看。

这位获得过诺贝尔文学奖的波兰女诗人很会写，她最广为流传的一句诗是：我为自己分分秒秒疏漏万物向时间致歉，我为将新欢视为初恋向旧爱致歉。

命运冥冥之中再度给予迟喻关于结局的提示。

迟喻的数学类课程首次也是最后一次拿到本科时代的最高分，是管理类公共数学课里最难的微积分，九十五分。

再度开学后，线代老师字正腔圆地念出她的名字，指派课代表身份，迟喻才知道年前自己考了微积分的第一。

整个中学时代遥不可及的数学科目第一，再拥有时，颇为无用。

寒假时，初曲回草原去陪奶奶过年，网络信号差，不再上游戏，两人偶尔联络。

他给她看自己养了许多年的猫，皮毛丰厚的橘猫，名字朴素，叫"大橘"。

他给她看广袤无际的……荒草原。

更多的时候,初曲失踪联系不上。

迟喻调侃他:"你以前没说过你是农场主家的傻少爷啊,否则……"

初曲追问:"否则什么?"

迟喻正色回:"否则就让你给我寄牛肉干了。"

初曲那边的语音切断,迟喻习惯了他最近反复失联的信号,不以为意。

几个小时后,初曲发消息讲:**地址给我。**

迟喻没给,她喜欢给姐妹们投喂,但游戏里没有异性亲友能拿到她的地址,防范意识强到了伤人的地步。

此后的几天里,两人再没联络。

迟喻是那种无事很少主动找人的性子,只在江聿怀那儿基因突变。

她跟陶琼,还有回国过年的任璇相约出游,任璇得三天后落地上海,迟喻同陶琼先去乌镇玩。

两个北方人没经历过南方的湿冷,毛呢大衣、长靴,飞机、火车转大巴,再打车到目的地,江南水乡的寒风砭骨地透来。

两人跺着脚缩进一家不起眼的服装店,买了最厚的加绒打底裤。

老板操着口吴侬软语,微笑调侃两个小姑娘:"侬穿太少了。"

迟喻提起长靴靴筒,叹气地回:"实在天真了。"

她们到的时候就很晚,点了几种招牌的菜品,鱼汤浓白,熏了满脸的热气。

夜宿在水边,客栈仿古,拔步床雕花,不怎么舒适,奔波整天,都失眠了。

陶琼侧躺着去捏迟喻的脸颊,轻声问:"所以你跟初曲,到底是怎么回事啊?"

迟喻把手从被底抽出,拍开陶琼的爪子答:"我不知道。"

"那你喜不喜欢他啊?"陶琼换了个问题。

迟喻望着床顶的髹漆彩绘，缓缓地回："不知道，我喜欢是女孩子的他、喜欢能陪我玩游戏的他，应该不是他本身，甚至更大的可能是，我在用游戏消磨对江聿怀的倾慕。"

代入感很强的3D（三维）网游本来就容易使人迷失，分不清现实和虚拟，一开始时就错认性别，发现对方是男孩子时，已经熟络地相处过大半年。

迟喻喜欢初曲很多地方，他的游戏角色外观、输出手法、对待自己的方式等。

大类涵盖的话，她无疑是喜欢初曲这个人的吧？

但不是陶琼问的那种喜欢，他们没有在现实里见过面，没有交换过照片。

连以"情缘"这种网恋的身份都还没试着交往过，若这能称为喜欢，未免太过廉价。

陶琼的叹息声散在水声模糊的夜里："快睡吧，汤圆。"

翌日晚起，冬日里的游客稀少，适合晃晃悠悠地游玩，自东栅逛起。

迟喻捧着只咸蛋黄肉粽暖手，小口小口地吞咽。陶琼把鲜芋牛奶递到她唇边："你慢点儿，别噎着，来喝口。"

结果，迟喻真的噎到了。

西栅开发得更晚，水道犹胜。

白墙黑瓦，枕水人家，乘摇橹船顺流直下，再挽手踩着青石板向上漫步。

迟喻是分不清东西南北的路痴，向来懒得做旅游攻略，陶琼能分清，可喜欢旅途中的不确定性，亦不多做。

于是，她们频繁地停在景观的指示牌前仔细读说明。

月老庙前有棵参天的樟木，挂满了许愿牌。

白底红流苏，风中轻摇曳。

迟喻驻足看了半分钟，最高处的该是这棵树还小时挂上的，岁月将许愿卡染黄折旧，字迹都洇糊。

不知道那些心愿是否实现，抑或许愿者已放弃。

"我要进去许个愿。"迟喻讲。

她不拜月老，只是买了张许愿卡，不假思索地落下"江聿怀"三个字。

第二行写：万事胜意。

再然后写：迟喻，得偿所愿。

陶琼近年和某位网恋对象正打得火热，也写了一张，然后拍照发给对方看。

走出几步远，迟喻又改了心意，回眸去拍下。

才挂的许愿牌位置很低，冬日枝叶凋敝，只要点开图就能看清楚上面写的东西。

她们走累了拐进家酒馆小酌，半杯三白酒下肚，窗外飘起冷雨，路灯下水道涟漪圈圈。

迟喻抿着酒，想起被淋湿的心愿，怅然又释怀。

上天来不及收到的话，就不算是无望实现吧。

人总能找到各种离奇的角度来自我安慰，酒喝到微醺，实在等不到雨停，兜售油纸伞的小贩推车串街叫卖，迟喻与陶琼相视一笑，迟喻推窗喊住对方，要了两把伞。

本科时代的前两年总是没什么忧愁的，掌心向上拿钱，就业和升学压力都还没光临。

落雨何妨？撑把纸伞继续赏水乡。

雨淅淅沥沥地落，始终不见下大，她们又溜达了很久，烟雨蒙蒙才返回客栈。

迟喻抹开被水汽氤氲的镜面，同自己对视了几分钟，抓起手机发了条朋友圈——是月老庙前的许愿牌，仅江聿怀可见。

她等了一天一夜，没有得到任何回应。

她打着哈欠在虹桥机场接到任璇时想起，遂删掉。

余下的旅程并不太愉悦，落地长安第二天，商业街走了一圈，陶琼的手机离奇失踪，而迟喻外套里揣的现金也不翼而飞。

三人蒙蒙地站在街头，体验了坐警车、前往警局做笔录的报案流程。

最后，迟喻开始感冒，她们改签了机票，旅程提前两天结束。

年后快开学那会儿，迟喻撞见过江聿怀一回，那是个阴天，云朵蔽日，细雪纷扬，压得人喘不过气来。

迟喻去商场取前几天拍的证件照，在一楼咖啡店买了杯热摩卡，正准备拉门，隔着玻璃门，看见伸手准备推的江聿怀。

他穿了件冲锋衣，小半张脸隐没在立领中，露出与潋滟桃花眼全不相符的淡漠神色与优越的高挺鼻梁。

迟喻愣怔着忘了动作，门被推开，凛冽寒风混着木质香气，吹得她一激灵。

"别挡这儿。"羽绒服连帽处传来轻微的拉扯感，伴随着慵懒低沉的嗓音。

迟喻跟着挪步，离开门口的位置，昂头看江聿怀，下意识地顺了顺长发。

心说早知道今天就化妆了，大学专业课学得七零八落，彩妆和护肤倒是混得风生水起，修炼得当。

"哥哥新年好。"细弱的问候险些被店里的轻音乐盖过，"谢谢你送的手办。"

前些日子，迟喻窝在家里，很少打游戏，补了很多集的《银魂》，发朋友圈也带着动漫元素。她生日时，江聿怀就送了她喜欢的角色手办。

江聿怀颔首，懒洋洋地回："十五好，小汤圆。"

迟喻眨眨眼："元宵节快乐。"

"等会儿去哪儿？"江聿怀随口问。

迟喻的大脑飞速运转，揣测自己去哪儿能同他顺上一程路。

报出母亲家地址时赌错，江聿怀低头看表，不咸不淡地讲车还在洗，来不及送她。

迟喻摇头笑着说："没关系，我打车回去就好。"

她退开半步，看着他去柜台点咖啡，然后沉默地等在一旁。

路上新雪盖旧雪，天地间白皑皑地蒙了层寒霜。

他们就那么并肩行走在雪中，步调悠然，粉白的羽绒服和纯黑的冲锋衣色差鲜明。

或许在某几个路人眼中，也能将他们误认为情侣吧？

漠然是种体面的默契，实在没什么多余的话可讲，迟喻后悔自己太早报喜微积分的成绩，她不是没试过去学着爱上江聿怀的爱好。

但他近年明显偏好重金属之流，是迟喻怎么勉强都不太能欣赏的领域。

心事多便忘了看路，江聿怀虚揽了她一把，叹气地将她换到没障碍物的内侧，揶揄说："怪不得是能给自己摔骨折的人物。"

迟喻没反驳，他们刚刚离得明明很近，可那双骨节分明的手礼貌极了，完全没有碰到自己。

近在咫尺，邈若山河。

不知道几时起，少女的恋慕使得对方不再恣意如风。

六角形的雪花落在迟喻鼻尖，体温将其融成水珠，滚进领口，微弱的不适如刀锋，直戳胸口。

那些空花阳焰的想法在须臾间随着融化的雪消逝无踪。

"我就在这儿打车吧，哥哥再见。"藏在兜里的手攥紧成拳，迟喻颤音开嗓道别。

江聿怀轻"嗯"了一声，伸手去替她拦。

雪停后是晴朗的冬夜，半圆月洒下清晖，落到人间雪面，泛着幽微的荧光。

迟喻披着条厚重的羊绒围脖，在房间与露天阳台间来回穿梭，或伫立，或枯坐。

她试图找到一个横亘着让自己无法入眠的答案。

迟喻想到昏乱，到底给不出答案来。

她无端地想起自己曾经看到过的一个故事，不知真假，说的是梁思成在新婚当夜问林徽因："为什么是我？"

林徽因的回答很感人，迟喻记了许多年："答案很长，我得用一生去回答你，准备好听了吗？"

喜欢的人究竟有没有一点点喜欢自己，这个问题自心动开始，或者也需要一生来作答。迟喻抱着这种困惑在天亮吃完早饭后睡着。

见不到江聿怀的日子才是她最习惯的日子，虽然游戏昵称、家中书架上日期后跟着的姓名缩写、寝室如同奖杯般安置的可乐瓶等，都无声无息地提醒迟喻，她心中到底放着谁。

第八章

一语成谶

初曲不上游戏了，还没毕业的小号竞技场只能换队友随便打打，某天，迟喻随便在世界频道喊了个装分匹配的刷名剑币，报给对方语音频道号，礼貌切回去准备给个游客马甲拉到自己所挂的子频道时，惊讶地发现对方是有自己频道马甲的。

他们从前该是认识的，只是对方和自己都开了小号没认出来。

迟喻定睛看了下好友列表，彼此连好友都加过，却全无印象。

好在这个聊天软件的最大优势是永久保存聊天记录，她翻了一下。

上一条是，三年前。

尘封的黑历史涌上心头，那时迟喻刚刚满级没多久，手法不太好。初生牛犊不怕虎，看到世界频道有人喊组队，她就进组了，那会儿迟喻技术差得惊人，总被陌生的队友抱怨。

有几次，迟喻失误狠了，被批评得厉害。另一个队友帮着讲话："谁还没有当新人的时候。"

最后，他们还是如愿以偿地打到了想要的分数，队友安慰她："你悟性非常好，只是还不太熟悉，以后会好的。"

如他祝愿的那样，后来迟喻的游戏打得非常好。

后来再没碰到过了，这个游戏人来人往，哪怕爱恨交加，拔掉网线也就终结。

"你还记得我吗，我是当年那个小花萝。"迟喻开了大号和秀萝小号并肩而立，在长安竞技场门口见到了阵营装备混搭几件竞技场的低分队友。

对方迟了会儿才开麦，带着川渝口音的普通话，有些哑："我想起来了，是你啊。"

"是我啊。"迟喻轻声说。

那年还没有开战乱长安的地图，长安茶馆是无数竞技玩家的插旗地点。

今之视昔，满目荒凉。

从前对方是高玩，迟喻是半个小白，当下换了位置，却没有那种尴尬的感觉。她主动讲："你先跟我小号刷个币，等下我换号，再找个朋友，我们帮你把武器拿了，世界喊野坑的多。"

炮姐没有拒绝，只笑着夸："当年的小花萝现在都能打排名了，我不玩游戏很久了，才回来，先谢谢了。"

迟喻不需要这句谢，她很庆幸能还上这份情谊，刚玩这游戏那会儿，谁都不认识，也幸好对方鼓励才没有放弃。

临赛季末，意识不算差的玩家上分如喝水，一个下午就打到了期待分数。

炮姐没直接走，问了个不着头脑的问题："你这是死情缘了？怎么背景音全是苦情歌。"

迟喻看了眼播放过的歌单，竟还真是。她哭笑不得地解释："我没死情缘，更没失恋，我是单恋多年未果的那一个，甚至没资格悲秋伤春。"

"这样啊，"炮姐说，"我记得以前你还读高中呢，现在有二十了吗？"

迟喻如实地回："刚二十。"

炮姐讲："我虚长你十岁，给你讲个故事吧。"

"你说。"迟喻摸出颗润喉糖含着。

"我高中时候喜欢一个女孩子，特别特别喜欢，但那个年代早恋还是讳莫如深的存在，加上手里没什么钱，挺自卑的吧。后来高考，我考上了大学，女孩子没继续读，在家里的奶茶店工作。我假期就去奶茶店帮忙，不知道你喝没喝过那种粉冲的奶茶，五颜六色的罐子堆了半墙，每个假期都去，我猜她其实是知道的。"炮姐的声音嘶哑，说得很慢，似乎是在记忆的海洋里打捞残存的碎片。

和虚拟世界里的人倾诉压在心底的负担最为合适，没人知道现实中大家是谁，反而不会觉得尴尬。

就跟校园树洞里的"我喜欢你"一样，无主情话，我说舒心就好，随君听不听。

"但是我不敢和她讲，那时候交通没现在发达，写信还是主要的通信方式，我不知道怎么和她说喜欢，拒绝我或是异地恋，我都不想要，拖到大三的时候，我开始实习考研，然后读研，假期留校继续实验……勉强算得上是功成名就，再见她时隔着一条马路，远远地看向饮品店里，她抱着孩子，人胖了，也黑了一些，后来每次回家，我都尽可能地避开那条路。"

迟喻的泪在他说到隔着马路时再也控制不住，潸然落下，她团着纸巾去擦拭。

炮姐还在持续输出："我有几年总梦到那一幕，我的青春在那天告终，生出许多种情绪，有时觉得她不再是我喜欢的那个小姑娘了，有时又惶惑于自己究竟是喜欢当时的她，还是喜欢少年时代的自己？不过都算了，今天讲得有点儿多，因为你刚刚放歌时放了首《明明就》，刚出来那阵她在饮品店连续播放了一周，忽然想起了。该吃晚饭了，再见。"

离开的提示音清脆，迟喻终于肆无忌惮地放声哭了出来。

明明是个寻常的暗恋故事，多有相似。

提问人都回答不了自己提出的问题。

可偏偏情绪化到极点，迟喻在对方身上看到自己的影子，世上多的是努力做不到的事，没有如果，就只能到这里。

她很害怕，害怕再过几年成为不想成为的"大人"，再审视地看少时的爱恋，为它的存在贴上个客观的标签去否认。

迟喻和初曲的关系转变来自一场痛苦的背叛，家庭不怎么幸福却经济比较富裕的人多少带了点儿愚蠢的天真。

两个月前，迟喻有位相识多年，在她刚刚满级什么都不会，懵懵懂懂打大战被人骂帮着出头，带着她玩过一阵子的亲友回来。

迟喻尽心尽力地借号带他打竞技场换装备，拉他进自己的帮派和亲友圈子，在对方提出借钱要求时同样不假思索。

所谓的"亲友"一场，被骗两万三千块整。

除了对方已然注销的手机号，再无联系方式。她有考虑过报警，可没有勇气让父母知道这件事。

苦果独吞。

她没太多攒钱的习惯，所幸家里人给得富足，省吃俭用一阵子就能恢复过来，但情感上依然无法接受。

江湖偌大，人来人往。

似乎是自己投入太多的时间精力沉溺其中，逃避现实的困境，因为爱而不得、因为家庭关系不够和睦，于是来追求网络世界带来的欢愉，可终归还是要回归现实去的。

春夏换季的咽炎咳嗽不出意外地转成持续低烧，她病恹恹地蜷缩在寝室床上，靠室友带饭度日。

江聿怀好巧不巧地回沐城，约她吃饭。他们之间极少有江聿怀主动的时刻，迟喻根本不舍得拒绝。

她回光返照般地从床上爬起来，下午见面，上午甚至还去最近的商场为自己选了条新裙子。

化妆前的祈祷终于生效，烧彻底退下去，淡粉腮红和桃色唇釉，完美掩盖了病中脸色苍白的问题。

他们约在君悦四十六楼，景观位，俯瞰整个海滨广场。

厨师麻利地片着烤鸭，江聿怀的目光在迟喻身上睃了半晌，蹙眉讲："你瘦了好多。"

"也没有吧？"迟喻揉鼻尖，"我减肥来着。"

江聿怀挑眉："最近缺零花钱吗？"

迟喻登时警钟大作，摇头如拨浪鼓，急切地否认："不缺的。"

"紧张什么？"江聿怀低笑，"吃饭吧。"

实际上，迟喻吃不下什么，病了快一周，没胃口，多半喝粥与牛奶这种流食。这家的烤鸭和炒菜在沐城排得上号，但油腻，对病号实在不友好，食之无味，她又不愿在江聿怀面前表露，惶恐被送回去休息，压缩掉见面的时间。

然而身体绝不由迟喻所掌控，她在起身那一刻感觉到天旋地转，最后一丝意识是坠入温热的怀抱。

再醒来是在陌生的卧室，松木的气息纯净，头脑昏沉，迟喻艰难地偏头，望见窗边江聿怀清瘦的侧影轮廓。

他大马金刀地坐在落地窗前的摇椅上，垂眸翻着本厚重的书。小台灯的光落不到迟喻这侧，为江聿怀添了层薄薄的金光。

迟喻鬼使神差地屏息，就这样盯着他看了很久。

"好看吗？"江聿怀倏然开嗓，带着笑意，睨向她。

迟喻拉高被角，捂住自己的脑袋，慢吞吞地辩解："我睡着了。"

被角直接被掀开，江聿怀英俊的脸撞进眼帘。他伸手掌，覆在迟喻的额头上，又伸回自己脸上，反复测着温度："还行，不烫了。"

迟喻松了口气，小幅度地点头："我也不知道怎么就发烧了。"

"小汤圆。"江聿怀屈着指，轻蹭她的鼻梁，"有没有人告诉你，你撒谎时语气很虚，病几天了？"

"六天。"迟喻回答。

江聿怀望着她，狭长深邃的桃花眼犹如深潭，照彻迟喻的谎言。她的声音渐弱："喉咙疼咳嗽大概一周，低烧的话真的只有六天。"

"真有你的。"江聿怀捏她小巧的鼻尖。

迟喻憋不过气来，涨得满脸通红，连声致歉："我错了还不行吗？"

再多喜欢与爱慕，也还是有诸多对不起。

晚餐是外卖的清粥小菜，江聿怀盯着她吃药，又把人安顿在书房打游戏，旧时迟喻下载的游戏没有删除，只是要更新一阵子。

"明天带你去看医生，这两天先住我这儿？"江聿怀的书房只有一把椅子，他站在迟喻身后，嗓音温润。

迟喻轻声答："好。"

手机铃声不合时宜地响起，江聿怀接起，声音慵懒："嗯，在沐城……家里兔子病了，正在照顾呢。"

他们离得近，迟喻能听出通话那边是个甜美的女声，心一寸寸地沉下去。游戏界面终于更新完毕，她点击登录，顺着惯性接受初曲的组队邀请。

初曲使用了召唤技能，将她拉到了一片有熊猫和竹林的风景地。

身后，江聿怀还在有一搭没一搭地继续着通话。屏幕前，初曲打了很短的一行字：傻囡，情缘吗？

病中思虑不及，头脑一片混沌，迟喻没有马上回应，更没能注意到江聿怀在扫见她屏幕时直接切断了通话。

江聿怀温热的手指覆上迟喻肿胀的太阳穴，缓解她的不适。迟喻靠着椅背将头向后仰，江聿怀垂首，视线半空逢迎。

心跳乍然加快，长睫轻颤，迟喻几欲开口讲"我喜欢你"，但都吞咽入腹。她不止一次地明示过，永远得不到回应，无法下作地再借生病来博取同情。

而那些未尽之言，江聿怀怎么可能读不懂？只是不愿意回绝得太难看罢了。

迟喻苦笑，坐直身体，在江聿怀的目光里，赌气般对初曲作出了回应。

她敲下了个：嗯。

"迟喻。"江聿怀淡声唤她的名字。

"怎么了?"迟喻反问。

江聿怀继续说下去:"我之前错点,误进了你的语音频道,听到你在跟朋友说自己被网友骗钱的事情。我想说,网线另一端人鬼难辨,你还笑,谨慎点。"

迟喻握着鼠标的手指骨泛白,她咬唇,半晌吐出一句:"那谁让我在现实中找不到对象呢?"

江聿怀再无多话,只是看着她的眼神极尽悲悯。

这天,迟喻的成就点多了两百。

△真橙之心99次

转着笔的萝莉被穿校服单膝跪地的二少抱在怀里。

视线模糊又清明。

喜欢的人就站在背后,然而……

几乎所有人都觉得她与初曲早就是一对,可这段不明不白的情缘关系,竟是在江聿怀的亲眼见证下开始的。

翌日,迟喻睡醒,出门时发现江聿怀院子里那棵垂柳不知几时被拔掉,空出的地方还没种上新树,覆了不少野草。

她呆在原处,被江聿怀叫了两声才堪堪回过神来。

"迟航说你柳絮过敏。"江聿怀淡声解释。他其实也不清楚,自己为什么因为这样一句闲谈,就在第一时间找人移除了院子里的柳树,或是因为爱屋及乌,迟喻是好兄弟最宠爱的妹妹,又或许是因为一诺千金,说了让她来自己家里玩,就必须提供舒适的环境。

实际上,这棵垂柳挪走两年多,迟喻才第二次踏足他家。

迟喻不敢回头,恐眼泪忍不住淌出来,所以为什么会走到这步呢?我时运为何如此不济,哪怕是昨夜看到你为我拔杨柳,我也不会负气答应初曲的情缘要求。

可惜没如果。

她被送进医院,得到了支气管炎的诊断结果,不愿再借住江聿怀家,拒收了他的微信大额转账，暗自立誓不要再和他有交集。

怀着亏欠与内疚开始的"感情"，根本不是喜欢，更无法长久，迟喻在一气之下答应初曲的情缘要求，可除了江聿怀，她仿佛失去了喜欢一个人的能力。

初曲是个会在晚上消失后过了半个钟头跟迟喻解释"我刚刚手机突然欠费，所以摇醒了室友让他交上，只因为还没跟你说晚安"的人。

温柔又细腻。

和初曲确定情缘的日子里，迟喻算得上开心，连不怎么接触的大学同学都说她最近灿烂许多，调侃她是不是恋爱了。

迟喻但笑不语，低头去敲手机屏幕回消息。

初曲的少年音特别好听，她尤喜欢他喊自己昵称时的尾音，清润里又带着笑意和悱恻。

有时网咖的背景音乐初曲喜欢，他会跟着哼两句，某天放的是陈势安的《天后》。

初曲跟着随口唱了高潮部分："我嫉妒你的爱，气势如虹，像个人气高居不下的天后，你要的不是我而是一种虚荣……"

"你给我唱点儿欢快的！"迟喻软语命令。

"什么算欢快？"初曲反问。

当天晚上，初曲回寝室的路上，伴着嘈杂的车声风声，给迟喻清唱《稻香》。

迟喻坐在操场看台，看着跑道上打闹的小情侣，初曲倏然转换话题，脱口而出的是："国庆你回家吗？"

初曲的学校在沐城下属的市区，六十多公里，轻轨到迟喻学校一个多钟头。

迟喻沉默了片刻，回他："我国庆要出去旅游，不在沐城。"

"嗯。"初曲冷静下来，也为自己开脱道，"我也准备出去玩。"

他话锋一转，讨论起别的事情，但迟喻不再讲话，以这种沉默来对抗初曲的越界。

凭良心说,初曲是个很好很好的人,可她对他偏偏不是男女之间的喜欢。

别人的不幸故事读多了,贴吧代笔亲友写过几段对现实俯首称臣的BE(悲剧)美学,又怎么可能期待网络到现实呢?

迟喻选择尽兴,快乐一天是一天。二十岁生日刚过的年纪,象牙塔里的女大学生,无所畏惧。

陶琼和任璇则在这件事上给出了相同的立场,即"你根本不喜欢初曲,你只是在逃避"。

迟喻无力争辩。

沐城的海风喧嚣,冬日下课往寝室走,没人的刘海儿能够压住,统统露额。即便在室外会把手冻到通红,迟喻也会及时回初曲的消息。

室友交往了男朋友,在寒风中亲密地相拥。

迟喻生出几缕羡慕,把自己呼出的白雾拍散,开窗去拿自己"冷藏"的可乐。

寝室不许用大功率电器,更别提冰箱。

入冬后,大家用塑料袋和绳子自制了小冰箱,一端捆在暖气片上,然后伸出窗口,吊挂在室外。

可乐带着点冰碴儿,把爬楼的燥热驱散殆尽。

迟喻没有上游戏,大三的专业课繁多,饶是放纵如她都要开始为了绩点加油努力。初曲挂在个她没见过的频道,迟喻很自然地跳了进去找他。

初曲在和朋友打"星际争霸2",多是迟喻听不太懂的专业术语。

她没出声,关掉了音量开始敲课程论文。

迟喻需要一份足够漂亮的绩点用以出国申请。每个期末都是她的修罗场,初曲则看起来轻松许多,能在她备考时提供情绪上的慰藉。

但考完试后,放假前的某一天,初曲突然联系不上了。

迟喻和朋友吃饭看电影时心不在焉地隔一会儿就刷下手机,眉头紧锁。

直到快凌晨,初曲才回她消息:我挂了六科,辅导员给我妈打电话了,我妈骂了我两个小时,问我到底还能不能读了。

大四,六科。

迟喻苍白地安慰初曲,还有机会,能补考,可她其实知道自己该说什么。

——先别玩游戏了,毕业要紧。

可是除了游戏,他们之间又还剩下些什么呢?

迟喻因此而郁郁寡欢,这种情绪在感觉到初曲若有似无地疏远自己后疯草般生长。陶琼捏她的脸颊开导:"不继续念书给象牙塔续时长费的人就是要开始直面现实社会,你俩这样下去也不是办法,你并不和他在现实中交往,那是他能玩一辈子游戏,还是你能玩一辈子?"

夜宿在陶琼家里,两个好友背靠着背唠嗑,茶几上堆满了垃圾食品,背景音是看过十数次的《武林外传》。

迟喻把鸭脖啃完吐掉,没头没脑地问:"那你说我该怎么办呢?"

陶琼勾手去捞自己的奶茶,喝完后回应:"打直球啊。你就直接问,初曲曲,你开门呀,你不要装不在家,等你回沐城,我们要见个面吗?进退如风嘛。"

"但我不喜欢他,只是很依赖,贪图有人陪伴的感觉。"月落在迟喻的酒杯里,她垂眼看了许久,真就照着陶琼教的话术发了。

一段说不清道不明、隔着屏幕建立在数据上的关系,被当作远离江聿怀的寄托,她其实想赌一把,万一自己会对现实的初曲有好感呢?

习惯是把钝刀,逆着骨刺的方向刮。

结束或是延续,总要有个方向的。

初曲没回消息,迟喻开了音效提示倒扣,《武林外传》播过一整集,她补了句:你也不用装作人不在线,十二点之前我得不到你的回应,就删你好友,不想回答可以不用回答。

两分钟后，初曲回了，不是迟喻想要的任何一种答案。

他回：我们能回到亲友的模式吗？一切照旧。

酒杯空了，掌心里的月光消失。

迟喻合眼回忆起他们第一次见面的场景，红衣白发的军娘冲点"她"跟随的小花萝邀请同骑。

世间好物不坚牢，彩云易散琉璃脆。

少女扬起嘴角，露出释然的笑容，往昔种种如烟云过眼般散开。

她回初曲：那你当时不该说破的，我也不该赌气跟你情缘，导致走到今天，大家做不成朋友。

迟喻没等初曲回复，就干脆利落地删除、拉黑。

迟喻借了陶琼的笔记本电脑上游戏，将游戏签名与语音账号签名都改成了"到此为止，多谢关照"。

持续两年半的网瘾在一夕之间戒断，母亲白日回家发现迟喻没有玩游戏，而是懒散地窝在沙发里剥坚果，久违地打开电视，追中央电视台的《中国诗词大会》时，吃了一惊。

而迟迅则总结为是自己的分析奏效，你越是不让她做某件事，她就越会叛逆地做给你看，相反，放任自流的话，某天就会厌倦了。

迟喻没解释。

她鲜与父母聊天，更别提心里话了。

发觉她不开心的多是网游或打了照面的现实朋友。

新年照例窝在奶奶家，迟喻被迟航从贵妃沙发里硬生生揪出来，跪着对打战败后，罩起毛茸茸的围脖不情不愿地陪着他出门买东西。

"你这是怎么了？在学校里遇到不顺心的事了？"迟航含混地问。

迟喻把嘴里的糖咬碎，同样口齿不清："要你寡（管）。"

"你哥不管你，你还真长不了这么大好吧，有点儿良心。"迟航把她的帽子压到更低，认真起来，"说真的，怎么回事，你跟哥说说，凡事有哥给你托底,你怕什么呢?"

迟喻耷拉着眼皮,平静地回:"我网恋失败,人家不肯和我现实见面,我愤而拉黑对方,你放心了吧?"

彻头彻尾扭曲了前因后果的回答。

迟航花了半分钟才消化完这个内容:"听听,哪个字能让我放得了心?当你哥我可真是倒了血霉,你喜欢人就不能喜欢点儿具体实际的人?"

奶奶家在半山腰,上行下行都是坡,正处于风口的位置,呼啸的北风迎面如刀,迟喻拉高围脖挡脸,到背风处才幽幽地回:"我从前喜欢江聿怀,也没见你给我想办法啊。"

迟航直接气笑了:"实话实说,喜欢江聿怀的话,你还不如去网恋呢。"

"你就这样评价你好兄弟?"迟喻瞅他。

"不然?"迟航反问,"江聿怀就是站在这儿,我也得说。就他那副阎王心肠,谁看上他谁脑子有病,这种人就该孤独终老。"

迟喻乖巧地点头,把自己的手机塞到迟航手里,小跑着奔向社区超市。

迟航不明所以地目送裹成小熊的妹妹,被手中的振动提示催促着低头,就看到亮着的屏幕上,是熟悉的昵称与头像。

江聿怀发了语音信息来。

已知迟喻刚才根本没机会说别的话,排除了一切不可能后,最不可能的也是可能。迟航嘘气,点开江聿怀的语音。

冷淡的嗓音传出来:"新年快乐,小汤圆,替我问候你哥,问他还活着呢?"

"托您的福,怎么可能比您早死。"迟航反击。

江聿怀慵懒地回:"活着就用自己的手机说话,你没长手?"

迟喻举着冰糖葫芦悄咪咪地闪出身子观察情况时,迟航就站在店门口和江聿怀进行友好亲切的交流问候。

"你给我解释一下,大过年的,你给我妹发什么红包?她的压岁钱轮得到你发吗?真当爷死了是吧?

"自己没妹妹就认命,不要盯着别人家的妹妹喊妹妹……省省吧你,就你这高危职业,没两年就得地中海。"

迟航在发语音,迟喻听不到江聿怀回了什么,但猜测这可能不是单方面的吵架,否则她这多数时候靠谱的哥哥还不至于跳脚成这样。

至于其间多少是在为自己鸣没必要的不平,迟喻不想劝,她饶有兴趣地看了出大戏。

迟航哼哼唧唧地夺过她手里的糖葫芦:"不跟你说了,妹妹买了冰糖葫芦,爷要带她去逛街了,再见吧您。"

迟喻与江聿怀的微信聊天界面相当干净,不翻页的话是很普通的"兄妹日常"。

再向上则要追溯到去年的五月,江聿怀约她吃饭那天,她长久地没有再对着江聿怀断网抒怀,只因惯性地没有取消掉他的置顶。

那些少女心思不知去向,就像是手掌留不住月光。

今年生日,她并未收到江聿怀的礼物,反倒是迟航送了许多。

江聿怀给她转了一笔"2888"的账。

迟喻正不明所以,转账的补充就先补了过来。

Jyh:你哥哥这个称谓,今天我就先买断了。

小公主:今天算我送你的,钱就不收了。

冬天试衣服麻烦,迟喻换了条羊绒连衣裙,站在全身镜前整理肩线。迟航跷脚瘫坐在椅子上,评价词汇量来回就那么几个"挺好""不错""买吧"。

店一家家地逛,连耳夹和手链都买了一遍,迟航拎着一堆东西陪吃雪冰,无奈地问:"我就不明白你怎么会喜欢这种糯叽叽的玩意儿。"

"管得着吗你?"迟喻不抬眼,把芝士和芋泥搅拌均匀,浇到冒顶的雪冰上,开始多角度拍照。

朋友圈发文：朕的江山。

Jyh：朕的限定妹妹。

小公主：迟航居然没来跟你吵架？

Jyh：我恐傻子，所以拉黑了他，让他自己静静。

不知是跨过了二十岁这个门槛，长大了一些，还是对江聿怀的爱慕退潮，不再小心翼翼，她将对方端正地摆在朋友位置后，反而可以自如地应对，聊天时无所顾忌，变得轻松愉悦。

小公主：……所以你从事了什么高危职业？我能问吗？

迟航读了研，目前研二，算来江聿怀如果没继续读下去的话，也是工作了的。

迟喻对江聿怀世界的了解来自社交网络的冰山一角，连本科专业都是看他人人网相关联者后才知道的。

江聿怀直接发了张工牌过来，证件照上的人留圆寸，五官凌厉，眼神淡漠。顶端是家互联网大厂的标志，再下是职位——算法工程师。

迟喻领悟片刻，识破。

小公主：所以这个翻译过来其实是，程序员？那的确是挺高危的。

Jyh：不劳费心，我头发挺浓密的，倒是你，没事早点儿睡觉，就不会天天哭自己秃了。

被脱发困扰日常，和隔壁寝室好友拼单买鲜榨生姜汁，挽手去水房洗头的迟喻哽住。

迟喻发了个火柴人摸头的表情包，摸一下闪一下"头发-1-1-1"。

江聿怀发了个反弹的表情包过来。

小公主：你这人怎么这样。

Jyh：我哪样了？

小公主：你给迟航拉回来吧，他发现你拉黑他了，正在狂怒，问我要手机，我没有给。

不打游戏需要个漫长的适应过程，突然停下来，新的事情不足以覆盖全部的时间，就总还是惯性地想登录。

迟喻卸载了游戏，又下载回来，无效挣扎。

迟喻买了个新号回到原来的服务器，在主城切磋试手。

她没有和任何亲友说过这个新号，大有种和过去告别的意味。

初曲的角色同样在排队进战场，它挂在显眼的位置，金灿灿的橙色武器，太难忽略。

迟喻的装备奇差，切磋时只能尽全力。

耳机中传来密聊声，迟喻扫到右下角。

初曲的昵称。

对方发来孤零零的两个字，没有问好，陈述句：**傻囝**。

迟喻从前并不知道初曲对她了解到何种程度，隔着网线建模、截然不同的昵称，仅凭着操作和走位就认出她来。

破防只在一瞬间，她颤着指尖敲下：**对不起，祝君前程似锦**。

迟喻直接拔了网线关机，黑屏的电脑照出她似哭未哭的愁容。

她太清醒了，不适合做梦。

虚拟的数据和具体的人，迟喻清楚自己就是想要追寻后者，想要稳妥的幸福。

春醒相依、夏夜看海、秋日漫步、寒冬簇拥。

恰好是因为喜欢着江聿怀那种人，才知道可念不可得到底会有多难过，她不想再重复同样的经历。

有人说人会重复地喜欢上拥有某种特质的人，迟喻不清楚是否正确，只觉江聿怀对自己影响巨大。

大到没能再多攒出个四五年时间，来等某个不确定的未来。

所谓的没有未来，其实是看到了未来的委婉说法。

寒假中无所事事，反倒是因为选购单反相机，江聿怀开始主动联系她。

两人就那么有一搭没一搭地闲谈起来，都是些琐碎的内容。

到某句对方突然不回复了，或是直说自己要去做什么结束聊天都不觉得难过。因为有从前做对比，才会觉得如今甚佳。

有时江聿怀会解释句去忙工作了，有时不会。

熟络起来后，她发现他原本就是那种令人舒服又有趣的人，难怪学生时代那么多人喜欢他。

大三下学期，图书馆里人满为患，考研、考公、出国的，每天一座难求。靠占座和抢位申请度日。

迟喻亦在其中，她前两年连图书馆的门朝哪儿开都不知晓，为了打游戏选课尽可能规避，到现在周六上午都还在上课，很少回家。

只能说出来混，总归是要还的。

断掉游戏的时机于迟喻而言其实刚刚好，她到了刷语言和准备申请学校的时候。

闲暇时间，她又去附近的健身房找了个漂亮的私教小姐姐。

运动是很好的宣泄方式，迟喻开始热衷于踩椭圆仪，手机往往放惊悚片和古早的 clut（惊悚）港片。

健身房离寝室不远，洗澡条件好过宿舍不少。

有私教监督，每日打卡，不练光洗澡也挺值回票价的。

她仍旧同江聿怀不咸不淡地接触着，他会几天都不联系一下，又突然在周六晚上发新拍的图给自己看。

迟喻有意识到自己可能是江聿怀无聊夜色里打发时间的存在，是会随声附和的智能 AI（人工智能），不过甘之如饴。

她戒掉游戏后语音频道还是上的，常跟朋友玩点儿速战速决的，这年出了"守望先锋"，射击类游戏，速战速决，一局不超过半个小时。

清明节，迟喻抽出四天整假，去找在海城的游戏亲友见面。

饭后逛完景点无事可做，遂又拐进网咖，迟喻登上蒙尘的账号，指着昵称给游戏亲友讲，自己同江聿怀现在的关系堪堪说得上亲密友人，知道再进也无用，更喜欢驻足原地。

游戏亲友想了想回她："其实我觉得你跟初曲一起玩游戏的时候

最开心,因为我并不认识你名字里这个人。"

迟喻去舀杙果沙冰,没有再提。

这是她最后一次痛快地吃杙果,因为两个月后,她胃绞痛进医院,查出过敏原是杙果。迟喻皱着眉跟医生争论不可能,杙果自己从小吃到大,是最喜欢的水果。

医生无情地告诉她:"过敏原就是会发生变化的,不管你接不接受。"

而最后得到初曲的消息是半个月前,陶琼发了一张截图给她,是初曲密聊陶琼说的。

初曲:我跟傻囝的事情,你都知道了吗?

琼玉:听说了,你拉黑了她。

初曲:我怎么可能拉黑她?

…………

初曲:我大四了,家里已经给我安排好了工作,我会回家,不会留沐城。

琼玉:所以你喜欢傻囝吗?

初曲:我很清楚我二次元喜欢她,我不知道三次元如何,但我不会留在这儿,傻囝也不会跟我回家,没必要。

这段聊天记录发生在迟喻心灰意冷转服离开三个月后,再激不起半点儿波澜。

真要说什么的话,收到截图那天,迟喻破天荒地主动找了江聿怀。

她问:哥哥分了那么多次手,有什么不痛苦的秘诀吗?

江聿怀回:谢邀,我哪次分手都不痛苦,既无可能,不必回首,频繁回头的人是走不了远路的,还有,你那排不上号的网恋,也算分手?你省省吧。

小公主:我学会了。

也不知是谁一语成谶。

第九章

命运捉弄

少年时的雅思和托福成绩都已过期,迟喻开始重考,她从大一六级过后就不再学习英语,堪堪六十二分的托福成绩算是报应一桩。

她揉着脸为自己留好后路,从英美转看日本的学校,把蒙尘的二外日语从时光里拎出来抖灰,赶在报名截止前闭着眼横下心直接报了N1(日语等级考试)。

与江聿怀的聊天时间反而成了一天中最悠闲放松的时刻。

他会跟迟喻说自己遇到的困扰,代码测试不能跑,深夜的报错提醒,拍摄风景时天公不作美,效果不太好。

呈现在迟喻面前的,是个带着光环走下神坛的普通人。

她其实有点儿为江聿怀觉得寂寥,学生时代风光无限好,有过那么多众星捧月的时刻,现在不会觉得难过吗?

彼年正处于互联网红利期,移动支付爆发,手游与短视频平台如雨后春笋般占领市场,共享单车昙花一现。

江聿怀的职业前景无疑是极好的,似乎也不需迟喻来操这个心。

可她捧着手机在寝室的小床上侧躺着等他回自己消息时,不规律的心跳仍在静夜中提醒迟喻,有许多情绪不是消失了,只是被她藏起来压在了心底。

冻土下的种子会在得到足够的阳光雨露时奋力破土而出。

一周七天有四天左右能跟江聿怀聊天以后,迟喻竟然还是想要再试一试。

试错对于二十岁出头的人来说,就和飞蛾扑火一样带着绝对的义无反顾。

否则老来无谈资,这一生没有半点儿波澜壮阔的经历,难道真的不遗憾吗?

果真应了那句话,人终究会被其年少不可得之物困扰一生。

迟喻掀开床帘的一角,今夜无月,星星倒是明亮,她再次为自己下定决心。

周末,江聿怀在熬夜加班,测试时和她闲聊,惊觉已经凌晨三点钟,便催她。

Jyh:还不睡啊?

迟喻抱着抱枕,打着哈欠坦荡地回:我在陪你。

那边顿了半分钟,回她:我这边好了,小汤圆睡觉,晚安。

再直球不过的行径,江聿怀没回绝,更没有疏离。

他爱玩的性子不减年少,周末不是在听摇滚喝酒,就是出去拍照,或选择近点儿的地方自驾旅行,偶尔宅家,会摸电吉他,录好了看心情剪辑上传。

夏日自燕城出发,去草原拍星河,清早开始给迟喻分享旅程点滴,没有经过 Photoshop(图片处理软件)堆栈的绚烂星河肉眼可见,江聿怀给她打视频,桃花眼里映着燃动的篝火。

迟喻会在喧嚣热闹里戳果盘,垂眸给他发消息,说大家出来玩,左边是啤酒,右边摆着成箱的旺仔牛奶;抱怨语言习题册的注释简直离奇,答案里写因为这个选项最长,所以选择;连路过看到长势喜人的花卉也会拍下,同他分享。

她朋友圈难得有更新自拍和生活日常这样频繁的时刻,拼凑起来发觉多数都先给江聿怀发过的,再发一次其实只是为了查漏补缺般再给同一个人看。

江聿怀和她共享重金属摇滚的古典、望京的灯火,甚至看迟喻苦恼于抢选修课网卡,被迫选择了无人问津的《java 程序设计》,主动包揽了该门选修课程的结业论文和结业作业。

迟喻同样喋喋不休地分享自己精挑细选出的,尽可能贴合他喜好的乐曲,看过的电影,有一部是2008年港城拍摄的《一半是海水,一半是火焰》。

初看是因为王朔的原著,看完才发现和原著几乎没什么关系,是一对渣男怨女的故事,女主反复被虐选择轻生,最后男主出狱,浪子回头捧着对方的骨灰,以曾经和对方打赌定情的方式赴黄泉。

她分享时支支吾吾地说:你要是看的话,千万别开外放。

江聿怀揶揄地问:为什么?

迟喻气鼓鼓地打字回他:因为有限制级内容,可以了吗!

江聿怀则回:这种片是小汤圆该看的吗?

她揉着发烫的耳朵和江聿怀争辩:我不是小朋友了!我一个女孩子,不喝酒不打牌,我看点儿电影怎么了?犯法吗?

"不犯法啊,既然光明正大,那小汤圆到底急什么?"江聿怀发的语音,语气刻意压低,不似清冽的淡漠,磁性十足,带着丝丝缕缕的缱绻,磨着耳郭钻进心房。

迟喻辩白无果,摆烂道:我就要看,就要看,你管我。

那段时间是迟喻与江聿怀之间最好的时刻。

隔着雾与纱的暧昧拉扯,他说一句自己能回三句,江聿怀无可奈何地问:"你是不是话痨啊?"

他会宠溺地应允她的一切需求,包括无理取闹。她癖好惊奇,尤其喜欢漂亮的手与锁骨,闹着要他拍给自己看。

他也总是磨着磨着就发图过来。

目的反复达成后,迟喻特地做了张表情包。

——江聿怀大哥哥今天给小汤圆发照片了吗?

——给,马上给。

江聿怀发语音过来逗她,含笑带着点儿倦,嗓音低醇:"我怎么感觉自己像是上了贼船啊?"

"那你会游泳吗?"迟喻反问。

"你哥没告诉过你吗,我初中时的物理老师曾和省体校的人大打出手?当时省体校有个教练在游泳馆发现我游泳可以培养,想劝我加入省队,物理老师说不行,我是他的得意门生,除非他死,否则我不可能搞体育。"江聿怀悠悠讲完,末尾补了句,"虽然我游泳挺好,但可以为你暂时忘记。"

迟喻握着手机在阳台雀跃地转圈圈,她伸手,捧到一簇月光。

月亮绝不永恒地属于自己,可追逐中,到底还是被照亮了。

猪脑花是喜恶两极的存在,喜欢的人离不开,厌恶的人见不得。

迟喻十九岁才第一次吃过,还是隔壁寝室关系极好的周昼吃火锅时带她点的,绵密如凝脂般的口感吸引了她,从此变成了在菜单看到就必点的单品。

江聿怀给她发烤脑花时,迟喻正在专心复习期末考试。

小公主:呜呜呜,脑花就是宇宙之光!可惜沐城有的店不太多。

Jyh:那来燕城找我,我带你吃。

迟喻很认真地回他。

小公主:想吃,可我明天有门当堂结业的考试。

如无意外的话,今年的期末考试是迟喻本科时代最后一次纸质期末考试。

Jyh:考试加油,其实你今天也来不了,燕城暴雨,飞机停航。

小公主:我知道。

因为燕城一直在我的天气预报栏里,有挺多次我都想提醒你,今天你所在的区域会下雨,记得带伞。

但我没能说出口,怕自己说了多余,又怕显得过于刻意。

总而言之,就是千回百转的几百行少女诗句。

渴求谁能读懂,又不肯交付全篇予人前。

习惯的可怖在于它会一点点地侵蚀进你生活里,再回过神来,对江聿怀横生心思的迟喻已经无法对他的忽冷忽热应付自如。

说过晚安得不到回应的第一天还能劝慰自己,到第二天就开始频繁地刷手机确认,到最后为了怕影响复习进度,硬生生地给江聿怀开了消息不提示,以此逼迫自己专心翻书。

"要不你还是放过书吧。"周昼发声时已不知道在身后观察了多久,"走了,吃饭去。"

"让我再看会儿。"迟喻挣扎,被周昼揪起来带出寝室门,"得了吧你,心神不宁的。"

她拗不过周昼,还是被拽了出去。她们吃的西式简餐,松子青酱裹着意面饱腹,提拉米苏入口是苦,皱着眉去戳另一块巧克力熔岩。

周昼把盘子换到她面前,叹气问:"跟你那位暗恋良久的江聿怀哥哥怎么了?说说。"

她们是很要好的朋友,同进同出,互诉愁肠,情感经历对对方透明。

周昼失恋时买酒拉她上天台,到熄灯很久才摸黑回寝室。迟喻和初曲刚掰那会儿在寒假,打语音和周昼讲了两个钟头。

迟喻简明扼要地说了下现状:"我在社交上的状态趋于被动,别人起话头,我能说很多,可如果无事的话,我就能一直不找对方,不是疏远和讨厌,就是性格这样……在他这儿就更严重了,因为揣了别的心思,不太敢起头,会有多种假设,如果他不理我怎么办之类的。"

"看你自己想要什么结果。"周昼托腮,"如果想延续下去,那就等他找你,痛并快乐着。若想要个结局,你可以直接问他,问他想怎么样。其实什么都不做的话,也可以。"

迟喻抿了一大口冰柠檬红茶,冲淡了口里的甜腻,垂着眼睫,轻声接话讲:"也许注定没有结局呢,谁知道此段是不是命运在捉弄。"

日光被百叶窗稀释,明明暗暗错落在迟喻身上。

不怎么安静的午后,她捏着裙角,眉目宁静地为自己过去那些年的执念和未来不知道会持续多久的纠缠不清下了定义。

从早上七点钟看书到晚上七点,迟喻耸动着僵硬的肩胛骨拎起健身包去健身房活动。

期末期间私教没给她排课,运动内衣减震效果不错,现在跑步比从前轻松不少。

耳机里是爆裂的摇滚乐,迟喻自己跟自己较劲,挑战从没跑过的十公里。

怒气随淋漓汗水消散,达成后切到慢速模式走了一小会儿,拨开黏在额前的发丝,落地玻璃外夜色泼墨,有穿荧光衣的少年在跳蹦床,四肢舒展得如同鹏鸟,少女盘腿坐在旁边为他鼓掌叫好。

浓重的夜色中看不清对方的神色,想来少年每次高高跃起都该是狂妄的笑,而少女则满眼恋慕崇拜。

是爱情最好的模样。

迟喻压腿拉筋,看了这幕很久很久。

疲倦达到顶峰,迟喻早早洗漱带着书爬上床,又难以自控地打开微信页面。

这次没有落空。

江聿怀的消息安安静静地躺在置顶里。

Jyh:[分享歌曲《天与地》黄贯中——《天与地》主题曲]

迟喻戴着耳机对着歌词听完,是首摇滚,带着 Beyond(摇滚乐队)的旧风,词写得很好。

> 从开始那天,跟着你一起。
> 曾一起去飞,曾失去自己,世上什么可相比……
> 问昨天,可想不起。
> 尽管错,让我错到死。
> 别再讲,大道理。

江聿怀根本没有解释自己突然消失的原因,可迟喻就在一首歌的时间里迅速地将这两天被冷落中的揣测、委屈、心酸和不忿统统抛诸脑后。

她乖巧地发照片，同江聿怀喋喋不休地讲，这门课的老师很离谱，标重点足足标了大半本书，怎么都复习不过来。晚上去跑了十公里，准备放弃复习把书枕在枕头下入睡，传说这样能让"知识入脑"。

江聿怀隔了几分钟才发来语音，嗤笑说："封建迷信要不得啊汤小圆，我也才洗完澡，项目出了点儿问题，昨天住在公司，才到家，CPU（中央处理器）转得快。"

似有还无的解释，足够了，迟喻在狭仄的小床左右翻滚，室友们还在复习，她不敢出声，只打字。

小公主：那我帮你吹吹散热，踮脚，呼呼。

江聿怀漫不经心地回："好了，恢复正常转速了，我有时候会好奇，迟航上辈子捐了多少庙，能有你这么可爱的妹妹。"

小公主：你也可以有，点击捕捉。

Jyh：网到了，捉你一只就够了，太忙了，实在没精力再多捕另一只养了。

语焉不详的玩笑话像是把锉刀，在一点点地磨着迟喻脑海里那根紧绷的理性弦，钢丝弦中端被打磨如细丝。

他们又随口扯了几句无关痛痒的话题。

迟喻被江聿怀催着快点儿睡觉。

"好了，睡吧，知识入脑还需要点时间呢，我保佑你。"

小公主：那说好了，你保佑我。

Jyh：嗯，都听领导指示，晚安小汤圆。

迟喻划上去，把他的语音收藏，循环多听了几次，又盯着"领导"两个字看了半晌，亲自把名为理智的弦扯断，让感性占据巅峰，安稳地睡去。

梦里，江聿怀牵着她走在熟悉的街角，逆风中温热的唇自眼睑吻到嘴角，最后宠溺地揉着脑袋被拥到怀里，寒风骤雪都退避三舍。

她可以埋进江聿怀的颈窝里，使坏地伸舌头亲吻他的喉结，被捏着后颈警告后不思悔改地搂着劲腰撒娇。

闹钟将她拉回现实。

迟喻进考场前,还远不到江聿怀的起床时间,她发去信息:**我去考试了,你起来记得保佑我哦。**

有心上人的祝福加持,迟喻落笔如神助,拿不准的几道选择题蒙对了八成。

她交完卷拿到手机的第一件事是看江聿怀的消息。

Jyh:**嗯,插三根筷子上香以表敬意,汤圆殿下战无不胜。**

考完试后,迟喻特地去搜了一下《天与地》这部港剧,在线播放平台都没有播放源,连贴吧与豆瓣词条都没找到,经查是首部被广电禁播的电视剧,她花了些力气找到了压缩包下载。

带着点儿讨好性人格,迟喻对江聿怀分享的一切都会认真研究,连之前空出时间来突然会买相机学习摄影,都有一部分是因为江聿怀喜欢。

她在努力让自己的爱好和江聿怀的喜好契合相撞,创造更谈得来的地方。

为了合适而合适。

直到真看起来,迟喻才明白江聿怀会喜欢这部剧的原因,讲的是四个组建摇滚乐队的青年,分崩离析之际同去雪山旅游遇险而引出的故事。

情节上完美地复刻了《洞穴奇案》,探险人受困山洞,水尽粮绝无法在短期内获救。为了维生以待救援,大家约定抽签吃掉其中一人,牺牲他以救活其余四人,尺度涉及生存法则,挑战人类道德观念,难怪在上映时播到半程被直接叫停。

很沉重的一部剧,迟喻假期中报了托福班,有种回到初中时代作息的感觉。她保持着每天晚上看三集的追剧频率。

可剧看完大半,快到结局时,江聿怀都没再主动联系过自己,迟喻尝试着给他发消息,亦没得到回复。

等待宣判是情感里最可怕的存在。

悬而未落的刀出现在头顶，不知几时落下。

迟喻最初还给他找借口，项目忙、手机丢了、微信故障，再往下想就只能是不希望的方向了。

她翻来覆去摊煎饼到天亮，甚至去找迟航问："你最近有跟江聿怀聊天吗？"

迟航满头雾水地反问她。迟喻只得如实说，说自己怕他独居出事，所以来问。

迟航隔了半个钟头才回她：别担心，江聿怀就是坟头信号差……还有千万别对他上心。

这样的回答只可能是已经联系到江聿怀或知晓近况，迟喻闭上眼，顿觉刀锋的寒意贴头皮，冷得浑身发抖。

好友们陆续放假，约着吃饭逛街，女孩子们出去玩，下午茶总是在甜品店。

日式包厢，主打抹茶。

迟喻背后叠着两只松软的抱枕咸鱼躺，目光没有焦距地落在墙面的竹帘上，倾倒近日的苦恼。

江聿怀第九天没跟自己讲话了，第五天时她憋不住主动搭讪，对方没回。

陶琼搅打抹茶的手顿住，半开玩笑地和迟航说了一样的损话："想开点儿，或许是坟头信号不行呢？估摸着九天，草也能四尺厚了吧？"

"差不离，差不离。"任璇拍手捧哏。

两个人一唱一和，逗迟喻开心。

陶琼举着抹茶冰激凌凑到迟喻嘴边喂她，柔声宽慰："其实你跟江聿怀这个事情，如人饮水，冷暖自知，毕竟他那种高岭之花，本来就值得花心思，摘到了不亏，折不下来是寻常事。"

"谁说不是呢？"迟喻莞尔，吞了一大口冰激凌，含混地讲，"挺好的,临别不必倒数,没有结局的故事才算得上永恒。"

任璇竖起大拇指:"自我安慰谁家强,甜品店里找汤圆。"

"略略略。"迟喻做鬼脸,"等下什么安排呀,这边服装店都不太好逛。"

"楼上转转,帮我参谋条裙子,后天跟他家里人吃饭,晚上任总买单,要吃什么随便点。"任璇转着无名指的素戒,眸光温柔。

任璇的男朋友是她念语言时认识的,两个寄宿家庭隔着条马路,对方对她一见钟情,穷追不舍快三年,终于抱得美人归。

他们大二上学期开始交往,每个假期都会见双方家长,到现在开学大四,准备先订婚。

明年毕业就办婚礼,两人都会继续读研,计划是今后都留美,对方和任璇家不在同一个城市的问题反而被弱化掉了。

任璇的对象迟喻见过几次,他回国总是先陪任璇来沐城,然后请任璇的朋友们吃饭,待一阵后再回沪城,是个贴心到会给她系鞋带、将衣服中的发丝挑出来的男孩子。

迟喻从没有哪刻真的记清过任璇少女时代暗恋的那位的名字,他的存在随风消散,不再被任何人提及。

真好啊。

少女时代暗恋未果,后来再遇良人如此。

裙子挑了两款,一款端庄见家长用,另一款俏皮可爱,一式三色,大家每人买了一条当闺密装。

她们直接结账穿走,蓝白粉姐妹花,回头率颇高。

任璇豪爽地点了半本日料菜谱,酒多半是迟喻喝的。

陶琼后来急了,让她慢点儿喝,自己剥烤白果投喂的速度都跟不上她喝的速度了。

"来来来,你别忙乎了,走一个。"

杯子碰撞,响起清脆的回荡声。

盛酒的杯底做了不倒翁设计,巨大的冰球自中间断裂,褐色梅酒渗入缝隙,迟喻低眸认真地盯着看,裂痕如冰峡般壮阔。

朋友圈的点赞还在增加,她今天发了九张图,最中央的是闺密合照,来自任劳任怨的修图工具人陶琼。

江聿怀没有给她点赞。

意料之中,迟喻不明白自己究竟还在期待什么,她在快看到结局时放慢了进度,剩下的六集每天看一集,到今晚,也该是大结局。

无论是电视剧还是江聿怀。

电视的最后几分钟,是因为商业因素而被叫停的独立音乐会,女主在台上的发言通过广播传遍港岛:"……和谐不是一百个人发出同一种声音,而是当一百个人发出一百个声音时,他们同时彼此尊重。"

折返的人群、卡车开来的设备、简易的音乐会场。

广播电台的工作人员坚持转播,热血沸腾地喊出:"是非法进行广播,但我们不会就此屈服,Rock&Roll never dies(摇滚不死)!"

迟喻跟着剧中人合唱:"如果命运能选择,十字街口你我踏出的每步更潇洒。"

酒醉得眼眶发烫,迟喻拖着进度条回去重看,边看边点开江聿怀的聊天界面录频,一曲终了,她松手发送。

手机日历跳出新的一天,迟喻又坚持等了两个小时,等到江聿怀平时入睡的时间,仍旧没能得到回复。

她搓着脸颊,没出息地又多为他延长了一天期限,连借口都不屑找。

明天十二点前,你再不理我的话,我就再也不要喜欢你了。

明日复明日。

迟喻足足等到了自己考完感觉很差的托福,出考场时阳光刺眼地袭来,她蹲在屋檐的阴影下,告诉自己到此为止,不许再抱有期待。

她开机就发现江聿怀的消息安静地躺在微信里。

Jyh:*遥祝小汤圆托福考试顺利。*

第十章

千里烟波

迟来的祝福全无意义，少女捧着手机，立在陌生的校园中发愣。她早不再做断网后单方面和江聿怀说话的事情了，聊天界面一扫过去就能找到上次他回自己的那条消息。

Jyh：你这肤色不必考虑颜色，都显白。

是上个月中旬，十九天之前，那时他们熟稔到迟喻可以在选择困难时将难题抛给江聿怀，让他帮自己挑裙子。

她曾以为他们足够亲近，再近一点儿，就可以暗戳戳地贴到那层窗户纸上。

然而理想和现实的差距巨大到难以接受。

明明准备放下了，可江聿怀搁浅良久的消息又发了过来，他仿若没收到自己发的那三条消息，轻而易举地挑选新话题。

——在这个迟喻刚考完，懊恼而憎恶自我的时刻。

她在江聿怀那里算是什么呢？

招之即来，挥之即去，给些温暖就会四脚朝天露出肚皮，任君宰割的流浪猫吗？

蝉鸣聒噪，考生们陆续离开，都绕过迟喻这尊碍事的"障碍物"。

她站到腿麻，弯腰揉过膝盖准备开地图导航先出校门，就被一个清朗的男声叫住了。

迟喻回眸寻着声源，看见一个穿白衬衫的男孩子，标准的日系帅哥长相，看着有点儿眼熟。

"你是找不到怎么出校门了吗？我就是理工的学生，我带你出去吧，你想去哪个门？""白衬衫"微笑地问。

迟喻警觉地后退半步，摇头说："不需要。"

"白衬衫"尴尬地抓了抓头发："我们同一个托福班，你不会不记得我了吧？"

迟喻哑然打量起人，到底诚实地点头认下。

她报的是小班教学，同学总共不超过十个，记不住同上过两个月课的人多少有些说不过去。

可迟喻总坐第一排，听课以外的绝大多数心思都落在江聿怀那儿，对他人漠视到了极点。

"不好意思，我有点儿脸盲，不记人。"她给自己找了个台阶下。

"白衬衫"温和地笑了笑："是我大众脸。我叫薛礼，现在我们认识了。"

迟喻又点了点头，有气无力地指着前方："嗯，那我先走了，有人来接我。"

薛礼的笑容凝固在脸上，没再说话，很快转为了另一种失魂落魄。迟喻看不见背后搭讪失败者的面孔，可她有副与之相似的神态。

二十一岁的迟喻在亲密关系的处理上生涩无比，除开对江聿怀登峰造极的暗恋，她的感情经历乏善可陈。她有着算不上惊艳的面孔和象牙塔里不被谁刻意考量的优渥家境，逃课外加宅寝室和周末回家，本科三年遇到的示好异性，加上刚才的薛礼，刚满四个。

偏颇些讲，迟喻对"喜欢"这个中文名词的全部注释，都来自江聿怀这个人。

知道自己该当作没看到江聿怀的消息，学他那般不做回复地晒着，来弥补那些反复点开确认有没有收到消息的失眠夜，可她舍不得。

迟喻就那么迷茫地前行，被扑鼻的清香催着抬眸，发现走到了一条小路上，左侧是家属院类的住宅区，右侧是堵围墙隔开的教学楼。

参天的槐树斑驳阳光，雪白槐花串串簇满枝头。

她高举手机拍下,发给江聿怀。

得到了秒回。

Jyh:考完了?

小公主:考完一阵子了。

Jyh:所以现在有什么想法?

迟喻再无法克制攻心的怒火,指尖在手机屏幕上飞速打字:我在想等我托福考到一百分,就再也不要联系你了。

就像你随便搭不搭理我一样。

然而江聿怀浑不在意,四两拨千斤地发来语音:"那就预祝小汤圆早日考到一百分。"

世上有些人,就是处处不顺你心,还让你无法讨厌起来。

他们谁都没再提长达十九天的断联,又开始了新一轮的聊天。起先迟喻还会有些介怀,她会思忖消失在自己世界的江聿怀去做了什么。

他工作不算轻松,高强度用脑,他们之间能让心脏"怦怦"直跳的聊天记录迟喻会截图、收藏,反复挑拣出来观阅。

有两句总撑着她还能再把灰烬中的余热重燃成熊熊烈焰。

——"那领导请指示。"

——"得了吧,我今后哪怕有女儿,都不一定有对你的耐心了。"

迟喻能想象出江聿怀说话时玩世不恭的神情。

但她偏要信。

偏好是很难解释说明怎么诞生的,就好像周昼是个声控,认准了声线,结果屡屡成奔现反面教材。迟喻劝她和自己一起喜欢点手啊,锁骨啊之类的,起码身材还在,不会出现两百斤胖子男神音的情况。

熟练掌握了靠喊"哥哥"和撒娇卖萌获得快乐后,迟喻变得不再小心翼翼,还开始有意无意地探索江聿怀的底线,她想知道什么是不能说、不能做的。

结果都失败了。

不知道是江聿怀百无禁忌,还是对她放低了底线,迟喻希望是后者。随着聊天的频率越来越高,尺度开始渐渐收不住。

起初,迟喻掂量着骗张手的照片,后来得寸进尺地指导江聿怀怎么拍手的角度比较好看。

江聿怀无可奈何地讲:"可以了小汤圆,我的脸自拍都不拍,你看到的手都够绕地球半圈了,有本事自己过来摸吧,我反正不会再给你拍了。"

"真的吗?"迟喻雀跃地说,"那我还想咬一下,也可以吗?"

Jyh:按照你对我的苛求,我现在是不是也可以要点儿别的?

周遭的空气升温,烫得迟喻心如鼓擂,她微微低眸,看向鼓起的胸线。

青春期发胖再瘦下来,赠礼是胸大,代价是无法去掉的生长纹。

迟喻是知道自己优势在哪儿的,她居家的睡裙以舒适为主,宽松不显身材,她光脚去衣柜里翻腾出一件小圆领的碎花连衣裙。

她将手机拿远,切到前置模式,连续拍了好几张,挑出一张最喜欢的。

小公主:也不是不行。

迟喻闭着眼点击发送。

江聿怀过了两分钟才回:我逗你呢不许再这样没心眼儿知道吗。

他是真急了,标点符号都不打了。

小公主:所以你会发给别人吗?

Jyh:不会。

小公主:我也没有想发给其他人看。

小公主:而且我又没有拍到脸。

Jyh:还不算傻,不过你赢了。

江聿怀发来视频通话请求。

迟喻手忙脚乱地平置手机冲着天花板，接听后迅捷切换了镜头方向，空对白墙，磕磕巴巴地解释："我没洗头。"

江聿怀那边的镜头也在晃，比平时微哑的嗓音传过来："没事，不是要看手，你自己点播动作吧，一次性看个够。"

他那儿终于找到了支撑处，画面固定下来，流畅的下颌线牵引着锋利的喉结逐渐远离，江聿怀的半身出现在镜头里。

午后的光透过纱帘在宽阔肩头翩跹，迟喻凝神屏息，看他跷着二郎腿坐姿慵懒，骨节分明的手指下移，停在衬衫的领口，慢条斯理地挑着扣子。

一颗，两颗。

原本居家穿得就相当随性，衬衫一开始就露出了脖颈，袖口挽到小臂中段，手臂肌肉线条利落。

迟喻关掉了自己这边的镜头，隐在屏幕后肆无忌惮地打量他。

江聿怀懒洋洋地道："就到这儿吧。"

"怎么？"迟喻轻声调侃回去，"热知识，帅哥打赤膊不犯法，算男菩萨。"

"啧。"江聿怀嗤笑，"那你不如先念段经来听听。"

迟喻还真念了，念的是《金刚经》的第一品和第五品，抑扬顿挫，像模像样："如是我闻，一时，佛在舍卫国……何以故。如来所说身相。即非身相。佛告须菩提。凡所有相。皆是虚妄。若见诸相非相。即见如来。"

"你信佛？"江聿怀愕然。

"我不信，是我奶奶信。"迟喻倚着床头软包，悠悠地讲，"我是被她带大的，甚至我还有个法号，是庙里主持起的呢。她每天睡前会用念佛机放佛经哄我入睡，我那时其实一句都听不懂的……"

"所以小汤圆的法号是什么？"江聿怀漫不经心地问道。

迟喻笑笑："是梦凤。我是个留级生，超过预产期三天，还闹到凌晨四点才出生,我奶奶在我出生当天晚上梦见了一只金黄色的凤凰,她抱我去拜佛,住持说那就叫梦凤吧。"

这是个很长,算不得多有趣的成长故事,见江聿怀眉眼间没有不耐烦的神色,迟喻才讲了下去。

背后是松软的垫子,柔和的阳光落在手边,迟喻合眼,想起小时候。

年幼的小女孩被信仰佛教的祖母牵引着去参拜,看别人手掌合拢恭恭敬敬地跪拜、磕头、口中念叨着高深难明的佛经,和着沉重的木鱼声。

香火鼎盛的庙宇逢初一、十五的节日便人流络绎不绝,真正的信徒与观光客交织,诵经时却听不出杂音来,或者说进庙祈祷者,原本就和居士们神色同样凝重。

老宅的阳台被布置成个小小的佛堂,奶奶每日清早、午后、睡前都会上香,起居室里总被焚香气息充斥着。

迟喻常常听奶奶念佛经。她识字很早,可经书上的生僻字又太多,奶奶就一个字一个字地教她,老人家不会拼音,就替换成读音相同的常用字写给她看。

"我奶奶是国家二级厨师,全家数她做饭最好吃了。她自己吃素,然后给一家子人烧肉菜,我爸闲暇时喜欢去海边钓鱼,她也不说什么,但是常常放生。我没见过别的信徒是怎么样的,反正在我这儿,我奶奶就是全世界最好的信徒样子!"迟喻信誓旦旦。

江聿怀认真地回:"别怀疑,奶奶就是的。"

他也同样换到了床上,镜头拍到斜侧挂墙的电吉他盒子,听迟喻娓娓道来。

"后来我长大了,被接到父母身边。奶奶罹患糖尿病,摔跤后身体越发不好,现在近乎卧床不起,行动范围仅限于卧室床上到客厅的几步。她不再能拜佛,但还是成日里听念佛机诵经。有一回,我去看她,躺在她身侧听她迷迷糊糊地说自己小时候的事情,黄土坡往下滑,飞机往下扔炸弹……我见她睡着,就动手关掉念佛机。音止,她就醒来,我只好重新打开,如此这般虔诚,我不懂。"

江聿怀颔首,眸光深邃,仿佛穿过屏幕与上千公里,平和地注视着迟喻,宽慰着说:"不是你不懂,是非信教者不懂。"

迟喻轻哼了声,继续说下去。因未曾和他人言过,故而讲述得非常温暾拖拉,她没能归整好先后的时间顺序,更无暇去考虑与心上人视频的好机会,说这样沉重的话题是不是合适。

她想倾诉,便在征得对方同意后说了。

"我再长大一点儿,能够清楚认知死亡含义的时候,终于为奶奶家中久置的一张照片对上了姓名。那是张黑白照,小女孩穿着布拉吉对镜头微笑。我曾以为是自己的姑姑或是哪个对不上号的亲戚,结果是我姑姑,就是我奶奶的大女儿,她八岁时因为阑尾炎误诊夭折。

"我爷爷、奶奶是包办婚姻,更直白点儿说的话,我奶奶是大少爷家的童养媳。后来,我爷爷偷跑离家参军,戎马半生。我难以想象那个书信无通的年代,一代人的责任和坚守,总之,我奶奶在女儿夭折后开始信佛。或许二十世纪五十年代,一个孩童的逝去对世界来说微如沙粒,但对一个母亲来说,是今后数十年的青灯古佛,梦魇不绝,将对女儿的爱意寄托在六道轮回之上。"

江聿怀不笑的时候整张脸都呈现出一种清绝冷感,连那双深邃狭长的桃花眼都无法中和,长睫打下一片阴影弧度,沉哑的嗓音荡在耳侧:"或许是真的存在呢?我少年时多在学习物理,是个彻头彻尾的唯物主义者,但诸如牛顿、爱因斯坦乃至霍金,晚年都开始偏向神学。没有实质、不被验证的东西未必就不存在,谁敢保证我们还探索不到的星球上,没有更高级的文明正在注视着我们呢?"

"谢谢。"迟喻整理好情绪,"有被你安慰到。"

江聿怀挑眉:"我没有在安慰你,我是说真的。"

今天的气氛太好了,好到有种让迟喻误以为他们在交往的错觉。

日光经过江聿怀,又落在自己掌心,相隔千里,被同一个太阳照耀,心扉敞开。

"那么你觉得爱是存在的吗?我奶奶病后的日常是抱怨我爷爷,她这一生对我爷爷的怨与气都在病后倾倒,包办婚姻、独自育儿、大半生悲苦都自此而来。可她曾经听说我爷爷行军会路过某地,想给他送点儿东西,便等在路边,结果战略部署改变,没有经过那里,无法传信,我奶奶足足等了三天两夜。"

"存在的吧。"江聿怀偏头,"我也没有见过,所以不能给小汤圆客观的评价。"

迟喻对镜抿了下口红,她爬下床给自己化了个简单的素颜妆,倏然把镜头切向了自己。

水润圆睁的杏眼乍然浮现在眼前,江聿怀愣怔,旋即勾唇,饶有趣味地打量起来。

女孩子正在调整镜头,挪远移近找最佳位置。她原本就白,鹅黄的裙子更衬人,没什么防备心,全然不知自己几个弯腰的动作,饱满的弧线抛了个干净,蓝色蕾丝的边缘撞进对方眼底。

江聿怀喉结滚了滚,顺手拉过空调被,挡了下原本迟喻就看不到的腰腹部分,慵懒嘶哑地问:"怎么又瘦了?迟航平时怎么当哥的,都不知道喂人?"

"你真是三个小时不骂迟航就浑身难受。"迟喻终于找好显脸小的角度,抓着只仓鼠玩偶揉着,"我好不容易去健身房减的肥,辛辛苦苦吃水煮菜呢。"

江聿怀眼尾蕴着笑意,散漫地讲:"又不胖,折腾什么呢?"

迟喻站起来掐了掐腰线,小声嘟哝道:"不知道的还以为你想当我爹呢。"

她是挺标准的梨形身材,骨架很小,上半身看不出,胸大衬得腰更细,脂肪多堆积在大腿上,前段时间流行过一个鉴别腿长的帖子,大意是人类一拉腿,上帝就发笑,指导出了几种衡量办法。

腕线过裆,抱膝过肩。

"那你喊声爸爸听听好了。"江聿怀饶有兴趣地逗她。

"哦。"迟喻眨眼,节操这种东西她没有,弯着眉眼喊出口。

江聿怀束手无策地笑笑:"行吧,那小公主有什么要求?"

迟喻眸光流转,小声而恳切地回答:"你下午要是没什么事的话,我们就这样聊着吧。"

真奇怪啊,明明对他有上万种祈愿和期待,曾数次幻想过有他陪伴的未来,结果得到了机会,却只敢说我们就这样视频聊天可以吗?

潋滟的桃花眼中噙着笑意,江聿怀盯着她看了几秒钟,慢条斯理地吐出一句:"行啊。"

于是两人真的就那么开着视频。周末午睡过于浪费,又实在找不到由头来继续视频聊天,江聿怀非常自在,他躺够了去捞电吉他开始练琴。

镜头对着胸口,电吉他与手占据屏幕。

迟喻有了喘息的机会,目光灼灼地看着骨节分明的手指拨弄琴弦。

瘦长、灵巧。

迟喻看了一会儿江聿怀在做什么,然后找来贴纸粘自己的手账本。

江聿怀揶揄:"都这么大了怎么还喜欢玩这种贴画?"

迟喻鼓腮反唇相讥:"我就要玩!而且你明明才说过我年纪小,男人的嘴,骗人的鬼。"

"年纪挺小,气性还挺大。"江聿怀操控着鼠标敲打键盘,似笑非笑地回。

迟喻好奇:"你是在加班吗?"

"没有。"江聿怀把镜头从敲键盘的手挪到屏幕上。网游页面映入眼帘,是有点儿古早的二维页面,市面上的网游太多,网瘾少女迟喻也不是每个都玩过的。

桌面称得上整洁，笔记本电脑放在增高架下方，台式机屏幕和键盘占据主场，靠墙的那端摆着电吉他用的电箱和调音器。迟喻注意到他的墙面很特别，刚刚偷摸搜了下，发现是吸音装置，防止扰民。

"我之前也总在打游戏，现在不玩了。"迟喻顺着话题引下去。

江聿怀懒散地回："你还会回去玩的。"

迟喻笃定地道："我这次不会了，号都便宜卖掉了，我不会再回去了。"

"之前看到你朋友圈了，只是失恋就低价抛售心血号啊？"江聿怀的操作没有停顿，漠然而扎心。

迟喻哽住，讷讷反问："那要是你的话，你怎么办？"

"凉拌。"江聿怀音色含笑，玩世不恭地讲，"喜欢的时候尽心过、没辜负，同途一段到站下车，大路两边，各走一方，人之常情，好聚好散，根本不需要再做多余的事情。分手后歇斯底里或者是行事诡异、言辞带机锋的那个，总是不甘心的。"

"你没有不甘心过。"迟喻松了口气，又带着点儿怆然，"所以你根本不懂我。"

大概今天江聿怀的心情格外好，他不遗余力地哄她，语气宠溺："哥哥错了，所以今天都听我们小汤圆的。"

但她对他实在没什么要求，她趴桌看了他半晌后，确认江聿怀没有看自己在做什么的意思后，她整理起纷乱的桌面来。

总是寝室和家里两边跑，平素懒得收拾，美容仪、电流刮痧板、盒子里横七竖八的口红与护肤品都堆砌着。

迟喻有些许的身材焦虑和颜值焦虑，在她减肥的路上试过苹果牛奶减肥法、哥本哈根减肥法、坚持到第六天的二十一天断食法，高中休学那会儿仗着年轻不遗余力地折腾。

读大学以后,她开始学习化妆,技艺日渐精进。

迟迅对此保有直男评价:我觉得你素颜最好看。

忙碌半天,有张买东西送的镭射卡被卡到抽屉缝隙中,迟喻拉开去抽,就听见江聿怀清洌温润的嗓音忽地响起:"哎,这张球星卡我也有。"

这张是不知道哪次收拾东西时从底层翻出来的科比限量球星卡。

当年的迟喻不敢送出,多年后无意得知,江聿怀其实是拥有的。

还好他是有的。迟喻粲然,捏起来晃了晃:"好巧啊。"

江聿怀颔首:"是挺巧的。所以你喝点儿什么?奶茶还是咖啡?"

"哎?"迟喻茫然。

"我想喝,点个外卖,顺便给你带一份,地址给我。"江聿怀讲得理所当然。

他们隔着屏幕举起咖啡与果茶干杯,各做各的事情,有一搭没一搭地唠嗑聊天,时不时地关注对方。

暮色残存着晚霞余韵,少女和少女时代不可得之人,平静地度过了一整个盛夏的午后。

谁能抓住一缕漂泊无定的风呢?在和江聿怀每日早安开始到晚安结束差不多小半个月后,迟喻再度迎来了他的失联。

事实证明,感情上的事情,一回生,两回也未必能熟。

迟喻开始学着去习惯,她这阵子的作息倒规律得有点儿离谱,晚上十点钟就犯困,早上五点来钟就醒,闲下来的时候就看日漫或是美剧,美其名曰对语言考试中的听力部分进行练习。

她补了不少古早日漫神作,设定精彩纷呈,能让她不再频繁地切出来看是否得到回应。

江聿怀的消息被她屏蔽接收,她也不再尝试着自取其辱地给他发得不到回应的碎碎念。

可她还是会经常梦到他。

梦境里有高中时代的走廊，迟喻没有再故作姿态地擦肩而过，而是小跑着飞扑到他怀里；有夏天酒醉后牵着手慢吞吞地走过夜幕长街；有璀璨烟花绽放在他漂亮的桃花眼里，自己映在正中央……也有耳鬓厮磨、红鸾颠倒的旖旎春光。

结局总是走向平庸，两人窝在沙发里看电影，满地瓜子壳，抑或在如注暴雨里撑伞涉水前行回家。

某天，迟喻睡梦中辗转，腿伸出床外悬空，猛地一激灵蹬腿惊醒，才发觉脸颊湿漉漉的，泪痕满面。

她抚着胸口咬唇默声哭了一会儿，再难睡着，抓起手机又点开了微信界面。那头像和昵称还是如旧的，没有新消息，朋友圈倒是更新过一条，是某个乐队燕城巡演的图片。

江聿怀是个从来不会在社交场合秀恩爱的人，迟喻去翻他微博的关注列表，又看粉丝列表，试图找到蛛丝马迹，是否有了新的聊天对象才忽略自己，活像是个没资格"捉奸"的跳梁小丑。

还来不及唾弃自我，她就看到他的粉丝列表中有位顶着自拍的漂亮姐姐，明艳大气，是江聿怀最喜欢的那一款，迟喻当即卸载微博骗自己未曾看到。

她在蒙眬的泪光中望见顺入窗帘缝隙的熹微晨光，天已经亮起来了，而此地注定昏沉无明。

迟喻发誓自己点开知乎是想转移下视线的，指尖颤着点错，在搜索内容里点到了江聿怀的账号，先浮现出来的是一个艾特邀请他回答的内容。

头像与刚才看到的微博头像一模一样，昵称是串很长的英文。

提问是：怎么确认自己喜欢某个人呢？

答：直接告诉他啊@江聿怀

漂亮姐姐粉丝小三千，这条点赞小两百，评论几十条。

迟喻蹙着眉头一条条地展开细看，没有找到江聿怀本人的回复。

想来他是不会配合秀恩爱的人，可是私下呢？能拥抱的话，谁会在乎评论与否呢？

迟喻梦中的倾盆大雨，悉数浇落在她心底。

天真无知的少女总幻想自己能够是浪子的终结者，是骇浪惊涛的最后一岸，然而都落败。

被掐到生疼的指腹陪着迟喻回忆这几个月聊天的甜蜜，再一寸寸地将其努力抹去。

她舍不得左滑直接删除整个聊天框，可光是相册截图就足够多。

这刻心如死灰，凝神再看，竟不知当初为什么觉得甜蜜需要截下来常常回顾。

大四提前开学大半个月，作为实训课程，两个月结业，十月中旬即结束正常本科课程，开始毕业论文的筹备，学生们可以自行选择实习。

这种安排理论上非常合理，招聘上金九银十，给攒出了足够刷实习简历的时间，唯一的问题出现在沐城这两年夏季高温。

寝室没配备空调和风扇，三十几度的高温下，能凉全靠心静。

男生寝室不少人组团去天台打地铺，女寝也有睡地上的。

迟喻最开始两天尝试住宿，夜里用喷雾疯狂喷水降温，还是难以入眠，最后选择了回家住，上课时再来。

实训课每天都有，每次半天，一天上午、一天下午的课程安排。

学校位于高新园区，早起混混沌沌地来学校倒还好，勉强错开早高峰，晚上五点半下课，路上则永远水泄不通。

打车无果后，迟喻开始转向公交车，公交车有专用车道，通行速度快，可是人挤人，时而上车后被卡在前门，艰难站稳。她总在车上把耳机音效开到最大，刷着微博抑或知乎。

随着人流挪动，等快到家时，她差不多被挤到后门了。

她也有尝试过晚点儿回家，约了周昼去吃烧烤打发时间，啤酒瓶一碰，好友问及追到江聿怀没有，最近怎么也不见她提他了。

迟喻喝酒吃肉略过这个话题，到酒足饭饱，周昼陪她站在路边等车，晚风吹彻，她才苦笑着讲："我希望江聿怀别再出现了，他再关心我，等于杀死我。"

她是个被迫学会自我安慰的人，想着算了。

迟航告诉她，江聿怀某个前任是因出国分手的，总不至于知道她出国还要重蹈覆辙一下。

"那不提了，男人都是狗东西。"周昼高扬手臂，却没有一辆出租车停下。

晚上七点出头再尝试打车，结果正撞上软件园下班时间，网约车排队接近三位数。

因为厌恶晚高峰，迟喻会挑下午点完名后，在下课的间隙偷偷旷半节课，四点五十分和五点半，路上是完完全全不同的两个世界。

午后上专业实训课的老师是个头发花白的小老头，好说话且和蔼可亲，以前教过迟喻两门课，她的成绩都还不错，室友也表示她走后，老师没有下课再点名的操作，迟喻才放心起来，开始频繁这样操作。

班上家住本地的同学不少，某次点完名后教室空了四分之一，老师勃然大怒，直接将迟喻、周昼与几个常离开的指出来。

原来他不是没发现，只是考虑颇多，不愿多为难大四的学生。

"人的忍耐都是有限度的，你们知不知道？"教案被重重地砸在讲台上。

迟喻眉眼低垂，听着批评，默默算着这门课怕是平时分扣完，实操分数拿到顶，也只能拿个七十分，绩点又要跌出一些来。

然而中暑、高烧、咽炎接踵而来，迟喻每分每秒都在咳，咳得左胸下侧肌肉拉伤，每次咳嗽用力牵扯到就疼，又无法止住咳。

她输着液想，还好是周三晚上病的，否则不知道又要缺勤几回。

周五，迟喻再次发烧，咳嗽不止。

迟迅拿了床被子，把她靠背垫高，不平躺能缓解一点儿不适。父母时不时地进屋倒水看她一眼，于冰逼迫她喝了许多勺止咳糖浆。

彻夜难眠，喉咙里卡着口浓痰，吐不出来，咽不下去。

细弱的纤维物反复摩擦着喉壁，痒得难受，迟喻扶着盥洗台的冰凉瓷面，弓背俯首干呕，吐出来的只有白痰，渐渐夹杂着血丝。

很不对的做法，可只有这样的时刻能稍微让她舒服点儿。

她没敢开卫生间的灯，怕惊扰到父母，只有盏挂壁的小夜灯散着幽若的光芒。她费力地撑起脑袋，看镜子中面如纸色的自己，很快又低头克制地憋着闷声咳了继续吐。

周六是固定去奶奶家看望的日子。早上七点，迟喻艰难地喝了半碗小米粥，被父母要求留在家中补觉。

熬了整夜，她还是睡不着，保持着同一个姿势仰面合眼躺着。

直到手机铃声突兀似警报器般尖叫。

迟喻在混沌中听见母亲的泣涕声："你奶奶走了。"

烧到迷糊的脑袋转不过弯来，某种巨大的悲伤顷刻间袭来，冲撞着躯体，迟喻直愣愣地坐直，嘶哑急切地确认："我奶奶去哪儿了？"

电话那边嘈杂，爷爷苍老的嗓音传来："你奶奶过世了。"

父亲接过电话叮嘱："你先在家待着哪儿都别去，等处理好我回去接你。"

匆忙的来电，迟喻没再打过去，她知道家中定然是乱成一团的，不可以再添乱了。

涕泗横流，婆娑之中，迟喻又看到了白发苍苍的奶奶挥手同她道别，倏地明白过来昨夜病重通宵难入睡的原因。

年幼时父母忙碌，奶奶陪她同眠，奶奶久卧病榻忧心最多、最常提及的也是她。

该是奶奶在和她心爱的孙女一点一点地做漫长的告别。

放不下，不忍别，没办法。

迟喻翻身下床，裹着被子坐到飘窗上。今天阴天，玻璃的冷意和额头的滚烫对峙。

太突然了，所谓后事，她全无经历，根本不知如何准备。

手机屏幕亮起，微信里是迟航的消息：我在去机场的路上了。

她切去朋友圈，顿停了很久很久，配了一张NASA（美国航天局）著名的照片《苍蓝小点》。那是飞行了220亿千米的旅行者一号，在相机电源耗尽前，从当时距离太阳约60亿千米的地方，传回的太阳系照片。

地球渺小得不放大几乎难以看到，天文学家卡尔·萨根由此得到灵感，在书中写道："再来看一眼这个小点，就在这里，那就是家园，那就是我们。在这个小点上，你所爱的每个人，认识的每个人，听说过的每个人，历史上的每个人，都在它上面活过了一生，我们物种历史上的所有欢乐和痛苦，千万种言之凿凿的宗教、意识形态……都发生在这颗炫发着太阳光的尘埃之上。"

这是迟喻最喜欢的一张地球照片，曾陪着她撑过无数难关。

汤小圆：奶奶走了……这是很好、很长的一生，谢多年悉心照料，祝好。

云朵随着风移动，光自云朵间隙漏下斜线。迟喻顿顿地切回主界面，扫到熟悉又陌生的头像发来新消息，江聿怀的置顶被取消了，他的消息还在屏蔽中，她没有收到提示。

时间是她发那条缅怀朋友圈前五分钟，江聿怀是不知道的，或许是凑巧周六想起旧的暧昧对象，随手一发。可迟喻不在乎了，他的消息对现在的迟喻来说是救命稻草般的存在。

江聿怀发的是张修好的风景图，从前他拍完照修图时在和迟喻聊天，发出摄影作品前，迟喻总是先看到出片的全过程。

干到起皮的嘴唇反复开合数次，迟喻按住语音键，沙哑地夸了一声:"好看。"

到这一瞬,迟喻才肯定自己没有失声。

Jyh:*我才看到你的朋友圈,节哀。*

小公主:*陪我一刻好吗?*

江聿怀的语音就那么打过来了,嗓音温润低醇:"我不会安慰人。"

"不用。"迟喻生硬地回绝,就那么连着麦克风互相沉默着,只有动作发出的杂音,稀稀疏疏地传过来。

母亲再打来电话让迟喻换衣服下楼时,她干脆利落地切断了语音,没做交代,江聿怀亦没再多问。

奶奶家住四楼,迟喻从没觉得这四层楼如此难爬,她扶着铁锈斑斑的栏杆,拖着沉重的步子往上走。家门虚掩着,雪白的小狗跑来门口摇着尾巴迎她。

之前奶奶躺的旧床榻空了,床上的折痕还在。殡葬公司的人正在和父亲商定什么,家中乱作一团,迟喻走进爷爷的房间。

爷爷坐在窗边的沙发上发呆,不复从前精神矍铄的模样。听到推门声,他看过来,见是迟喻,点了点头讲:"来了啊。"

迟喻走近,半跪在他手边,仰起头来,喃喃道:"我来晚了。"

爷爷从旁边的茶几上抓到一板润喉含片,古铜色的肌肤干瘪地覆在肌理上,露出皮下青蓝的血管,迟喻终于开始肯面对爷爷奶奶的年纪。

算上夭折的女儿,父亲是他们的第三个孩子,父亲三十五岁才有她,她出生时奶奶已经快七十岁了。

爷爷抠了几下才抠破锡纸,递给迟喻宽慰道:"是你奶奶的时候到了,你早来晚来,都是一样的。"

清凉的薄荷含片润过火辣辣的喉咙,视线瞥见茶几上的台历,白底黑字,行书遒劲。

△九月三日九时许,文珍病逝。

奶奶享年八十八周岁，她十三岁来到作为地主的爷爷家，十六岁结婚。

此后七十二年，无论战火纷飞，还是动荡浩劫，始终风雨同舟，休戚与共。

到最后还是有人要先走半步，想送一个人再多，也就只能到这里。

大伯和大伯母负责照顾奶奶的起居，她早不再有自理能力，吃饭靠喂，走得很平静，吃完了早饭说累了，要休息会儿。

过了一阵子，大伯进去发现不对劲，大伯母急忙跑去社区医院喊了医生到家，诊断原因是心力衰竭，没有急救遭罪，吃过饭走在睡梦之中，没有留下半句交代或遗言。

"不知道是不是我哪儿做得不够好，妈生气了，不肯跟我说。"大伯在后来含着泪这样讲道。

那两天的记忆都是黑白和烛火的颜色，遗照选了张奶奶扮观音的。相片里，她双手合十，笑容可亲，灵堂正对着奶奶躺过的床，和蒙尘的佛堂并线。

不知是否号啕大哭顺了气，迟喻的发烧和有痰咳不出症状奇迹般地褪去，她坚持为奶奶守灵，大家规劝无果后随她为之。

注定是个无眠夜，迟航在经历了十几个小时的飞行后，于凌晨快天亮时跌撞地敲开家门。他下颌青茬细密，形容憔悴，少年远走他乡留学最惶恐不安的事情还是发生了。

烧纸祭的地方在个相当隐秘的山上，纸扎的各种物件由生者为逝者选。

迟喻没有挑那些外物纸钱，她递了张自己的照片给工作人员，问挑个类似的娃娃，能不能加钱一起烧。

工作人员见怪不怪地回："当然可以。"

于是，迟喻撕开照片后的双面胶，贴在纸娃娃上，烧也是直接推进烧火炉的工业流程。

少有无神论者在亲友逝世后还能继续坚持己见。

再见奶奶是在白菊簇边的冰棺里，车库般的平房里堆着挽联与花圈，入殓师为她化了妆容，稀疏的眉毛得以补全，面容安详带着微笑。

迟喻低头同奶奶对视，她举起右手，喃喃道："您赶紧起来再看看我啊，我感冒了，您从前教我的刮脉络手法我还没记住呢，我以为您还能再看我很久很久，所以都没仔细听呢。"

泪滴落在玻璃罩面，晕开一小片水痕。

曾因为害怕恐惧见不到最后一面而修正关于前路的选择，最终还是未能见到，心里空荡荡的，尘沙侵袭。

再没有比亲手送走血亲长辈更痛彻心扉的感觉了。年幼时，迟喻被奶奶抱在怀里长大，大雨天路面积水成渊，她举着伞在奶奶背上被背着淌"河"；被别的小朋友抢玩具推倒，一米四几的小老太太硬气地同对方家长据理力争要求人家给她道歉；人生中的第一篇写人物的记叙文是《我的奶奶》。

在她人生的最初七年里，奶奶的含义远比不常见面的父母重要得多，甚至在初中前，每个寒暑假也都在奶奶家度过。

"别让奶奶放不下。"母亲搂着她的肩膀劝慰，实际自己同样噙着闪闪泪花。

本地的习俗是第三天出殡下葬，迟喻坚持守了两晚的灵，被按着吃药睡觉，父亲交代新的任务："你必须睡会儿，明早你负责开车。"

迟喻控着方向盘，副驾驶座的父亲以某种她从未见过的脆弱状态半蜷缩着斜瘫。

夜风添着秋意，弯月孤高冷清。

凌晨三点多，高架桥上只有隔一段出现一盏的路灯亮着，迟喻含着薄荷糖让神思清醒。

迟迅忽然开口，沉闷地讲："以后爸爸就再也没有妈了。"

迟喻沉默。奶奶逝世后，父亲负责处理大部分事务，这是她印象里父亲第一次暴露出脆弱易碎的一面。

她选择当作没有看见。

这边的规矩是老人不能去送葬伴侣的，怕伤心过度出现问题。

迟喻认为过分残忍，却不知如何争辩，唯有沉默。

她发现原来人在失去伴侣后会有一种超脱想象的平静。出发之前，爷爷的老战友来陪着爷爷说话，迟喻进门时，看他正在把老花镜翻来覆去地擦拭，那镜面其实早就干净得光可鉴人了。

迟喻记事后首次面临至亲离世，流程全靠殡葬负责人细说，迟航作为长孙来捧灵位，她跟在哥哥身后，完成全部流程。

"你等下就跟在你哥车后面开就行。"负责人嘱咐道。

打头的灵车开得很慢，据说是为了让逝者记清回家的路。

清晨山间起大雾，身上蒙了层薄霜，今天是火化前的最后一眼，右进左出。

不能回头的路，不会再见的人。

迟喻走得很慢很慢，试图多看奶奶几眼。可房间就那么小，再慢，路也到了尽头，她在跨出门槛时险些被绊倒，走在前面的迟航伸手去扶她。

她踉跄地直起身体，看见不远处斜坡树下黑衣笔挺的江聿怀，他的手垂在身侧，指间猩红明灭，视线半空相撞，桃花眼中忧心忡忡。

迟喻颔首致意，便收回目光，她已无多余心思想其他。

她出来才注意到外面来了不少人，认识或不认识的。

迟航从小玩到大的兄弟来了几个，母亲和父亲这边的亲眷以前闹得水火不容，小姨却还是来了的。

奶奶生前是个老好人，谁有困难都愿意尽其所能地搭把手，来送她的人不算少，有风尘仆仆从老家赶来的，也有穿剃度僧袍的居士捻着佛珠特地来送。

他们烧头一炉，赶得很早，能到的都是有心人。

迟喻和母亲依偎着靠在树下等火化完毕，她摸出张佛牌，是奶奶遗物中的一件，斑驳阳光落在上面，金灿灿的，散着刺目的光芒。

她终于看清放在门口的花篮，挽联被山风吹鼓，那字迹迟喻是熟悉的，粉笔的行楷现在还躺在她相册里，每次换手机都导入。

江聿怀的挽联是他亲手写的。

迟喻终于想起取消对他的消息不提醒。

小公主：有心了。

Jyh：应该的，我以前离家出走，奶奶给我煮过面，临走还包了许多饺子，南瓜鲜肉馅。

火化完还有个捡骨的步骤，即由至亲捡出没烧完，比较大块的骨头装盒。

迟喻和哥哥一起捡，戴了工作人员给的手套，高温烧过的温度还没有散完，隔着手套，又感知到奶奶残存的温度，催着泪在眼眶里打转。

事发突然，来不及选购墓地，暂选了离奶奶家不算远的一处陵园寄存骨灰龛，祭祀地点在陵园院子内。

迟喻按顺序先上完香，大人和小孩子们奇异地分了两边站，她自然而然地站到了哥哥、姐姐的那侧，迟航与女友并肩。

江聿怀立在围墙的阴影里看不清神色，见她过来，摸了摸兜，温声唤："小汤圆，过来。"

迟喻听话地靠近，猛地被塞了几颗巧克力在掌心。

江聿怀微微侧身，高大的身影笼过她，低沉宠溺地哄着："想哭的话就再哭会儿，我帮你挡着。"

所有人都在让迟喻节哀，唯江聿怀在告诉她，想哭就哭，放肆哭也没关系的，于是她真就躲在他为自己制造出的空间和温柔凝望中恣意流泪，直到所有人都上完香，该送骨灰龛了。

迟喻把新换了电池的念佛机和骨灰盒一起摆进玻璃柜中，鞠深躬。

忙碌间忘了和江聿怀道别，他中午没有同来吃饭，或者说大部分人都在祭祀过后沉默地离去。

中午这顿饭是迟喻病后近一个星期里吃得唯一算正餐的饭，尘归尘，土归土，反而有了点儿胃口。

本地的规矩，头七到七七都要祭拜。

奶奶走在周六，以后每个"七"也都在周六，没给小辈们添半点儿麻烦。

迟喻在周三回校上课，黑衣挽白花，形容憔悴。

大病加伤心过度，七天瘦了十一斤，体重跌破一百大关。

两位专业课老师下来指导实践操作，路过她时看完电脑的操作，都不忘关切地问上句："家里事都处理好了？"

迟喻颔首轻声答："都好了。"

值得一提的是，最后结业时两门课的机考，迟喻拿到高分，意外的是，叠加平时分后综合出来的实际分数也都过了八十五分，而另外几个一起旷课的，有人机考分数和她相差两三分，总分都是低空飞过。

迟喻思忖了一会儿，在室友的提点下明白缘由。

从前她在老师那儿积攒的印象尚可，外加前阵子的丧事和暴瘦，自然而然地被认为是她家中老人病重弥留，她为了多陪在身边才提早走一阵的。

人之常情，这样的逃课是可以被谅解的。

奶奶又一次娇纵庇佑了迟喻。

第十一章

心似淬火

时隔多年，迟喻再度离家出走的原因荒诞又离奇。

母亲出国游玩散心，通知她和父亲去医院帮忙规劝未婚先孕的小姨打掉肚子里的孩子。

小姨的男朋友不是本地人，单亲家庭，一穷二白，在大学城门口经营炸鸡摊位谋生，两人怎么看怎么不合适。之前姥姥不同意他们交往，可越拆越亲近，到现在闹出拿孩子逼婚的地步。

妇科门外聚集了家里的亲戚，绕圈围着小姨，红脸白脸唱了整圈游说未果，只得先行散场。

这场面看着令人发笑，小姨三十四岁未婚，以前家里人催，现在真找了又不同意，非要拆散。

父亲开车送姥姥回家，老旧小区车位稀少，停在最外面，父女俩走下楼梯。

迟喻有感而发："我不想结婚生孩子了。"

她的后半句还没说完，伴随着"啪"的一声，左半张脸火辣辣地疼。

眸中没有雾，迟喻清晰地看着父亲怒不可遏的脸，弯起嘴角讥讽地笑了笑，她直接大步跨下台阶打车走了。

司机问她去哪儿，她自然而然地报出了最近三天两头跑的爷爷家。

迟航还在国内，开门见到她时颇为吃惊，皱眉问道："谁打的？"

"你叔。"迟喻侧身挤进门，开始去找爷爷哭诉。很快家里人就听明白了现状，纷纷表达了对迟迅做法的不认可。

迟航和大伯尤为震怒。

一个和她讲话到半途"你就住这儿,不用回家了",就开始打电话给迟迅破口大骂:"你女儿都这么大了,你打人打脸啊?"

另一个则是完完全全的行动派,迟航找到车钥匙:"我去你家给你收拾点儿行李,你有什么要的,微信发我。"

总之,迟喻就那么在爷爷家住下了。

这边离学校比自己家近很多,公交车不用换乘,每天可以多睡将近五十分钟。

第一天,她背着笔记本电脑去上学时,大伯怕她找不到公交车站,跟着送的,临走还塞了张鲜艳的一百块和几张崭新的一块纸币给她。

她住奶奶从前睡的房间,床正对着摆遗照的桌子,发呆时常常觉得奶奶在隔着照片对她微笑。

与江聿怀的聊天又开始断断续续,迟喻依然没有问之前为什么突然不再联系,甚至不再好奇他是否和那位漂亮姐姐在交往。

人生里无法解决的事情桩桩件件,不被江聿怀爱着,不知何时起,已经无法挤到最前排了。

那段时间,迟喻写手账不写日常、不写心境。

她最常抄的是《银魂》里的台词:"人生还有眼泪也冲刷不干净的巨大悲伤,还有难忘的痛苦让你们即使想哭也不能流泪,所以真正坚强的人都是越想哭反而笑得越大声,怀揣着痛苦和悲伤,即便如此也要带上它们笑着前行。"

周昼上课时扫到她的手机屏幕界面,小声问:"你俩又开始了?"

"江聿怀可能是算过命。"迟喻叹气,淡淡地回,"他总会在我彻底放弃他,或者是过不下去的时候精准地出现,将我挽救。"

其实大概江聿怀自己都不知道,在他看不到的时刻,他的光在指引我从悬崖边走到安全区域。

住在奶奶家的生活更规律,大伯每天早上会做早餐,迟喻晚上十点半睡,早上六点半起,她不肯再陪着江聿怀熬夜。

她首次主动终结聊天，反而是对方顿了顿回：**早睡挺好。**

母亲回国后，迟喻才被接回家中。九月下旬，秋风萧索，母女被茶几隔开对坐，玻璃壶壁浮出细密的气泡。

前阵子兵荒马乱，申请计划被搁置，语言考试也少考了一次。

拖到现在学校的申请文书有点来不及，迟喻也丝毫没有抓紧的意思，她懒得再想。

关于未来计划中的某一环或某个人突然离开，就可能会令全盘分崩离析，这些年她都没学会如何乐观面对人生。

于冰对此是完全谅解的，她立刻为迟喻谋划了新的出路。

"我之前怕你突然改变主意不出国怎么办，所以拜托你程阿姨为你预留了一个××银行的名额，这个位置两年前开始为你留，现在可以用上了。"

迟喻摇头："我不去银行。"

于冰打断她："除开第一年的柜员，你坐到办公室就好了，信贷科，家里给你拉存款解决业务，无忧无虑。"

迟喻看着母亲的眼睛，慢吞吞地回："我不想去。"

"好吧。"于冰深呼吸，温和地讲，"那你想留校吗？考本校的研，以后留校吧，家里不缺你赚钱，工作稳定就好。"

壶里的水煮开了，巨大的气泡浮在表层，涨开到破裂，迟喻再次否认："我不喜欢。"

于冰的耐心被耗到极点，压着火气问："那你想做什么？你说给我听听。"

"我不知道，还没想好。"迟喻拿起壶，熟稔地洗茶泡茶，她不敢直视母亲的眼睛，轻声讲，"我想 gap（间隔）一年，想清楚自己想做什么，可能会在国内考研，也可能会失败或放弃，再选出国或是工作，总之，我想自己试试，不靠家里的力量，自己能做到什么程度。"

"迟喻。"

被父母喊到大名不是个好兆头。

于冰语重心长地讲:"银行大多职位偏好招聘应届生,孤注一掷,往往没有好结果。"

"所以呢?"迟喻反问。

美满的画面被扯开,露出狰狞的一幕,母女俩就前途爆发了无比激烈的争吵。

没有人是赢家。

各自置气冷战。

入夜,迟喻枕着夜色开始思索前路。她和认识六年的游戏好友聊天,说自己的烦恼。

小弟:大哥考虑来沪城吗?有我一口饭吃就有你一碗粥喝。

汤圆圆:我喝皮蛋瘦肉粥。

小弟:可以,你想喝海鲜粥都行。

汤圆圆:这个情分我记住了,我要对你深深地鞠躬。

前路如何走是很茫然的事,迟喻从没想过本科毕业工作的事,东三省的就业形势就与母亲说得大差不差,除了稳定的工作,都是不稳定的因素。

多数人奔赴北上广深,所以她呢?

好友列表滑来滑去,燕城与沪城的朋友对半开,陶琼是要留燕城的,最后一个毕业后居住在川城的游戏亲友看到她的朋友圈来问:"小汤圆十一来找我玩吗?我新房入住一阵子了。"

迟喻不假思索地回:去去去,我看看机票,我们桃子十一怎么休?

当天晚上,江聿怀突兀地问:小汤圆十一有什么安排?

迟喻刚挑完二十八号的机票,发给桃子后看到江聿怀的消息,直接发了图:去川城找朋友玩。

Jyh:嗯,玩得开心,本来十一回去还想请你吃饭。

指尖在屏幕上顿了半分钟的时间,迟喻敛眸回:下次吧。

当年那个怕他淋雨所以装病旷课漫无目的寻找的小女孩已经消失

不见了。

迟喻和桃子是认识四年的"剑三"亲友,女孩子们亲亲热热,平时打语音、视频也有,并不显生份。迟喻穿着公主裙扎双马尾,出发前给桃子发"证件照",顺手也发了张给江聿怀,得到"可爱"的夸奖。

候机时间长,她捧着手机揶揄。

小公主:你知道吗?一般都是夸无可夸时才会夸可爱的,可怜没人爱。

Jyh:*歪理邪说。*

Jyh:*我没听过。*

迟喻发了个调皮的表情包过去。

为了配合桃子的下班时间,迟喻买了下午的飞机,沐城飞川城差不多四个小时,出来正好能一起吃晚饭。

迟喻拎着行李箱还在张望,就被揪着包带亲昵地拽到了朋友身边,笑容灿烂的女孩子单手叉腰:"你还没出来时我就看到你啦,想吃火锅还是串串?"

"火锅吧?"迟喻眸光流转,把带的伴手礼塞给桃子,"尝尝,不知道你喜欢吃什么海鲜,就挨个拿了点儿真空的烤鱼片、烤鱿鱼须之类的。"

桃子比她大三岁,家在川城下辖的地级市,念书在川城,毕业后也留在了这里。她们和另一个叫橘子的朋友有个三人群,每天插科打诨,对彼此的感情生活门清。

"明天我上班,后天上半天,你看看自己有什么计划安排之类的……"桃子握着方向盘和她交代。迟喻注意到她的车载屏幕上,很长的一整串"桃砸砸砸砸"。

很久以前,她们仨的微信后缀都这么长,自己的"圆"就超多。

川城的夜生活超乎想象,晚上八点出头,火锅店门口仍要排队等位。晚风闷热,迟喻和桃子坐在路灯下,莞尔问道:"你和弟弟怎么样了?"

"就那样呗。"桃子耸肩。

迟喻嘴里的弟弟是之前桃子还没买车时打顺风车认识的,比她小半岁,两人恋爱又分手,家庭原因多一些。这两个月,桃子也相亲过几次,群里帮着参谋,却都无疾而终。

和多数不以本人为意愿分开的恋爱故事大差不差,两人拉黑又加回来,藕断丝连地拉扯着。

迟喻兴致勃勃地看了好多集连续剧,自然关心剧情走势。

桃子给她喂等座提供的锅巴,没有解释,迟喻亦不追问。

小龙坎火锅这年还没开遍全国,川城的价格和品类都让迟喻大跌眼镜,桃子作为东道主给她点了满满一桌子。

她给桃子捞菜,桃子给她倒冰豆奶,说道:"你自己好好吃,我一年到头随时都能吃到。"

迟喻吃到肚子撑被领回家,抱着桃子养的狸花猫和橘子视频,挤压在心头的阴霾散去大半,睡前唠叨她对未来的困扰。

桃子讲自己给不了回答:"我从小就不太喜欢读书,所以我爸给我安排好了一切,上学时候读的是物流工程,我第一次听说这个专业还以为是送快递呢,现在在消防队做文职,可以说和读书全无关系了……"

声音渐微,换成了匀称的呼吸声。

迟喻关掉床头灯,半日的飞机,她也很快陷入了梦乡。

"我对你付出的青春这么多年,换来一句,谢谢你的成全。"

男声嘶哑淡淡地唱着《成全》,迟喻迷迷糊糊地睁开眼,看桃子同样艰难地摊煎饼挣扎。

迟喻轻声问:"你手机可以改闹钟铃声的吗?"

"可以!等我回来教你。"桃子翻身下床去洗漱,窗帘拉开一点,小高层,阳光洒进来,眯起眼能看到空气中翻跹的尘埃。

迟喻搂着抱枕没规矩地睡到床尾,看桃子给自己化淡妆,软软糯糯地说:"我也有这腮红,蜜桃粉是永远的神!"

"没错!"桃子回眸,左手用化妆刷扫苹果肌,右手放低捏迟喻的脸颊,"汤圆圆好可爱啊,钥匙我给你留茶几上了!这边出行的话叫车先到地铁C口。"

迟喻没睡醒,任人搓圆揉扁,乖巧地爬起来送她到门口,把早餐包递过去又回到床上。

混沌里突然感觉到一阵不太真切的摇晃,她醒来,又深切地感受了一次,估摸着怕不是地震了,却没动,依然保持着睡姿。

昨夜聊天的话犹在耳畔。

"少不入蜀,因为四川人安逸,尤其是汶川以后……反正小震不用躲,大震躲不掉,巴适一天算一天。"

迟喻感觉没毛病,十几层呢,这时候发现根本来不及,她发挥了非本地的人技能持续性赖床。

等晃动感结束,她才抓起手机,微信消息和新闻占据了整个屏幕。

如她所料,3.4级地震,很轻。

意外的是,众多亲朋好友的问候里,江聿怀的时间点是最靠前的,她眼皮痉挛,原本平静的心跳蓦地加速。

迟喻先在家庭群里和父母报了平安,表示自己由于还在昏睡,连惊吓都没受到。

然后,她回了桃子才去回江聿怀。

小公主:我才醒,问题很小,吃口毛肚压压惊。

Jyh:可以,今天的毛肚我请了。

江聿怀给她发了六百八十八的红包。

迟喻没有收,她直起腰盘腿,把昨晚的图调了个色,带着定位发了朋友圈。

很快有一个女孩子评论道:啊啊啊,来川城不和我说!出来玩吗?

迟喻也很惊讶:你念书也在川城吗?

沫沫：一直在啊！

这是迟喻更早些年在贴吧写同人文时认识的朋友，掐指一算到今天，居然认识七年了。

原本还在谋划中的独有路线被本地人重新规划好，迟喻迅速爬起来化妆出门打车。

上车后司机问："C口？"

迟喻对上接头暗号："C口。"

车子开出几百米后，眼看着到地方了，司机与迟喻的电话先后响起来。

一顿操作猛如虎，由于桃子家住的小区出行都是打车到该地铁口的，所以迟喻上错了车，司机接错了人。

司机又送她回去换了对的车，这个笑话被迟喻哭笑不得地发语音讲给江聿怀听。

也不知道是不是目的地相似接错的多了，后来网约车上车都得确定手机尾号了。

女孩子们许久没有聊天，有说不完的话题。

沫沫有位高中同学，学财务的，陪着朋友去面试空姐，结果朋友落选，她不会化妆还是现场朋友帮忙的，却意外地选上，已经拿到了offer（录取结果），过阵子会去海南培训。

这位朋友体检时发现了畸胎瘤，终于找到了多年痛经的原因，前段时间做完了手术。

同样是学历不错，原本准备读研，导师都联系好了，结果半路决定就业的故事。

"你要不考虑来燕城？我之后会在燕城入职，到时候可以一起玩。"

"考虑啊，太多朋友都在燕城，而且……"迟喻哽住，又坦然讲下去，"喜欢了许多年的人也在燕城工作，不过我好像记得我们小时候对未来有过谋划，都是留在家乡，不会选择燕城。"

相顾无言，沫沫举起咖啡纸杯，无声无息地碰了下，感慨道："世事无常呀。"

迟喻给她看自己和江聿怀的聊天页面。沫沫是那种家教很好的女孩子，得到了随便翻的回复后也在征求能否继续。

沫沫垂眸仔细看了看，双手还回来问："他这明显是喜欢你吧？否则用得着这样上心吗？还不够暧昧？"

"我不知道。"迟喻把吸管咬得扭曲变形，"或者他对谁都这样深情呢，我见过他换女朋友的速度，快得跟我俩今天下午换店差不多。"

沫沫乐了："所以呢？所以你的意思是他闲到手机里有十几二十个妹妹，一天二十四小时能应付到这样仔细，关注到在哪儿旅游、地震问候了啊？"

迟喻摇摇头，茫然地应："没有，我就是因为这样，因为总能看到微弱的希望，所以坚持了下来。"

晚上在天台录视频，沫沫喊她的声音被录进来，迟喻没在意，直接发给了江聿怀。

江聿怀回：玩得开心，看你朋友，别挂念我。

迟喻扁着嘴气鼓鼓，决定起码二十四小时不要理江聿怀了。

川城的日常排得满满当当，桃子第二天下班带她去看电影，结果全路段堵车，半路桃子因为想上厕所弃车找厕所，换迟喻往前开靠边停下。

两人去超市和蛋糕店采购明天出发去玩的零食，因为不想开车，桃子在迟喻的鼓励下暗戳戳地联系弟弟来当苦力。

讨论这事时，她们俩坐在小马扎上吃铁板炸串炒饭，每人一整个冒尖的方形铁盘。

"其实和弟弟分手不是我家里的意思。"桃子含混不清地讲着。

小店白炽灯明亮，烤得头顶发烫，迟喻往嘴里送饭，没有接话。

"他家里条件不太好。我从小就看我妈应付我爸那些穷亲戚，累得够呛。我其实很喜欢弟弟的，他人挺好的，也上进，以前是学画画的，你夸好看的口红就是他上周过来送的。

"但是，父母的感情经历会对我造成很大的影响吧，爱上某个人容易，接纳他的家庭很困难。我还不知道要怎么办，我妈是让我自己选的。"

迟喻起身去冰柜里拿了两瓶碳酸饮料"砰"地打开，用自己的瓶子碰了碰桃子的："管他呢，先开心一阵子再说，我看你和那些相亲对象交往，没一个和跟弟弟在一起时快乐。"

出去玩的客栈是迟喻订的，她搂着猫歪头问："这家店就只有大床房和标间，我们俩是一起住呢，还是？"

迟喻逗猫，桃子揉她的脑袋。

最后，迟喻边躲边投降："好了好了，大床房哦，标间没有啦，都是大床房，你根本没得选。"

打打闹闹到凌晨，睡前，迟喻才意识到二十四个小时不理江聿怀的想法就这样轻松地撑过去了。

两人的聊天界面停在昨天晚上江聿怀莫名其妙的"晚安"上，他的朋友圈照常更新，人是回了沐城的。

然后呢？

是见到了旧爱还是别的什么人呢？

迟喻发现自己很难不揣测，认清了自己是无理由吃醋的那方后，还是摆不清位置。

她失眠了。环境还没有熟悉好，她看着天花板壁纸繁复的纹路，戴上无线耳机，一点点地对自己进行催眠。

杨乃文的嗓音很特别，慢歌尤适合在寂静的夜里听。

"你问我发生了什么，无光的夜不动声色，心似淬火不能触摸，温柔无因果……"

迟喻在歌声的抚慰里安静下来，她熟稔地断网，给江聿怀发了个带着红色感叹号的"晚安"。

接着,她又很快地把自己这边的聊天记录删掉了。

翌日,桃子给猫留了足够的食物和水,两人清早出发,就跟桃子说的大差不差,弟弟是个标准的川城男性,耙耳朵。

迟喻坐在后座小口吃糕点听前面两个欢喜冤家吵闹,夹杂着方言,并不能完全听懂。

车开到山路,望出去是云海茫茫。

真正的窗含西岭千秋雪,迟喻捧着相机拍到满意照片的第一反应是发给江聿怀,然后又立马被某种寂寥感侵袭。

临近中午时,他们到了景区,未经雕琢的自然山水和分不清的民族特色美食,腊排骨、竹筒饭、小土豆……一路吃过来。

潺潺流水自山涧流下,激起小小的瀑布景观,前后游人络绎,迟喻戴着单边耳机单曲循环昨晚听的那首歌。

左耳是伤情慢歌,右耳是热闹人声,分裂感剧烈。

年轻人在户外运动上实属不太行,大家走一段,坐凉亭刷手机静一会儿。终于快出景区的时候,看到排队等电梯的人堵塞了通道,一时半会儿无法乘坐。

两两对望,三人绝望地爬楼梯,愣是把沿途下的山又直挺挺地爬了回来。

客栈是古朴的吊脚风格,躺了近两个钟头,迟喻才终于缓过点儿劲来。老板热切地给他们指去古镇游玩的路:"从这儿下去,就可以看到人力三轮车了……"

夕阳洒在泛金的稻田间,风掠过,稻浪如波涛,沿途路过许多古桥,流水环绕,青石板铺成长路,古镇高低起伏的木屋群落浮现在眼前。

他们坐在水边吃当地的特色菜,又晃晃悠悠地挑了间清吧玩骰子喝酒。

本地的商业化气氛没有那么浓烈,驻唱歌手是没有的,收银台对面挂着台电视,放着歌曲 MV(音乐短片)画面,前台有曲目,可以排单为顾客播放。

"汤圆酒量怎么样啊?"弟弟点酒前好奇地问。

迟喻灿然:"还行。"

"……我已经开始害怕了。"弟弟乐了,招呼老板来点单。

迟喻刚准备去摸手机结账,就被桃子按住:"好好坐着。"

未知的猜测能迅速得到答案,猜点数是件让人肾上腺素上升的事情。

弟弟很快在一声又一声的"靓仔"和输掉后迷失了自我,屋外倏地稀里哗啦地掉起雨点,街边摊主利索地收拾东西离开,剩下外地人透着敞开的门观望。

"还真是雨城区,说下就下啊。"迟喻剥了颗毛豆扔进嘴里,"我们怎么办?"

桃子托腮,又摇动骰盅:"随便啦,看看等下雨能不能停,汤圆圆来猜。"

套餐里的整打酒喝完,雨势不减反增,暴雨如注,敲打在青石板上,霓虹灯光照映水洼中,五彩涟漪圈圈晕开。

酒吧老板另提供雨衣售卖业务,十块钱一件。

晚上十点钟已经是古镇的深夜,商业街亮灯的店铺多是酒家,没有车辆,只能徒步回去。

手机电筒开着用于照明。

急风骤雨,涉水而往。

落魄无比又完全新奇的体验,走动时雨衣的下摆是遮挡不住的,冰凉雨滴打落,塑料贴着肌肤,闷得满身是汗。

弟弟和桃子走在前面,迟喻落后半步,看着前方十指紧扣却已经分手的两位。

她突然觉得这就是爱情的模样,风雨里死死扣着对方手的人,他们是应该会在一起的。

后来，他们果然复合领证，婚礼在当年年底举行，迟喻因事无法到场，红包随得很大。

疾走狂奔到客栈时，雨衣已经没什么遮挡力，几人都成落汤鸡。

迟喻走前忘了关灯，她久没有住过这种山中客栈，回来才发现飞虫满屋，在雪白的床褥上尤为明显。

客栈房间里没配电吹风，洗头无望，她外放歌曲，掀开被子露出干净的一面，趴在床上写手账。

屋外风雨如晦，敲窗窃窃。

杨乃文依然在唱着："一霎风雨我爱过你，几度风雨我爱自己。"

与江聿怀的消息记录停在两天前。

所以真的喜欢一个人，怎么忍得住在明知的情况下不联系她呢？

好的感情该是放不下扯不断，具有强烈排他性的存在，是我们分手了，可大雨倾盆，我就要牵住你。

是时候该摒弃些无谓的东西，往前走了。

迟喻再次给自己下定决心。

雨在下半夜停了，飞虫翅膀的扑簌声变大，惊扰失眠合眼养神的迟喻。

有时，迟喻想问江聿怀是否真的有偷偷摸摸地算命？算每个她放下的时刻，然后再控着引线将她提起。

回川城洗过澡后，迟喻午睡补了个觉，晚上约了其他朋友吃饭。飞机是明天清早的头班机，临时改签的，她被母亲强硬地招回去吃外婆的家宴。

收到江聿怀消息是在去赴约的地铁上，快到晚高峰，迟喻上车的站是始发站，侥幸有座位。

他直接发了张照片，人离镜子挺远的，西装革履的衣架子，最大的亮点却是骨肉匀称的手掌中举的粉红色手机壳。

迟喻咬唇，开门见山地问。

小公主：**手机壳？**

Jyh：新娘的。

小公主：你结婚？

这回江聿怀直接发了语音，声音清冽微沉："红色炸弹，我结婚的话，哪有空跟你聊天？忙死了这两天，终于好了。"

小公主：看不出，你还有助人为乐的爱好。

Jyh：要看是谁，新郎是我兄弟。

小公主：那新娘呢？

江聿怀发了张图片。

迟喻点开放大，是个婚礼立牌，新郎的人名她不认识，但新娘是知道的。

程茗。

她最初知道这个名字是高中时陶琼提的，江聿怀的初恋女友。

后来见过两次，一次是在操场台阶上，一次是在艺术节的观众席中。

迟喻很平静地略过去，少年时心动过的人对江聿怀来说根本什么都不算，能在婚礼当伴郎，已然不放在心上。

反倒是江聿怀打开了话匣子：……她和我一个兄弟在读书时交往过，分手后跟另一个兄弟恋爱到了现在。

迟喻不明所以，只觉得真乱啊，你们仨这都能继续当兄弟，你和另一个前任兄弟是真的喜欢过人家吗？

出于人道主义精神，她哭笑不得地回：那你保重。

Jyh：保重什么？我八百年前就不喜欢她了。

小公主：但你喜欢过啊。

江聿怀发来语音："所以呢？小汤圆好像比我还懂我的感情生活啊，我觉得这种事情就跟婚礼现场的誓言和承诺差不多，海誓山盟，当天有效。"

迟喻听到后半句时地铁到站，上下车嘈杂，她转了文字看的。

她的拇指把食指的指腹掐得发白，垂着眼睫缓慢地敲回去。

小公主：可我会信以为真的。

江聿怀没有再回，迟喻更没有再问。那些起初拍下来是想分享给他的照片，到底没有私聊发给他，迟喻精修，然后在朋友圈发了合集。

他的点赞排在第一行。

桃子开车送迟喻去机场，原本怕堵车和安检排队人多，结果畅通无阻，清晨四点半迟喻就坐在了候机大厅。

停机坪空旷无人，夜雾里巨大的飞机如同白色巨兽安睡。

迟喻打着哈欠玩手机，鬼使神差地从自己的朋友圈里点进江聿怀的朋友圈，两个钟头前，他睡前分享了一首歌。

很小众的乐队，歌名读起来带着日语谐音梗。

《「花」-0714 離れないよ》（不分开）。

前奏的吉他温柔轻快，仿佛是凑在耳畔吹的热息，把人拉回初夏的傍晚。

瘫在冷硬椅子上的女孩子很认真地听歌词，然后开始单曲循环，她伴随着这首歌看到天色一点点明亮起来，心被什么托捧着安放在云端，直到登机后依然没有停止，换了飞行模式继续。

迟喻不知道江聿怀到底有几个看得懂日语的朋友，不知道是否指向为她。

起飞时耳鸣得厉害，她除开心底狂热地叫喊"再试最后一次"，什么都听不见了。

第十二章

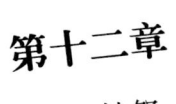

少女献祭

结课后，迟喻向家人表明自己准备去燕城，尝试着实习和考研，却得到了于冰和迟迅截然相左的意见。

于冰不赞成，而迟迅无所谓，他甚至觉得还不错，等迟喻撞到头破血流才知道在家千般好，没得到教训之前的年轻人总是认为自己能闯出一片天地来。

朋友们在听闻迟喻即将赴燕城的决定后不置可否。

唯独陶琼多问了一句：我想知道你是为了前途呢，还是为了江聿怀呢？

迟喻回她：那不重要，我已经亲手把车门焊死了，刹车我拆掉了，现在只能朝前，康庄大道还是万丈深渊，都随便吧。

陶小琼：行，人类的赞歌是勇气的赞歌，还得是你，迟小喻。

所有的障碍都清除后，迟喻才去问江聿怀这个问题，不再委婉，打直球。

小公主：我下周四去燕城，如果没意外应该会在燕城实习，然后报个班准备考研，你有空陪我吗？

Jyh：年假剩三天半，周四去接你？

小公主：不用，你不需要请假，我约了朋友吃饭，周五你下班再约吧。

带着几分试探性的时间节点，江聿怀没有推诿回绝。

Jyh：好，那高铁比飞机方便点儿，到了直接来市中心。

陶琼来接迟喻，带了暖呼呼的糖炒栗子。内陆的北风干冷袭面，迟喻拉高外套领口，没能抢过行李箱，小碎步跟她往天桥上跑。

迟喻订的酒店在陶琼学校附近。晚饭吃最近特别火的寿喜烧自助，不到饭点等号就到了二十几位，于是两人在商场里打转。

"一杯芋泥鲜奶、一杯黑糖烧仙草，都要无糖。"两人点单时谁都没多想，下肚喝了个半饱。手机弹窗显示等位的号码突然少了十桌。

"我们等下是吃自助对吗？"陶琼小心翼翼地发问。

迟喻沉着冷静："理论上应该是这样吧。"

甜甜的寿喜锅越煮越咸，到后来迟喻把盘子悄悄往陶琼那儿推，陶琼用筷子再挤过来。

"我其实想嘱咐你两句的，可又不知道该说什么，你已经是个成年的汤圆了，可以自己做任何想做的决定了，但是哦……"陶琼边说边夹甜玉米到迟喻的吃碟里，"做好安全措施。"

迟喻起身把玉米送回她的盘中，还附赠一小块牛肩肉，眨眼狡黠地说："我正常是下周二来月经。"

陶琼哑然失笑："你还真是，理论丰富啊。那都随你，开心就行，江聿怀那款不亏。"

煮开的锅里漂着浮沫，迟喻用勺子去捞，似笑非笑地回："赌局还没开奖，谁又能说得准呢？"

白碗中的油沫逐渐分层，表面凝固，厚厚的一层，在暖橙吊顶灯的照射下亮润得有些漂亮。

陶琼学校早上还有事，走得很早。迟喻心下有事，再难睡着，她按着语音软甜地给江聿怀发了句"早安"。

迟喻又躺了一会儿，手机提示音响起。

迟喻抓过手机。

江聿怀回了句："早，我今天应该没什么事情，真不用陪吗？"

大概同样是刚醒，他声音沉哑，磁性十足，钻进耳郭时磨人般痒。

迟喻又重听了两次，喝了口水润喉，软乎乎地答："不要，我没睡好，补个觉，中午和朋友吃饭，下午带行李去你那边的酒店。"

Jyh：嗯，那到了跟我说。

这个"朋友"真是迟喻自己了。她轻拍脸颊让自己苏醒过来，收拾好行李箱出门打车，午餐点了酒店附近便利店的饭团关东煮糊弄一顿，接着冲进浴室开始忙乎。

洗发露是西柚果味，沐浴露选择柠檬的，都是柑橘调。

她戴着蒸汽发膜站在雾气氤氲的镜子前，手指划开在侧边竖着写下"江聿怀"三个字。

她又撕了张面膜贴好，才又一次审视起自己的身体。

这大半年的天鹅臂没有白飞，锁骨平直，脖颈称得上修长，往下是青春期烦恼，而成年后变为资本的丰盈圆润。

迟喻挖了点儿磨砂膏绕着手肘缓慢地打圈，摩挲过腰腹下淡到几不可察的生长纹时，还是长长地叹了口气，希望不会被注意到吧？

她在浴室待了很久很久，细致地涂抹好身体乳，又就着面膜的精华导入后换了美容仪提拉脸。

她凑近镜子捏着脸颊，忽而心酸地笑了下，黑眸流转。

迟喻感觉自己好像是一条鱼，自己刮鳞切片，跳到盘子里，就差问对方"您喜欢什么口味，红烧还是清蒸了"，且准备十足，都不清楚对方会不会下筷。

吹风机烘着发丝乱飘，迟喻在纷飞的青丝中目不转睛地盯着镜中的自己，感受到一种莫名的平静。

认识江聿怀的第七年，她做完了自己能做的所有事情。

等待命运的垂青，或是消亡。

午后的阳光透过窗纱洒在柔软的大床上，少女着粉色丝绒荡领吊带，蜷缩着合眼，似梦非醒，睡相不太安稳，侧躺蜷缩成半弧的姿态。

但做了个很甜美的梦，美到根本不愿意醒来。

闹钟定在了四点半，江聿怀正常六点钟下班。

被新设置的歌曲闹铃吵醒时，迟喻尚有几许恍惚，屏幕里是江聿怀十分钟前发来的消息。

Jyh：测试完下班，早点儿去接你吃饭。

Jyh：让我猜猜小汤圆是不是睡着了。

等多了江聿怀，被等着时会有微妙的雀跃感。

小公主：我醒啦，下午好！

Jyh：嗯……但我这儿出了bug（漏洞），你等我一下吧。

小公主：你先忙，我不饿的。

酒店房间在二楼，透过窗棂能看到外面挂满黄叶的银杏，倒扇形叶片在晚风里摇摇欲坠。迟喻抱膝发了几分钟的呆，便跑去卫生间开始化妆。

她从妆前的毛孔隐形打底开始，每一步都做到了自己技巧的最精湛处，下垂眼线把杏眼勾勒得更圆更无辜，鼻尖和下颌都带着小心机扫过腮红，营造出一种楚楚动人的感觉，最后是加宽双眼皮和贴假睫毛。

迟喻把睫毛夹翘，用镊子夹着，将假睫毛分成三等份，凝神一簇一簇地贴好。

镜中人长睫圆眼琼鼻，咬唇妆有效缩减了上唇的厚度，小圆脸无法遮盖，干脆没有打阴影，好在下巴总是尖的。

"我也算是好看吧？"迟喻自言自语，又拢发丝开始用卷发棒做造型。

忘了是谁说的，当女孩子开始穿成套的内衣，那么对方才是被算计的那一个。

迟喻今天选的这套是特地买的。大胸可选择的内衣店家不算多，这家是主打少女牌，纯白蕾丝点缀着鲜艳的红色蝴蝶结。

她一眼就看中的款式，连名字都符合她的心境，取名为"告白"。店家是真的很会赚钱了，迟喻买齐整个款式的三个色调。

她的行李箱很沉，沉到每次帮忙搬上搬下的司机师傅都会感叹。

下午五点四十五分，迟喻套好了针织连衣裙，裙子是贴身圆领，领口同样是柔软的针织蝴蝶结，把身材可圈可点之处都勾勒殆尽，肉感十足瘦不下来的大腿被裙摆遮挡，是条买完后室友和家人都绝口称赞的裙子。

项链是看款式买的，镀银猫猫身体，紫水晶猫猫头。

迟喻坐回待客沙发上等江聿怀来接自己。十一月下旬，天黑得极早。

下午五点五十九分。

Jyh：抱歉，我这儿遇到些问题，还得一会儿，先给你点个外卖？

小公主：啊，不用，你先忙。

迟喻起初穿好了紧绷感十足、多少带点儿瘦腿功能的打底袜，谈不上多舒适，发了约莫十来分钟的呆，又脱掉打底袜刷起手机。

微博里娱乐新闻占了头版，有明星出了黑料，粉丝哭天抢地，迟喻心不在焉地滑过。

不知不觉间时间从"18"跳到"19"开头。

粉白奶油的可爱款美甲顿在微信图标上，又挪去别的社交软件。

等待喜欢的人来找自己是不会烦的，迟喻等今天等过许多年，她的耐心无可比拟。

反倒是江聿怀急切了点儿，大概是真的很忙，他在晚上七点半左右又补了条：真的是好的不灵坏的灵，早知道下午就该请年假了。

小公主：周五的全组加班可还行。

"出来接我吧。"江聿怀发来语音。

这家酒店的安保不错，每位访客都要在前台登记，进住房区域需要房客出来接。

迟喻光着腿趿拉着拖鞋跑出去接他，快走近时放慢了脚步，加快了心跳。

面对着前台的那人寸头、冲锋衣，单手挎着背包，脊背笔挺得如同一把冲天的利剑。

她其实很久没见过他了。

两步开外，她伸手就能拍到江聿怀的距离。

他蓦然回首，迟喻措不及防地撞进那双噙着笑意的深邃桃花眼里。

"准备吓哥哥啊？"江聿怀挑眉，很轻地按了按她的发旋，"饿不饿？"

迟喻鼓左腮，故作生气地娇嗔："我都已经饿过劲了！"

"走了，带你去吃饭。"江聿怀视线向下扫，略过姣好人的脸颊、细白的脖颈，淡淡提醒，"去把裤袜穿好。"

迟喻乖顺地点头，没什么防备心地刷房卡进电梯带他进房间。

江聿怀把装笔记本电脑的背包放在置物处，不动声色地扫过那张大床。

"我们去哪儿吃啊？"女孩子没什么避讳地当着他的面穿起裤袜。

迟喻很白，是那种天生的冷白皮，雪肌踩在黑袜上，慢吞吞地向上拉。他别开视线，低头去看网约车的信息。

连衣裙裙摆遮挡了快到大腿中端的部分，迟喻穿好又原地跐了跐脚，去拿自己的长靴。

"不会冷吗？"江聿怀挑眉。

"不会哦。"迟喻推开衣柜取出自己的长款羽绒服，灰粉色，左胸前有个透明口袋，塞了两只小巧的玩偶兔子，连帽的系绳底垂坠着毛绒球。

江聿怀饶有趣味地看她穿好，轻笑揶揄："你是兔子吗？"

迟喻眨眼，把帽子扣上，兔耳朵真就一塌一翘地显现出来，她挪过来，抬头和江聿怀对视。

她杏眼圆睁含水，江聿怀在其中看到真实的自己，褪去了所有伪装，欲望满身的自己。

"我是啊。"女孩子贴近，只隔了一点点，黑色冲锋衣的布料已然蹭到了羽绒服的前襟。迟喻粲然，漫天星光洒在她眸里，清甜的声音渡过来，无辜地问，"怎么了嘛？"

江聿怀自嘲地笑笑，手指拨弄着她的兔耳朵："没怎么，燕城没有好吃的兔子，否则明天我们吃兔兔。"

"兔兔不是想吃随时就能吃的吗？"迟喻抓了只兔子玩偶在江聿怀眼前晃晃。

若有所指的引诱被江聿怀略过去，他骨节分明的手拽住她只拉到胸前的拉链，直接帮忙提到了下颌："走了，车到门口了。"

冬天易滋补，他们吃烤羊腿。

果木炭烧得通红，羊腿在后厨预先烤过，上来时已经有八分熟。

周五晚上的烧烤店热闹非凡，耳畔都是酒瓶碰撞和聊天声，桌子被江聿怀用湿巾擦过，又用纸巾抹干净，矜贵又接地气。

迟喻很难看透这个人，她托腮，直愣愣地越过炭火与食物凝视他。

江聿怀在她的注视中慢条斯理地拆一次性餐具，把方便筷子的毛边磨干净，然后去开啤酒。

"我真就那么好看？"江聿怀俯身把餐具和酒瓶都送到她面前，反手轻敲桌面问。

迟喻莞尔，甜声回："好看哎，你平时都不照镜子的吗？"

江聿怀勾唇："照镜子然后问我和城北徐公孰美乎吗？"

"你美啊。"迟喻眸光流转，"我又不认识城北徐公。"

她喜欢和江聿怀对视的每个瞬间，热衷于在那双淡漠的深情眼里照镜子。

江聿怀轻嗤："啧，那随我们小汤圆。"

服务生过来帮忙片表层熟透的羊腿肉，表皮往外渗油花，刀碰到时油脂滚落，滴在炭上，"滋滋啦啦"地响。

片好的肉堆到下方炉网边，蘸料有两种，都是干料，只有辣和不辣的分别。

"尝尝。"江聿怀拿夹子又在火上燎了燎，给她往吃碟里放。

皮被炙烤得焦脆，内里的肉嫩而多汁，腌制入过底味，光是空口就已经很好吃了。

能在冷夜里爆满的店家果然有些东西。

几种小菜和烤串口味也都很不错，迟喻起初还端着点儿架子，等喝下大半瓶酒后，便也放松下来，大快朵颐。

"鸡翅真的好好吃哎。"她咀嚼完才夸赞说。

"那就再吃一串。"江聿怀把铁钳前端擦干净，后端用纸包着换去她手边易拿到的方向。

迟喻摇头如拨浪鼓："不了不了，我实在吃不下了……嗝！"

被投喂半天，啤酒一顶，五脏庙满满当当，开始发出不满的抗议。

"那就别喝了。"江聿怀想去按住她的酒瓶，结果迟喻手握着瓶口，恰好碰到。

微凉的手指带着静电流，顺着血脉直击心腔，带着全身都有片刻的痒。

迟喻怔然，江聿怀亦然。

他比她反应快许多，从容不迫地收回："抱歉，电到你了。"

迟喻说没关系，仰头把剩下的小半瓶啤酒饮尽。

决定的事情不会改、不会后悔，却还是想要更多的外力来催着她继续。

三瓶啤酒醉不了人，微醺都是堪堪，可江聿怀只许她喝到这里。

不知是谁大声说了句"下雪了"，店中人纷纷偏头望向外面。

细碎的雪花在夜幕中纷飞，在路灯的光晕中翩跹。

室外的温度还不够低到凝雪，雪花落地即化到无影无踪，就仿佛过去许多年里，绕在唇齿间，不曾宣之于口，被独自吞入腹中的心绪无差。

静夜里飘荡，积攒许多都是徒劳，在阳光下就会消散。

"我们离酒店很远吗？"迟喻轻声问。

"不远。"江聿怀看了眼地图导航，"两公里，你想走回去也行。"

"我有点儿撑得慌，你要是没什么事的话，我们溜达一下吧。"

"好。"

燕城的建筑总是带着落差,钢铁森林与平房瓦砾交杂。

回去的路是一条单行道,他俩逆着车来处走,雪花萦在眼睫鼻尖,被体温融化。迟喻把手伸出兜来去拂开,用的是连帽的毛绒球。

两只雪白的毛绒球随步调晃着,余光里来来回回地出现,江聿怀倏地停下来,带着迟喻驻足。

他们停在路灯下。

昏黄的灯光将影子扯得斜长。

迟喻抬眸,江聿怀低头。

她就那么又映进那双漂亮的眸子里。

江聿怀没说话,瘦长的手指勾着扰他心神的毛绒球研究了下,灵活地系个蝴蝶结,让连线缩短不少,互相牵扯下晃动自然轻了。

他鬼使神差地抓住一只毛绒球捻在掌心,触感很柔软,是兔毛团的。

他玩着迟喻的毛绒装饰品,而迟喻则专注于看他的手。江聿怀的手掌宽而薄,骨肉匀称,指节分明,青筋若隐若现。

凛冽的寒风被江聿怀遮挡大半,她立在他的身影里,舔了舔嘴角,大胆发问:"那你玩我的毛绒球,我等下可以玩会儿你的手吗?"

江聿怀神情晦涩地瞥了她一眼,似是在掂量她这种狂热的迷恋究竟有几斤几两,最后狎昵地刮了下她的鼻子:"真想玩?"

"不可以吗?"迟喻乖巧地反问。

雪花滞在他冲锋衣领口,迟喻得到了低沉的答复:"都随我们小汤圆。"

流水漫过肌肤,软若无骨的柔荑攒起泡沫,小心地覆盖到骨节分明的手掌上。

江聿怀好整以暇地看迟喻给自己洗手,既然想玩,那就自己来洗,他的本意是劝退。

实际则好像起了反作用。

女孩子坐在沙发扶手处拉着他的手,一根一根地把玩,触到指腹弹吉他拨弦磨出的厚茧时眨着长睫问:"会不会疼啊?"

"不会,习惯了就不会。"燥热随着迟喻的动作如潮水般涌动,冲刷着理智,江聿怀沉声应。

迟喻喃喃:"这样啊。"

下一瞬,江聿怀慵懒的坐姿悄然改变,脊背紧绷如弓。

迟喻对自己的行为没有多大概念,眼底清澈如水,脸颊绯红,很无辜地看着江聿怀,增添了视觉震撼。

他伸出左手,下意识地想去拢她垂下的碎发,在碰到后又蜷回来,拨弄了下星星耳饰,到底是兄弟的妹妹,会很麻烦。

如果说"听说"也算是一种见证的话,那他算是看着迟喻长大的。

"放开。"江聿怀蹙眉,违心地命令道。

迟喻委屈巴巴地"哦"了一声:"你让我玩的啊。"

"迟喻。"江聿怀肃然地喊她大名。

迟喻眉目宁静地和他对望:"你说。"

江聿怀嘘气,放缓语气:"你知道自己在做什么吗?"

迟喻再度牵起放下的手,低头吻上他的手背,脸颊轻轻地贴敷,虔诚若信徒:"你是害怕了吗?"

江聿怀淡声回:"我是怕你后悔。"

"我不会的。"

"那我就没什么怕的。"

迟喻生涩地吻上来。她没亲过人,唇齿相依的触碰,耳垂被捏捻,江聿怀又确认了一次:"小汤圆,确认吗?"

她嗅着木质香调,鼻尖蹭了蹭江聿怀:"可以关灯吗?"

"不行,我比较喜欢看。"下一瞬攻守换了势,她被抱起栽倒在柔软的床上,发颤的齿关被撬开。

过去七年的心酸委屈,都交付在这个被温柔托抬着后脑的深吻里。

江聿怀把铺垫做得极细腻,不管是连衣裙还是内里的蝴蝶结,都像是件待拆的礼物,饱满而战栗的汤圆,戳开咬破薄皮,尝到内里的流心口味，满口的甜美，是没试过的绝妙滋味。

女孩子没经验，咬耳朵哄着用手掌抚让她塌点腰都学不会。

清脆悦耳的响声，淡粉瞬息弥散。

迟喻给自己做过无数的心理建设，可还是有种说不出的难适，下意识地想躲，却被扣着腰拖回原处钉死。

迟喻新买的项链在摇晃中忽然断开，被她自己的手掌扫到地下，发出很轻的声响，狂澜浮波里沉溺的人无法察觉。

不知过了多久，终于停下来。迟喻被搂在怀里，她朝江聿怀的脖颈吹气，迷离又茫然地看着他："所以，我们这算什么关系？"

江聿怀笑了声，漫不经心地问："算什么小汤圆来定。"

她哪还有余力思索其他，脱口而出的就是心里话："男女朋友？"

"女朋友乖。"江聿怀用指尖挑开被汗浸湿的碎发，"放松。"

江聿怀教她许多要领，满足太多对爱的索求，唯独没有提醒过迟喻，床上的话没几分可当真。

他素了很久，理所当然要得凶。清理完后，迟喻枕着他的手臂睡去，中午再醒，又是昨夜重现。

面前的是一张白纸，江聿怀秉着劣根性恣意往上涂抹独属于自己的色彩。

"我饿了。"迟喻红着眼尾，哭唧唧地求饶。

江聿怀愣了一下，终归意识到行事不妥，喉结微动，讲了一句："抱歉。"

迟喻坐在床上被照顾着穿好衣服，突然抽了下鼻子，泫然欲泣。

六岁被带回父母身边后，再也没有人照顾过她洗澡穿衣。

迟喻张开手臂冲江聿怀撒娇要抱抱，在见惯了满地狼藉的父母爱情后，首次品尝到被爱的快乐滋味。

折腾到去吃饭已经是下午三点。

江聿怀让她点菜，发现小女孩有选择困难症后，换成了他来问她要不要吃。

迟喻挑食，却热衷于尝试新鲜事物，在他问"黄辣丁"的时候不明所以："是什么呀？"

"一种鱼，自带助兴节目。"

"什么节目？"

江聿怀掀起眼皮，勾唇笑答："锅里跳舞。"

迟喻哽住。

江聿怀点好菜，把平板递回给她："想吃点儿什么甜食？这个可以自己选吗？"

九宫格红油翻滚，迟喻把烤脑花表层的料拌匀，舀着蒜蓉入口，滑腻绵密，味蕾得到了慰藉。

裹满了辣椒和麻椒混合物的牛肉入口鲜辣，毛肚爽口，笋尖脆嫩。

碟子中永远被江聿怀填满，他是个会在每次杯子快空时拿过去添冰豆奶、手旁纸巾剩下一张时补好的人。

孤高的月亮频繁落在掌心中，迟喻无法停止对他狂热的喜爱。

黄辣丁要现捞现杀，上得很晚。

两条表面通黄的细长形鱼被干冰蒸腾出的水汽萦着端上桌，服务生提醒两位离远点儿，帮忙推下锅。

盘中原本蠕动的鱼忽然翘头摆尾挣扎起来，滚油击打在表面，有种立在刀锋烈火中舞蹈的错觉。

它的跳动很快停止，锅继续沸腾，淹没了它的踪迹。

迟喻望着那两条消失不见的黄辣丁，悲悯感转瞬在江聿怀唤她"小汤圆"后消失不见。

似乎回酒店太早也没什么多余的事情可做，于是，她被带着去逛公园。

江聿怀给她买冰激凌泡芙和热奶茶暖手，他买甜食的背影熟练，不知为谁挑过多少次。

大学城附近吃的饭，自然而然地去逛附近的园林，途经B大东门，迟喻拽着江聿怀的袖子加快了脚步。

他不明所以地配合着小姑娘的步调,只是抽回袖子,转而去牵她的手。

干燥的掌心贴合,手指顺着指缝挤进来,迟喻这两天从未正常过的心跳更乱了。

牵手是比接吻更亲密的举措。

它在无形中昭示着关系的变化。

迟喻悄咪咪地用余光去看握紧的手,嘴角不住地上扬。

"走这么快做什么?"江聿怀温润地问。

迟喻理所当然地道:"因为考不上啊,路过会让我有挫败感。"

"这样啊。"江聿怀挑眉,拉住她戏谑,"那你再往前点儿是Q大西门,可以慢点儿走,因为能考上的人正被你牵着呢。"

昨夜雪落风急,枯叶在风中盘桓,迟喻扬手去摘他肩头的落叶。江聿怀垂眼看她,没躲避,由着她的动作,她捏着叶杆在他面前晃晃。

拿开时,她发现江聿怀实际上没看叶片和外物,他只看向了自己。

这其实……会是爱吧?

第十三章

得偿所愿

园林的门票便宜，大学生还半价，迟喻习惯性地去摸学生证，江聿怀逗她："这让我有种包养了女大学生的快乐。"

"可以哦，叔叔。"迟喻顽皮地改口。

江聿怀轻敲她脑袋："重新叫人。"

迟喻从善如流："哥哥。"

深秋来游园的人极少，在旁边找证件的老人家来回瞥长相英俊的高大青年，眼神中流露出一种世风日下的不解。

江聿怀察觉到异样的目光，轻扣住迟喻的腰低头吻她。

迟喻猝不及防地被亲住，被引导着启唇。

"你要学着换气。"江聿怀无可奈何，"下次换个地方再喊。"

迟喻倔强地"略略略"，被按脑袋制止。

残垣断壁无声倾诉着百年前经历的耻辱。时逢初冬，节气上算小雪，万物枯荣，萧索破败更胜春朝，难免心情带着脚步沉闷。

福海水冷，奇怪地出现丰枯交替的场面，远岸郁郁葱葱，接云连日。

叫不出名字的飞鸟掠过水面，带起斜长的波痕。

他们并肩而立，池边荷花早已谢过几轮，藻荇交横。

近的是枯槁，远的是丰茂。

迟喻莫名其妙地伤感。园区太大，她为了风度穿得不多，长靴坡跟，走远路尤其累人，可她又想拉长共处的时间。

"要回去吗？"江聿怀偏头，柔声问。

迟喻乖乖点头："你都不用看导航地图的吗？"

"刚刚不是看过一眼了吗？"江聿怀回。

迟喻认真地讲："可我分不清左右，每次都要一直确认才能走对，学车那会儿教练教大家记点开，我都是看后视镜和感觉来的，教练问我是不是来谋杀他的。"

"那就不用为难自己了。"江聿怀无所谓地说道，"跟着我走就好。"

初学爱人的女孩子都有共性——相信一瞬就是永恒，会把他们曾经针对过海誓山盟的有效期和单方面"冷战"的事情忘得一干二净。

其实回了酒店也没什么多余的事情可做，迟喻的连衣裙前开拉链，被他上午亲手拉好笼入，又捧出。

迟喻难耐地昂起身体，反而送入更多，手指触到坚硬的发茬，呜呜咽咽地被折腾。江聿怀昂头，惊心动魄的一眼。

迟喻乘着小船在风浪中颠簸不停歇，弄哭了又被侧搂着顺发丝轻哄。

迟喻素颜依偎在他臂弯里看恐怖电影，是刚上映的高分电影《哭声》。酒店的无线网下载速度一般，江聿怀用手机开着热点下。

迟喻幻想中的愿景在一点点地实现，电影原本就晦涩难懂，带着当地的风土色彩，她的注意力又分了不少给江聿怀。

血浆爱好者迟喻被突然出现的阴森画面惊到，瑟缩着发抖，眼睛被捂住，全黑，恐怖音效也静了下来。

"还要看吗？"江聿怀含笑的嗓音传来，吻落在她的发旋。

迟喻小幅度地点头："要看。"

迷迷糊糊地又看了一会儿，没看完，她觉得这两天过得如同梦境，奢淫糜烂，却又成瘾。

两人再懒得出去，在酒店吃外卖。

稠白的酸奶沾在嘴角，被骨节分明的食指抹掉，被肌肉流畅的臂膀成犄角圈在身下时，积攒的倦意涌来，她很轻地打了个哈欠。

"困了？"江聿怀音色很沉，她的角度能看到开合的薄唇，"那睡吧。"

手臂被横到颈后，手掌很轻地拍着她，是那种哄婴儿睡觉的方式。

看得出是没特地哄过谁的，手段拙劣而甜蜜，迟喻昏沉地在晚上十点前陷入甜梦乡，再睁眼时如同八爪鱼般半抱着劲瘦的腰。

清晨又闹了整个上午，江聿怀把窗开了条小缝换气。

迟喻裹着被褥侧躺着看他在的方向，终于注意到了床头柜的空盒，他们是没机会买的，除开自备外，别无解释。

迟喻被江聿怀带回家里。江聿怀在单位附近租了套一居室，外厅内卧，精装修，家电齐全，整体的布局都接近于他本人的黑白金属风格，透着股冰冷劲。

所有东西都是单人份，包括枕头和椅子。

电影还差半个小时看完，迟喻试了试床到电脑桌的距离，眉头轻蹙，江聿怀把人搂着带到自己腿上："你可以坐这儿。"

她就真坐在江聿怀腿上看电影，看他玩电吉他或者被他玩，温暖的阳光撤退，替换成苍茫暮色。

大概不会比现在更好了，暗恋成真时的喜悦很难描述明白。

八分侥幸，两分心悸，犹恐在梦中。

迟喻是没办法和父母说明自己在同居的，实习的工作要找，房子一样。

燕城的通勤是个困难事，多数人选择在工作地附近租房，迟喻再如何恋爱脑，都不至于参与清晨的早高峰。

她开始海投简历，对想跟江聿怀一起工作要个内推的事情只字不提。

她奔波在许多家互联网公司的面试途中，有和蔼可亲的面试官，亦有言辞带着讥讽问这是985或211吗？她读的学校名气诚然大不如前。

实习生是这个时代最廉价的资源，想要筛选最优秀的又不给到什么钱，倒贴刷简历是常态。

十三号线的早高峰不需要自己前进，身后的人会推着你移动，每个人都面无表情地通勤。

迟喻某次困倦坐反了公交车，摸到手机打车回去，天寒地冻，才看清网约车尾号，手机就因为拿出兜太久冻到直接关机。

迟喻站在十字路口，身侧是天桥，她无助地看着周遭完全陌生的环境，目光一刻不敢停顿地打量四周，终于锁定停在道路对面的一辆白车，奔跑着拉开车门，问司机借了条充电线，哈着白雾解释："我手机冻没电了，不好意思。"

"没事，还好你到处看，我打不通你电话，都准备取消走了。"

"还好，谢谢师傅了。"

迟喻没有和任何人吐露过这天的境遇，只是那天开始她会在手机壳后夹两张整钞，以备不时之需。

多年后再作笑谈，云淡风轻地提及，早已恍若隔世。

那个星期，她每天面试两家公司，地理位置南辕北辙，把整个燕城都"逛"得大差不差。

"……可以知道您接下来还有哪几家面试吗？那么如果我们选择给您 offer（录用）的话，您还会考虑对方吗……"

话术精妙得就差把我们想再看看还有没有比你更合适的冤种直白表述了，可迟喻还是微笑颔首致谢："只要拿到贵司的 offer，我绝不再考虑别家。"

最后横纵对比，迟喻选了一家大厂，无他，甚至没有对画饼般的 HC（Headcount，职员总数，指转正）抱有兴趣，只因为最后实习报告会很漂亮。

第一份工作决定了起点，迟喻甘愿倒贴来刷。

江聿怀这阵子相当忙，他们的交集差不多在每天晚上九点后，迟喻在周一搬回酒店，以此应对家人时不时会打来的视频。

母亲还是不太同意她留在燕城，每次打来电话都在游说。有时，迟喻盘腿坐在沙发上视频，江聿怀慵懒地披着睡袍靠在床边看她，目光满是揶揄，等她挂了电话后招她过来，捏着她下巴讲："我就这样见不得人？"

"那你想见人吗？"迟喻眸光灼灼。

江聿怀笑："都随你。"

随我什么呢？随我秀恩爱，还是随我如今在这般缄口不言？

迟喻不愿多问多想。

下周一入职，迟喻得在三天内物色好房子交租。

江聿怀对她的行事多纵容，几乎没有评价，至多是确认想好了没有。

迟喻会来燕城的决定是突然通知的，进程快得惊人，而江聿怀这个周末原定和朋友去近郊自驾，江聿怀没主动说为她改，迟喻依然没提需要帮助。

十一月十八日群租房火灾，遇难者多达十九人，燕城开始大刀阔斧地整顿群租、地下室和非法隔断，房租价格一路飙高不下。

迟喻打小没在衣食住行上受过什么苦，对跟陌生人合租有点儿忌讳，奈何实在少有一居室的户型，若单独租个可心意的两居室一个人住，租金加服务费用每月要过万。

经济不独立且不听话的时候，会对花家里钱生出许多的负罪感，迟喻来来回回看了许多房子，最后敲定了一个十六平方米的房间，两居室，中间有个巨大的客厅算公共区域，摆了张桌子。

桌上堆着许多经济和哲学类书籍，还挂了个红色的中国结，看起来室友是个喜欢读书、挺可爱的小姐姐。

实际也的确如此。她们初次见面相当乌龙，迟喻才搬入陌生环境，习惯性独自在家的时候把门反锁，室友开门未果，只好砸门。

西服职业装的大姐姐和卡通睡裙的迟喻面面相觑，最后迟喻开口道歉，说自己疏忽了，大姐姐则笑着说没关系，接着互相自我介绍，说她姓高。

异乡人总能找到些共同的话题，迟喻正在收拾屋子，室友姐姐来敲门送吃的，妥帖地靠在门边和她闲聊，并加了微信。在得知迟喻是个大四学生，在这附近实习备考，且本科没有在燕城念后，室友姐姐露出点儿吃惊的神色："那压力很大吧？是因为男朋友在这边？"

迟喻挂裙子的手顿在半空，粲然问："这都能猜到，姐姐会算塔罗牌吧？"

"不是。"高姐姐笑着否定，"否则没有理由呀。实习生多半是在本地念书的，否则能出得起燕城房租，又不是学金融的，很少有人会选择提前实习吃生活的苦。"

迟喻揉鼻尖，补充说："那个，我不会带男朋友回来的，你放心。"

"啊，没关系，我不是那个意思。"高姐姐摆摆手，"两间屋子隔那么远……其实什么都听不到，之前外面本来是打了隔断出租的，才拆没多久，你要是有时候在屋里复习学不下去，可以来外面，我回头把桌子收拾一下。"

很融洽的室友关系，对方比实习生迟喻忙得多，迟喻是下班早的那个，偶尔会负责给忘带钥匙的室友姐姐开门。

厨房两个人都不太用，早出晚归的糊弄学大师，速食牛奶堆满了整个冰箱。

每个周五迟喻总是雀跃的，她前四天的忙碌好像就是在为了这天做铺垫，两人一起吃晚饭或夜宵，再做尽爱侣之间的亲密事。

江津怀的房子不再冰冷，多了许多抹暖色调，书桌上的粉红色水杯、浴室中的牙刷毛巾，冰箱里的可乐和占据了整层冷冻的冰激凌，甚至特地为她倒腾出了衣柜的空间。

床上依然没有买多余的枕头，迟喻会好奇他的手臂不麻吗，江津怀则散漫地回"不会"。

赶上周五晚上他加班，迟喻则乖乖地坐在椅子上看会儿书，然后提前洗漱上床，卧室关了灯灰暗，沉香木的气息裹着，昏昏欲睡。

被子被掀开时，江津怀低声自言自语了句："我突然觉得有人暖床也挺好的。"

迟喻想回答，可怎么都答不出，难辨是梦中还是现实。

她会被带着去听摇滚现场，地点在酒吧，氛围感很足，跟着行金属礼，听不太懂的名词，跟着狂热。

除开毫无公开迹象，江聿怀勉强算是个十佳男友。迟喻没和别人交往过，无法评价他人的幸福是什么模样。

起码于她而言，月经不舒服起夜，回床上时被熟睡的江聿怀下意识地捞回来，温热的手掌贴在腹部做暖宝宝；随口提过想看某个展会，江聿怀比她记得清楚，买好票陪她去看，约在展会门口见面，结果化妆时怎么都贴不满意假睫毛，硬生生把早起的半个钟头都耽误了，草草收拾化妆包准备下楼打车时在车上化。

刚推开楼下的门，她就看到江聿怀立在门口，神色淡漠，听见关门声抬眸扫过来，见是她，眸里才多了点儿笑意。

迟喻只能凑过去软糯地问："你怎么来了啊？"

江聿怀挑眉不吝夸："好看的。"

她手里还捏着没有塞到包里的化妆包，尴尬被轻而易举地化解。

江聿怀总会绅士地帮忙背包，他的妥帖处若细想便会伤神。

在人多的地方，他的手掌会惯性地覆在迟喻包包的拉链或搭扣上。

前人栽树，迟喻乘凉。

她这张卷子，江聿怀根本不用读题就能答满分，反之，则很难及格。

其实多数时候，他的手机就放在那里，很少特地上锁，迟喻曾大胆试探着问："你可以帮我点个助力吗？"

江聿怀专注于敲击键盘，平静地回："拿。"

她又偷偷看过去，没等问，江聿怀就报了密码，是他自己的生日倒置，根本没什么避讳的。

迟喻大可以做她想做的事情，比如换掉风景壁纸，换成她自己，或是好奇地看点儿别的。

可是她没有。

只要装聋作哑，就可以始终幸福下去吧？

年底，江聿怀消耗了年假周末陪她出游。实习生就这点好，压力大也能摆烂，没人指望她能挑大梁，更能理解诸如论文开题、学校期末考试这类信手拈来的实际理由。

迟喻拍了许多照片，也被江聿怀拍了许多。

两人独独没有合照，江聿怀发现迟喻在拍他后干脆光明正大地指使："你往远点儿站，我好拍。"

他们相机里有彼此无数的照片，却没有哪张出现在社交网络过。

要好的闺密知道迟喻在和江聿怀交往，但都对外讳莫如深。

平安夜朋友圈许多人秀恩爱，而迟喻在索吻。

别的事情不太重要的，心上人在眼前，比什么都重要。

工作和恋爱之余论文进度适中，只是统计建模怎么都做不出，迟喻趴在江聿怀床上嘟着嘴气鼓鼓，被捏着后颈放松，他扫过界面后明白过来，捞人抱到腿上，圈在自己胸前帮忙做。

"我是真没想到，有生之年会沦落到给女大学生写毕业论文。"

"你好像还辅导过女高中生物理题吧？"

键盘"噼里啪啦"地响，江聿怀聊天时并不影响他的进度："也不知道以后要是有女儿的话，能不能比教我们小汤圆耐心一点儿……"

日子就那么流水般地顺下去，迟喻在酒醉三分醒的时候捧着江聿怀的脸问他："你喜欢我吗？"

她甚至不敢奢求地提"爱"这个字，一厢情愿的倾慕，怕美梦乍醒的孤寂。

江聿怀的回答始终模棱两可："小汤圆觉得自己为什么会坐在我怀里呢？"

迟喻无法从幽深的眸中读出爱，但独独在江聿怀这件事情上，她唯心得可怕。

陪他顶风立雪地看摇滚演出，爱好不能被培养出来，看得再多也还是不属于她的世界,可江聿怀为她弹电吉他的时刻,全宇宙都是她的。

他们某次凌晨看完演出去还开着的店吃夜宵时撞见了程茗,程茗拎着瓶酒笑着走过来,江聿怀举着很自然地和她碰了一下。

"好久不见。"程茗朗声问候。

泥炉烤肉,"噼里啪啦"地响。

迟喻放筷子端坐,接着被问到。

"你家妹妹啊?"

迟喻不明白是江聿怀和迟航对自己妹妹的称谓闹到整个朋友圈都知晓,还是自己当真不是他会喜欢的那种类型。

每个偶见她站在江聿怀旁边的熟人,哪怕两人动作再亲密,都逃不开先贴"妹妹"的标签。

江聿怀把虾翻面,云淡风轻地回:"我祖宗,家里的小公主。"

程茗乐了:"哟,看不出来啊,你真能有今天。"

江聿怀剥着虾,头都没抬,淡漠地回:"你吃饱了撑的?"

迟喻默然陪衬着演完了这场故人重逢的戏份。

她缺席江聿怀意气风发的少年时代,用了整个少女时代来恋爱,在象牙塔即将结束的后半程终于得偿所愿,能够坐在他对面毫无形象地啃排骨,看肥皂剧感动哭了去蹭手掌要安慰。

可还是很遗憾。

遗憾自己并非江聿怀年少时的恋人,不能风生水起地直面不再被他喜欢这件事,不能为了不为什么而歇斯底里、彻夜未眠。

年前两个人都忙得团团转,实习准备考研的大四学生和互联网大厂打工人,没谁好过。

周昼在重修之前挂的一门课及备考公务员,打语音时见迟喻语气疲惫,小心地问:"你有没有考虑过,你是真的需要这份实习工资吗?"

迟喻答:"我不缺的,但此路通不通,我要走下去才知道呢。"

她的室友姐姐比她还要忙。晚上十一点钟,迟喻煮了桂花汤圆敲门分享,两个女孩子坐在宽阔的客厅吃夜宵。

热气熏得眼热,迟喻忽然问起:"姐姐觉得是出国好,还是考研好?"

高姐姐偏头看向她:"我是觉得有条件出国挺好的,天地旷阔,你其实想留燕城,多少是因为恋人吧?"

迟喻摇头又点头,还是坦诚地回:"九成为他。"

高姐姐没劝:"那就随心,想怎么做,就怎么做,怎么选都会后悔、都有风险,人要忠于自己这刻的选择。"

新年,迟喻回沐城,江聿怀留在燕城。

许多事都好奇而绕在唇齿间没有问,比如为什么不回去,又比如说你家里不差钱,何必这样辛苦。

新年时,迟航请她吃饭买东西,送到小区门外时锁了车,终于开口问:"你不会和江聿怀搞在一起了吧?"

"如果是的话,哥哥准备怎么办?"迟喻四两拨千斤地把话题推回去。

迟航降车窗透气,愁容满面:"就你这个说话气人的方式,说不是近墨者黑,我把自己的头扭下来给江聿怀当球踢。不怎么办啊,帮你兜底瞒着叔叔和婶婶呗,兄妹一场,我会看你去死吗?把压岁钱收了,下车滚吧,别跟这儿气我。"

迟喻特认真地喊了声"哥哥",她其实不用收也过得挺好,父母在无法掌控子女的情况下,总会妥协。

她的生活费、房租和零花钱家里都是往双倍打的。

因为从妹妹换成了女朋友的身份,江聿怀送给迟喻二十二岁的生日礼物比往年多得多,圆饼包里装着项链、手链,以及情侣对戒,灯光下耀眼至刺目。

迟喻都戴好拍给江聿怀看,发语音讲:"谢谢哥哥。"

江聿怀秒回:"回来给你补个生日。"

迟喻离开燕城时江聿怀没送，回燕城时则有来接。

认识多年，第一次一起过生日，迟喻将往年的愿望稍作更改，变成了："一直跟江聿怀在一起。"

交往的第三个月，江聿怀的朋友圈里更出了迟喻的照片。

女孩子着丝绒红裙，捧着只杯子蛋糕，对着镜头笑容甜美绚烂。

点赞和评论的信息三个钟头内刷满了整整一页，而因为上床途中江聿怀接了电话没有停下而生闷气的迟喻本人还是在迟航的提示下看到的。

他们俩的朋友圈实在谈不上太多交集。

官宣得突然。

迟喻惊愕地喊："江聿怀。"

他转回来，食指有一搭没一搭地点着桌板："肯说话了？"

她就那么被轻而易举地哄好了，乖得惊人，只要一点点的甜就能开心特别久。

江聿怀不会和迟喻说他的计划，有次迟喻问明天下午想去选条鱼养在家里，他才答明天中午有约。

迟喻强颜欢笑着说没关系，陶琼陪自己一样。

结果十一点多，她被江聿怀带出去吃了顿饭。

"你不是约了人？"迟喻蹙眉。

江聿怀解释得理所当然："先陪你吃一顿，等下怎么回去？"

"打车吧。"迟喻没睡好，自然没有愉快度过周末的心情，没化妆没戴美瞳，视线有点儿模糊。

她已经开始后悔同他置气了，他明明这样惯着自己，她还想要什么呢？

此后，迟喻学会了把自己想做的事情提前很久很久规划好，然后报备般地穿插在交流里。

迟喻穿过前门喧闹的集市去和白天约了朋友拍照的江聿怀会合，她扎双马尾、穿小裙子，在柔和的春日夜里走在他身侧。

她不看路，光看他。

她被频繁地换到没有障碍物的那侧，他牵着她往前，月光晃了又晃，落在发梢眼角。

江聿怀找还在开门的便利店为她买冰可乐，老板养了只肥硕的橘猫，正在看球，不大的便利店被货柜挤得满满当当的。

他捏了张湿巾擦干净瓶口，单手拽开易拉罐罐口递给迟喻，顺手去摸那只猫，顺着后脑捋到背部，褐色的绒毛在指缝间透出来。

"和你一样乖。"那双潋滟狭长的桃花眼噙着笑看向她。

碳酸入口带着炸裂感，迟喻开始祈祷时间暂停，让她把这个瞬间铭刻进心底。

绝大多数时刻他们没什么可聊的内容，迟喻选的考研科目带数学二，江聿怀喜欢把人圈在怀里教，每次到最后都会闹过火，变成黏腻不清的纠缠，某些事是不分昼夜的。

迟喻在五月初结束了她的实习，拿到一份不错的半年实习简历，论文已经定稿，回校答辩和拍毕业照的时间在中下旬。

她拎着小行李箱住进江聿怀家里，下单了喜欢的厨具，开始把空置的厨房一点点填满。

如果江聿怀下班早的话会一起吃晚饭，晚的话娱乐活动不定。

书桌旁边加了张桌子，桌面陈设反差巨大。

迟喻修完了论文最后的标点符号问题，发给指导老师审阅，滑着带轮转椅挪到江聿怀这侧，笑盈盈地问："你在干吗呀？"

"等你改完。"江聿怀捏她的脸颊，"改好了？"

迟喻点点头说："我要解脱啦，快递给我发消息，东西到了，放在驿站。"

"嗯，我去给你拿。"她在家是不穿内衣的，换衣服麻烦，这类事情江聿怀在的时候总是代劳。

他的手机壁纸不知道什么时候换成了迟喻的照片,后来迟喻会帮忙更新成本阶段最满意的自拍。

驿站就在小区门口,报迟喻的手机尾号就能取东西,江聿怀起身离开时没带走手机,也没有锁屏,就那么大大方方地摊在那儿。

迟喻对天发誓她是无意间扫到的,因为微信界面对方的头像实在吸引眼球。

头像看着是个很漂亮的美人,昵称是Sura。

她甚至都不需要上下翻动聊天记录,只呈在面前的,就让她的心开始被寸寸凌迟。

Sura:收到了,的确挺好吃的。

Jyh:嗯。

Sura:最近怎么样?

后面两条还是问候,江聿怀都回了那个带着不舒服的"微笑"表情。

不那么热切,可每一条都有回应,又收到了什么呢?

这七个月来,迟喻坚持不听不看不问来自我疏解,可她很难不去多想些什么。

呼吸变得粗重,迟喻颤着手去替江聿怀锁屏,帮忙掩饰。

他进门拆快递洗手,然后来抱她,洗手液是她喜欢的柠檬薄荷调子。

迟喻的下巴抵在江聿怀的肩头,是个看不清彼此神情的姿势,他敲着键盘问:"想看点儿什么电影吗?"

"我爱你。"迟喻梦呓般地低喃,"你爱我吗?"

密不可分的姿势,能听见对方的心跳声,只有她的心在狂跳。

后脑被温热手掌扣住,江聿怀答:"等下想吃点儿什么?"

所答非问。

其实就是答了。

迟喻悻悻地回:"我不饿,减肥。"

"那沙拉可以吗?"江聿怀亲她耳郭,动作缠绵极了,然而无关爱。

她抬眸看着墙上挂着的电吉他,最顶端不那么容易碰到的那把是他们第一次视频时江聿怀拿来弹的。

好像没有过去多长时间,物在人在,可就是不复从前。

江聿怀没对她有过半点儿承诺,她希望他能爱自己,低到尘埃里还不够,碎成齑粉都得不到。

迟喻再度回忆起最初,他在一开始明明只有一点的善心,拼凑成她少女时代的全部,还有那条辣汤中挣扎的鱼,变成可口的佳肴,如她这般在床笫收获悱恻缠绵。

夸得最多的还是乖和怎么都弄不够。

积攒了很久的怨气和恋慕江聿怀的心分成了两个派系。

一个讲:你问他啊,你还能忍耐多久呢?

另一个很讲道理:爱就是带着忠贞的要求,极具排他性和占有欲啊,你是想要爱,还是想要一直忍耐呢?

所有的思路都指向同一个结局,到此为止。

江聿怀发现了她的不开心。女孩子被宠久了,不太习惯在自己面前掩饰喜乐,打眼看过去就能全明白。

"怎么不高兴了?"他推开鼠标,大马金刀地坐在床边看迟喻,见她不搭话,他脑袋往后仰,枕在她大腿上,慵懒地刷起手机来。

他永远游刃有余,自在如风。

迟喻敛着眸,脑海里划过许多个瞬间。她实在太擅长把喜欢的回忆单独剪切出来,拼接重建成美好的,反复重温流连。

这是她赖以生存的法则,总要倚仗着某几个瞬间来抹杀消失的念头。

今天的剪辑太失败了,失败到每一刀落下时都在提醒她另一个或另几个女孩子的存在。

比压倒骆驼的最后一根稻草更难捱的,是反复告知骆驼,最后一根稻草总会落下这件事。

她还是坦白了:"我无意间看到了你的手机。"

江聿怀的指尖微顿,把手机递给她:"随便翻。"

迟喻没接，单刀直入："Sura是谁？"

江聿怀露出了然的神色，平静地回："我以前玩一个网游，现在想起来了玩一下，有很多年了，也认识这个女孩子很多年，从来没见过她，大概是两三年前我朋友告诉我，我才知道她喜欢我的，我拒绝过了。说买的东西是之前游戏群有人讨论什么牌子的糖比较好吃，我提了嘴，她说没有吃过，所以我顺手给她买了一份。"

"我知道了。"迟喻不知道怎么描述自己的感觉，如释重负中夹杂着落泪感，低低地回他，"没关系的，我都能理解。"

真的绝望是浑然不在意前因后果。

明知对方喜欢且拥有对方目前的地址，在对方提出后，主动买东西给她。

那么究竟是大发善心还是池塘饲鱼，都已经不重要了。

她不也曾是江聿怀每年发压岁钱送生日礼物的存在吗？

晚餐点了减脂沙拉，迟喻吃青菜类向来不蘸酱，潦草咀嚼吞咽。

江聿怀没补充说明什么，他仍抱着她看电影下饭，仿若什么都未发生。

迟喻躺在他身侧，枕着他的手臂玩手机。

江聿怀转过来亲她耳垂时，她正在跟陶琼聊天，屏幕大大方方地亮着，选的是明天吃饭的地点。

如果江聿怀再早转三秒钟，就会发现那句还没来得及刷上去的"那这就是你在燕城的最后一顿了是吧"。

"我不太舒服，胃难受。"迟喻软语道。

胃部被手掌捂住，江聿怀沉声问："那起来吃点儿主食，再喝个药吧？"

"不要，懒得吃，躺会儿就好了。"

"那我们今天早点儿睡，乖。"江聿怀把她的长发拂开，吻落到后颈处。

身后的呼吸渐渐匀称。

迟喻保持同一个姿势躺到僵硬，备忘录里输了满满当当明天的日程，最后一步是买好票。高铁没有合适的时间，她转而去买傍晚的机票。

她没有失眠，只是噩梦缠绕。

当年那个得到一丝甜就开心地转圈圈的自己，在淡然地招手说再也不见。

惊醒时，她脸埋在江聿怀胸口，眼尾被干掉的泪弄得有点儿痛，只微微抬起就能亲到他。

晨光从窗帘缝里透进来，原来天已经大亮，无怪乎梦会有这样的收场。

她又复习了一次备忘录的内容，先在租房软件上提前退租，算她违约，倒赔一个月房租。迟喻不在乎，她只想离开。

下一步是叫顺丰，她预约了十点上门，带三个大号纸箱……

理顺后，她把备忘录的某几条顺序颠倒变换，终于腾出空来，生平最后一次这样近地看江聿怀。

过去那么多年，从单恋到明恋，再到侥幸和苦恋。

靡不有初，鲜克有终。

身边这个人这辈子都不会知道她在难眠午夜看他侧脸的心情了。

就算被他拥在怀里，想的也不过是什么时候说再见，无谓再拖，到这里就好了。

江聿怀被闹钟叫醒时习惯性地亲了亲怀里乖顺的猫，自从迟喻搬进来，江聿怀的起床时间提前了十分钟，用来温存。

小姑娘是很好哄的，真有生气的事情都不会过夜，果然睡醒后仰着素净的小脸，柔软如云团，含混不清地和自己说"早呀"。

他把密码锁改成了她的生日倒置，然后进门蹲在床边又捏了捏迟喻的脸提醒。

被重复利用的手段，只要江聿怀感到对她有所亏欠，他就会放宽多让迟喻出现在自己生命中一些。

迟喻宁可他不曾改过，不过都算了。

防盗门锁好，确认江聿怀不会再折返，迟喻翻身下床，开始收拾属于自己的东西。

她断舍离的进程相当之快，顺丰小哥如时上门，帮着往箱子里塞。

到最后，迟喻看着空空如也的左边桌面，想起些什么来。

她从垃圾桶里抽了张演算过半页的草稿纸，提笔落下：**多谢你以前纵容我，让我做很多不合情理的事情，到此为止。**

就这样一句，迟喻再也没有其他想和江聿怀说的东西。

到底没有时间和陶琼吃饭，回家时室友姐姐还没有走，她最近都是凌晨下班，上班时间推到了十二点前。

高姐姐靠着门看迟喻收拾，跟她刚搬进来时同样的姿态。

"我还没想好，大概会出国吧。"迟喻把吃的东西归成小箱，都抱给她。

高姐姐打着哈欠："出国挺好。不要的放着就好了，租房管家回头会来处理，不用你自己扔。如果还有快递再往这边寄的话，取件码和新地址发给我就好。"

迟喻最后整理桌面，翻到收纳盒最里的一只猫猫头，她端详了一会儿，想起是那条为了见江聿怀买的、结果一次性的吊坠。

垃圾桶的袋子刚刚满了，打结放在门口。

紫水晶落入垃圾桶，清脆的一声，往事随着被弃如敝屣。

江聿怀敲门，无人回应时就发现了不对劲。他给迟喻打了两个语音电话，无人接听，惊觉这一整天里，她唯一联系自己是问"今天你几点下班"。

他输入新改的密码推门，接着就看到了玄关和客厅里缺失的色彩。

心被锐器撕划着，血珠开始冒出来，迟喻在一天之内抹去了所有她曾存在过的痕迹。

她想做什么呢？

暗室无光，江聿怀倚着桌子发了很久的呆，才注意到自己桌面摊着的"留言"。

他团成废纸扬手扔了，小女孩闹脾气，下狠话倒有一套，想清楚就会回来要抱抱了，毕竟她是那么喜欢自己。

江聿怀其实不记得自己是什么时候开始，心里总有那么一团影子的，大到有次在跟当时的女朋友约会，迟喻的消息发进来问物理题，于是他披好浴袍开始解题，把女伴气得哭着走了。

他并不喜欢带什么人回家，迟喻是唯一同居过的，他以为自己能坚持冷战很久，等到迟喻低头认错，可不适感和莫名的失落就在短暂的时间里演变成蚂蚁噬骨般的疼。

"我回来的路上在想晚上跟你看什么电影比较好。"江聿怀发了语音给她。

迟喻是秒回的。

小公主：有什么话你可以好好说，别发语音，我在吃饭，没空听。

迟喻隐了心声，现在的我，听你的声音只会想哭。

Jyh：那有什么话不能好好说，不告而别又算什么呢，迟喻？

迟喻没有再回了。

第十四章

往事已矣

江聿怀真正的绝望是第二天他收到迟喻的包裹开始的。

家里人对迟喻回沐城这件事非常认可,迟喻实属迷途知返。

她本人相当平静,回校见室友,和周昼吃饭,顺手收拾了寝室的东西。

柜子里还封存着过期多年的可乐瓶和江聿怀的外套,没追到人时视若珍宝,追到了则不重要,就一直在这边放着。

马上毕业了,再无处安放。

迟喻扭开了那瓶可乐,瓶身的塑料围标随时间流逝开始变得酥脆,碰到便掉渣,已经没什么气了,甜得发苦发涩,她迅速吐掉去漱口。

她连着外套和过去写过的手账、叠好的星星一同打包寄给江聿怀,甚至塞了和当年相同金额的钱,和没有送出去的球星卡。

恋爱遗物总要摒弃。

江聿怀终于想起了那个蹲在他家墙角下哭的小女孩。

他不知道自己是什么时候开始关注上迟喻的,燕城很小,路上遇到了就忍不住搭讪,险些收获违停罚单一张。

他耐着心陪小朋友玩幼稚游戏,还有一次她问题时自己正在喝酒,借了张酒水单在喧闹里给她写题,被朋友们笑了很久。

因为她看起来就是很乖的女孩子,招惹了麻烦,加之是迟航的妹妹,他干脆敬而远之。

可每次小家伙都会贴过来,江聿怀始终没告诉过迟喻,有些时候他点开她的微信界面,是能看到"对方正在输入中……"结果永远收不到消息的。

江聿怀缓慢地翻动快递箱子，焦躁蔓延全身。

那天之后，迟喻不再回消息接电话，决绝得惊人。

时间一点点流逝，江聿怀终于意识到迟喻可能真的不会再回到自己身边来的事实。

他翻了半天通讯录，惊愕于自己竟没有她任何朋友的联系方式，顺手删掉了所有的莺莺燕燕。

小半生里，江聿怀都无往不利。他没有追求过谁，连迟喻都是主动的那一个，理所当然得可怕，错估了感情里的教训。

被泡沫纸包裹得严实的东西很沉，他拆开才发现是两罐星星。

江聿怀突然意识到了些什么，他翻到封口，小心地压扁，展成长方形的星星纸。

水沿着优越的下颌骨滴落，晕开陈旧的墨痕。

荒唐的决裂方式，像极了迟喻的作风，离开后进行通告，告知你，我曾有多爱你。

这不该是结束，江聿怀拆光所有的星星，一页一页地翻过手账本，从深宵到天明，眼底的悲凉色彩越发浓重。

结局太不堪，一时间分不清真假，或许迟喻只是想要给自己一个教训。

这段日子里江聿怀会反复观看和她交往时的照片与视频，重复听她学着唱的歌，粤语腔调标标准准，用心学过。

迟喻唱《富士山下》和《少女的祈祷》，他那时刮她鼻子说年纪轻轻唱苦情歌。

原来是为他准备的吗？

楼下那个颀长的影子已经不知道立了多久，迟喻终于拎起包出门。她站定在江聿怀面前，那张颠倒众生的脸依然好看，唯眸底凄然。

"你有落什么东西在我这儿吗？"女孩子昂头，认真发问。

江聿怀薄唇开合："你落了我。"

迟喻笑笑："对不起。之前说得不够清楚，我们分手了，现在我正式通知你。"

江聿怀嘶哑而固执："我没有同意。"

"热知识，江聿怀，分手只需要单方面同意，你应该比我更熟悉流程才对。"迟喻姣好素静的脸上没什么表情，死水无波。

这个星期，她都正常得难以置信，论文答辩、拍毕业照和周昼拍闺密照，室友吃饭、班级聚餐。

要忙的事很多，到毕业才发现原来有几个同学很有趣。

江聿怀的视线锁着她，自顾自地辩解："那个女孩子小时候家里条件不太好，很少能吃到糖，我们是很多年的朋友，所以我才给她买的，没别的意思，我真的不喜欢她，现实里也没见过，连回复都是敷衍的表情，你是看到了的。"

"我知道了，所以呢？"迟喻和他对视，带着三分轻蔑，"可我根本不在乎，以前我觉得没必要说破，但你好像有知情权。

"我大二期末的时候，你来我频道教我微积分，我知道你女朋友那天出国，可能你自己都忘了，你根本没关麦克风，你最开始只有一点儿施舍和善心，构成我少女时代的全部。

"除你以外，我没有喜欢过任何人，连网恋都是在跟你赌气，赌你会在意，可你不在乎的。

"我父母的爱情是万丈深渊，因为悬崖底有你，我才愿意纵身跳下去试试。你明明知道的，你不是没见过我和我妈争吵，也不是没听过迟航说我的家事。

"但是你根本没有放在心上，所以我也不敢多向你索求爱意。

"第一次一起看电影，看的是《哭声》，我没看懂，第二天看之前你先看了解说，你并没有想过等我。"

江聿怀打断她，信誓旦旦："我会改。"

迟喻淡定地回："你不必改。"

"冬天我们吃烧烤那次，突然停电了，我借着烛光看你，而你低头回消息时说的是什么呢？那个女孩子百度识图你朋友圈发的我，找到了我的微博，给我发了截图，你为什么在跟我交往的情况下说喜欢她？你考虑过我的存在吗？"

今时今日迟喻还能想起那种恶心感，她明白他对自己的不在意、怠慢。

可是她喜欢他，想要留在他身边就必须接受另一些东西的存在。

吞掉夹杂着玻璃碴的巧克力蛋糕，满口血腥，忍着痛楚冲他绽放出微笑来。

江聿怀哑然，字字铿锵："以后不会再有了。"

"的确不会再有了。"迟喻颔首附和，"因为我们根本没有以后，我有时候会思考我在你这儿算什么，巴普洛夫的猫吗？招之即来，挥之即去，负责对着主人扮演讨喜的可爱角色。"

江聿怀垂眸看着她，骨节分明的手轻覆在她肩头，有把生锈的钝刀在躯体里刮着骨头："我可以对你发誓。"

迟喻极尽悲悯地和他对望："海誓山盟，当天有效，你教我的。"

刀被竖起重劈，骨裂的声音在江聿怀耳畔轰鸣。

迟喻继续说下去，她的视线模糊起来，再看不清面前这个人。

"我希望你能爱我，实际上你根本做不到。你根本学不会爱人，哪怕现在真的学会了，也和我没有任何关系了。我试图放下过你很多次，可每个要放弃的节点，你都恰如其分地出现，把我拯救，所以我对你说谢谢。别再难堪，放过我吧江聿怀，算我求你了，行吗？"

"那谁来放过我呢？"骨节发白，肩头终于开始受力，迟喻生平第一次看到江聿怀露出这种茫然无措的表情，他重复了一次，"谁又来放过我呢？"

眼底的泪争气地没有淌落，迟喻抓住他的手，一点点地从肩膀往下掰，新做的美甲没有半点儿锋利弧度，力道很大，抠红了都纹丝不动。

她深吸一口气，决然抛出个算不上问题的问题："那我说我很喜欢《一半是海水，一半是火焰》，这本书你有看过吗？能告诉我它讲了什么吗？如果你要说看到一半拉着我去睡觉的电影就不必开口了，它们的情节完全不同。"

江聿怀的沉默说明了一切。

沉默，死一般的沉默。

小区路口堵了车，鸣笛尖锐，有车主下车开始争论，邈远得像另一个世界的事情。

迟喻整理好情绪，粲然一笑："你看，你没有，但我听过你所有分享在社交平台的歌，搜过每个不知道出处的句子，我们本来就不对等，真要问凭什么，也该是由我来问。

"你给别的女孩子买东西这件事情，许多事和过去的经验都在告诉我，不至于的，你们什么都还没发生，我小时候你每年都给我打压岁钱、每个生日都精心选择礼物呢，可事实是这样吗？我站在妹妹的立场能接受，恋人的立场不行。

"你明明知道的，我们原本就没有第二条路可以走。"

肩头的手正一点点地松开来。

迟喻在所有的重量都抽离后，平静地同江聿怀讲了句："别再见。"

她径直往要去的超市走，熟悉的脚步声沉重地跟在身后，如影随形。

今天是周昼在沐城的倒数第二天，她的东西都已经寄走了，人住在民宿，迟喻约了她吃火锅，正有条不紊地采购食材。

江聿怀做不出开车跟踪的卑鄙事情来，他回到迟喻家楼下，坐到夕阳西下，慢吞吞地挑着骨头凑合拼好，每个关节都酸软地疼。

离开时，他拖着自己的影子，几次三番地回过头。

不会再有跟在他身后踩影子的女孩子了，踩影子带笑的人被他弄丢了。

迟喻离开沐城那天是个天高云淡的晴天，她在办理托运时莫名其妙地感觉到熟悉而炙热的注视。

她顺着细密如丝线般的目光看过去，遥遥对上一双潋滟的桃花眼。

江聿怀隔着往来熙熙攘攘的人潮看记忆中的女孩子。已经到了深秋，她穿着丝绒的长裙，背着双肩包，托运的行李箱尺寸很大，父母和朋友都绕在身边相送。

她周围的人很多，不再有自己的位置。

迟喻收回眼神，去和母亲相拥贴脸，转身前往安检通道。

清早的国际口没人排队，迟喻没有再回过头。

她买了头等舱窗边的座位，身旁没人，切换飞行模式前耳机里正好循环到张敬轩的《春秋》，于是干脆单曲循环。

两个半小时的航程，空姐为她倒了两杯红酒。

迟喻大部分时间都在看缥缈的云海，她拍了许多张满意的云。

开始下降前，迟喻摘掉耳机，歌词正循环到这一句：你没有共我踏过万里不够剧情延续故事。

一生所爱，到底白云外。

在东京读书的时间说快不快、讲慢不慢，是全新的环境，不缺钱在哪里都能过得还算开心。

留学生喜欢在节假日聚在一起玩，迟喻再想起江聿怀这个人，是在某场真心话大冒险的游戏局里。

她输了游戏，被问到"在上段恋情里最遗憾的是什么事"。

迟喻运气不太好，喝得微醺，酒杯里碎冰浮动在她眼底。她缓缓地答："我没追到他那会儿，曾经发誓说托福考到一百分就拉黑他。后来追到了又分手了，我直接拉黑了人，结果好家伙，托福真没考过够一百分，多少有点儿离谱。"

没人探索这话的真假，游戏而已，何必当真。

迟喻毕业后久居燕城。

工作繁忙，赶上金九银十负责校招，她天南海北地跑，某次出差晚上回家，发现家里停电了。

租房的地方离公司近，二十世纪八十年代的老破小，还是预付式电卡插卡充电，每次都要去物业缴费。

时间已经很晚了，怎么都来不及，十一假期，她室友出去旅游，偌大的房子里就她一个人。

迟喻开着手机电筒去找买蛋糕送的生日蜡烛照明，算着充电宝和笔记本的电量，预估能够撑到睡前，明早去缴费，不必特地收拾出门，最近的连锁酒店也得打车才到。

安顿好一切后，她给陶琼打语音打发时间。陶琼小心翼翼地提醒："你就不考虑去江聿怀那儿借宿一下吗？我上次给你寄东西，清理顺丰地址簿的时候发现，你现在的地址和江聿怀以前的地址好像离得很近？"

真正的洞若烛照，迟喻看了几秒钟烛火，才想起这茬事，确实是很近的。

在燕城动辄数十公里的衡量范围下，两公里不到的距离，实在可以忽略不计。

少女时代放不下的事情早已变得无足轻重，所以迟喻不管是选工作还是选房子时，都真的没想起过江聿怀。

原来已经是分开的第四年，离散的时间盖过交往的几倍，迟喻连江聿怀的相貌都渐渐模糊到忆不起。

于是，她笑着说："我不知道他有没有搬家，甚至不管你信不信，我会住到这里，完全没他的原因。"

她可能依然有江聿怀家的密码锁，那串是自己生日的数字。

两人住得相当近，但已不会再光临。

往事已矣。

时隔多年，江聿怀再度有机会见到迟喻，是在迟航的婚宴现场。

此前，迟航特地请他喝过酒，拍着肩膀安慰："你跟我妹谈恋爱，我一直觉得会是小姑娘吃亏难过，没想过到末尾伤神的反而是你。情况反正就是这个情况了,那是我亲妹,你是我亲兄弟,这杯酒我干了,你随意,婚宴爱来不来,心意我都领的。"

更久之前是康亦打电话和他道歉,提到了迟喻。

康亦讲那天吃饭,看到迟喻和朋友在等位,干脆招手拼桌一起吃。这两年看江聿怀这副生不如死的模样,康亦脑子短路,试探着提及:"江聿怀要结婚了,未婚妻笑起来有点儿像你。"

迟喻云淡风轻地回:"怎么会呢?无人像我。"

江聿怀沉默地听康亦道歉:"我以前觉得你跟她在一起的时候最开心,所以自作主张地帮你试探,是我错了,后来我有和她解释。"

"她……"唇齿间打转念不出名字的诅咒降临在江聿怀身上,他嘶哑地问,"怎么说?"

康亦清嗓子,模仿着迟喻的腔调:"没关系,这顿你请,服务员,加菜。"

倒是合小姑娘的性子,不怎么记仇,有仇当场就报。

江聿怀已经很久很久没有听到过她的消息了,迟喻消失得太彻底了。

公开的社交平台如微博、推特的更新频率不太高,江聿怀把月度合集翻遍,照片保存,然后就没有然后了。他打卡过所有迟喻涉足的地方,只是从未偶遇到她。

迟航和年少时的白月光结婚,新人出场前荧幕的第一行是个倒计时牌子。

一年一年地数下来,到第十四年,是婚纱照,令人羡慕。

迟喻当伴娘,穿着雪白的抹胸裙,娇俏可人。

这天,江聿怀回绝了许多人,滴酒不沾。

他留到了最后,宾客散尽,只剩下熟人留场收拾残局。

关灯离场时,他落后人群半步,走在迟喻身侧,低沉地说:"我送你。"

迟喻侧目，她的美瞳早已摘了，灯火幽微，难以看清江聿怀的表情，只是莞尔平和地应："算了，你不必再送。"

她一次头都没有回过。

又三年，公司年会。有人和迟喻搭讪碰杯，酒到微醺，对方忽然想起来些什么："我总算想起来自己到底在哪儿见过你了，你认识江聿怀对吧？"

"认识，不熟，是学妹。"迟喻笑答。

那人喝了不少，不依不饶地八卦。

迟喻垂眼回着暧昧对象的微信消息，随口敷衍了句："至多当年他投三分球，全场喝彩，我在其中。"

"仅此而已？"

"仅此而已。"

番外

没有如果

"你回来啦。"软糯清甜的少女音响彻在空荡的屋子里,玄关的感应灯配合着迟喻旧时录制的进门提示音亮起。

江聿怀对着虚空认真地回应:"我回来了。"

他机械地换鞋、洗手,任自己陷入沙发里,右手轻敲茶几上那只落单的兔子玩偶脑袋,接着点开微信,给置顶里昵称为"小公主"的微信号发消息。

Jyh:今天燕城奇热,大概是天气不好,代码不愿意跑,测试到现在才下班。

下一秒,他就得到了系统回应,冷冰冰的一行灰字"消息已发出,但被对方拒收",搭配着自己消息前的红色感叹号。

红、灰、黑,三种不同的色彩,占据了江聿怀和迟喻的聊天框。

房间里没开灯,仅手机屏幕泛着幽暗的光,照出江聿怀满目倦容。他熟稔地点开天气界面,右滑切到东京都,再点回微信,继续发着不会有人收到的消息:明天下暴雨,宝宝记得带伞。

人在爱而不得时的操作总相似。

陷入梦境之前,他发了最后一条:晚安,小汤圆。

很荒唐,从前暧昧和交往时总是有一搭没一搭地回消息,真等迟喻离开后,他反倒晨昏定省地单方面问候分享起日常生活。

这样的日子江聿怀已经持续了一年半,预计还会持续很久很久。

翌日,程茗和她老公回请大家。大前年他们结婚,江聿怀当伴郎时,他和迟喻还没在一起，上周两人的孩子摆周岁宴，是自己和迟喻分手的第 557 天。

不知从何时起，他所有的时间纬度都绕着迟喻计算。

"我就喝到这里，她不喜欢我断篇。"江聿怀放下啤酒瓶，视线没什么焦点，斑斓的霓虹火坠进狭长双眸，瞬息被漆黑汪洋吞噬。

桌上人都是从小玩到大的朋友，自然知晓江聿怀嘴里的"她"代指迟喻。

程茗却不肯轻易放过他，她笑着递来一瓶新开的啤酒，补刀道："你也有今天。"

这是程茗第四次和江聿怀讲这句话，每次都与迟喻挂钩。江聿怀仰头往自己嘴里灌酒，有点儿恍惚地想，或许在很久很久之前，自己就已经对迟喻心动了。

他首次和程茗提及迟喻的存在，是迟喻高中毕业吃散伙饭那天。下午回校打篮球偶遇，江聿怀刻意地打听了迟喻晚上在哪儿吃散伙饭，然后为自己订了间包厢，临时组局，才能那么"凑巧"地送她回家。

那时，他尚把一切归于对好友妹妹的爱屋及乌，意外地收到句表白，又险些因为小姑娘眼底浮光掠金太闪耀，而未能干脆回绝。

于是，他同程茗请教，怎么才能在拒绝女孩子后，让她不会伤心，前因后果就那么粗略地交代了一通。

程茗没教江聿怀该怎么做，她只是在语音那头笑了半天讲："你也有今天，拒绝人还反思上自己了，那当然是选择答应她了。而且聿怀啊，你知道吗？人是不会对不重要的人内疚的。"

然后是第二次，江聿怀在他们婚礼现场当伴郎，忙碌之中喘了口气，得空后立刻给迟喻发消息。程茗路过，打趣地讲："跟人报备呢？你也有今天。"

第三次是跟迟喻吃烧烤，被程茗撞了个正着。

最后是这次，每次都被程茗说准。

久违地喝到酩酊，江聿怀跟跄着脚步推开书房的门，灯光亮起，满墙的照片撞进眼帘。

少女穿着不太合身的水蓝色校服，笑容僵硬，这是他从一中官网上存下来的。指尖轻戳着带着婴儿肥的脸颊，仿佛还能感知到那种柔软的触感；旁边是他们的第一张"合照"，穿着红色百褶格裙的迟喻笑靥如花，右侧是自己跳起投篮的侧影，是分手后迟喻寄给他的恋爱遗物之一；然后是很多张合照，多是迟喻举着手机自拍的，他配合拍摄，被女孩子打印成拍立得贴，一式两份，迟喻还在时被江聿怀放在抽屉柜中，走了倒是挂满了墙。迟来的真心，何其讽刺……还有小半面墙都是迟喻的单人照，构图光影俱佳，出自江聿怀的单反相机，那会儿他其实挺喜欢拍她的。

手掌覆在迟喻赤足踩水、回眸冲自己粲然的一幕上，酒精麻痹着江聿怀的思维，旧事如恒河沙数般涌至眼前。

江聿怀第一次对迟喻这个人有深刻的印象，可以追溯到自己七八岁的时候，好兄弟迟航总是抱怨："我堂妹成天抢遥控器看古装剧，现在我是一点儿家庭地位也没有了。"

康亦听了气不过，为迟航出头，梗着脖子说："下次把你妹带出来，我教育教育她！"

"你敢。"迟航冲康亦肩膀就是一拳，"那是我宝贝妹妹。"

确实很宝贝。大家兄弟当了十来年，都没见过迟航带着人过来跟他们见过面，却把与她有关的事情都听了个七七八八。

后来，迟航出国读书，有拜托过江聿怀关照一下自己堂妹，他冷硬回绝了，想来一步错，步步都是错。

如果当时没那么自负，答应下来，会是怎样的场景呢？会给小姑娘抓许多她喜欢的库洛米玩偶，会成为她父母吵架后的联系对象，能在她无助的时候拉她进怀里，为她擦干眼泪。

而不是居高临下地坐在墙边看她痛哭，再后来几次照面时都视若无睹。

时至今日,江聿怀都并不知道自己是什么时候开始对迟喻动心的。他会在误以为女孩子早恋准备和人去酒店时匆忙违停下车阻拦,会认真地为她挑选生日礼物,也在每次看到她来问物理题的时候摒弃手头上所有事,先为她解答,连拒绝表白都惶恐她难过。

心底那团模糊的影子一直在游动,交际过后就再也没有消失过,直到变得色彩鲜活。

其实只要消失得足够久,让对方彻底死心,就能做到再无交集,江聿怀的分手和拒绝经验都极其丰富。

可惜没能做到,江聿怀仍在迟喻重要的考试节点忍不住问候,也有过几次点开迟喻的微信界面,会发现"对方正在输入中……",结局却是永远收不到消息。

女孩子那些若即若离的心绪,江聿怀其实都看在眼里,有七分的怜惜和三分的心疼,但自诩绝不是什么合格的交往对象。

挺长一段时间里,江聿怀都觉得迟喻该放下了,她读了本科,见到了更广阔的世界,可介怀的人反倒变成了他。

跟前任分手当天闲得无聊,他临时起意去给迟喻语音讲题,注意到了她语音频道下的小频道名字。

"全世界我最喜欢汤小圆啦"。

公开热烈的表白语句,是被迟喻认可的存在,江聿怀鬼使神差地截图,给迟航打语音,明牌讲:"汤小圆不会在网恋吧?"

迟航懒洋洋地回:"网恋就网恋呗。"

江聿怀被他吊儿郎当的态度激怒:"网线背后是人是鬼都不知道,你就这么当哥的?"

迟航笑着戏谑:"不是,你对我妹这么关心做什么?你对她有意思啊?"

江聿怀矢口否认:"我没有。"

迟航语气反而认真起来："你最好没有。她喜欢你，你不会看不出来，我这个妹妹其实挺辛苦的，她爹妈真就没一个合格的……"

那天，迟航讲了许多关于迟喻的事情，迟喻小时候性格倔强，却不得不被磨到圆润的冷静，减肥会直接绝食，对自己异常心狠。

"你不用给我面子，更不必因为除喜欢迟喻以外的任何原因和她交往，恋爱失败不是什么大事，她自己会调节，能从那么烂的原生家庭里爬出来，真做起事来还是果决的。"迟航这样总结迟喻。

后来发生的事情几度验证了迟航是对的。迟喻当真杀伐果断，她再没回过头，江聿怀尝试过用各种方式联系她，每次发送后该联系方式就会被拉黑或屏蔽。

他眼睁睁看着迟喻跟人"网恋"却无法阻止时，有股无名的怒火蹿上心头，无处发泄。但生气归生气，小女孩的礼物还是要送，怕她不收，托了迟航相送，那年的水晶八音盒是唯一没被退还的存在。

同迟喻交往之前，江聿怀曾有过漫长的自我拉扯，所以聊天时不时地单方面被中断。

他意识到自己或许喜欢迟喻时的第一反应是恐惧，碍于迟航的存在，更有种看着孩子长大的背德感。迟喻会出国这件事在多年前就被家人安排好，他们站不到彼此的前途里。

顾虑重重，他到底没有忍住在迟喻送上门时去触碰。

江聿怀取下那件挂着的冲锋衣，套在自己身上。成年后的体型较为健硕，冲锋衣显得不那么合身，他穿自己旧时的衣物，从上面汲取迟喻残存的气息和温暖。

迟喻是第一个入住过江聿怀家的伴侣，也是最后一个。家对于他来说是极特殊的场所，不容旁人侵占，只有迟喻是例外。看起来是江聿怀默许迟喻的一切行为，其实喜欢得极了，会在洗漱后把新换的情侣牙刷和她的摆整齐。

风流债欠得多，迟喻又乖巧懂事未曾提及，江聿怀便自顾自地认为迟喻不会计较，给异性网友买东西是建立在他问心无愧的基础上。他们交往前后，江聿怀自觉没有和任何人产生过情感纠葛。

但彻底分手那天，迟喻提到的事，确实无可辩驳。

那是个公开追求了自己很久的女孩子，甚至会在知乎回答的公开场合艾特自己，得不到回应也乐此不疲，被拉黑就寻死觅活。

跟迟喻吃烧烤那天，女孩子的朋友发消息过来，讲女孩子喝多了要跳护城河，除非江聿怀说喜欢她。他懒得再理，敷衍着回了：喜欢你，行了吧？要不你报警吧，我有女朋友了。

这四句是分着发送的，第一句被单独截出来，对方在第一时间发给了迟喻。

不想对曾经的暧昧对象造成伤害，于是将刀捅向心爱之人，罪无可恕。

这些时日，江聿怀反复咀嚼交往时的种种，看起来是迟喻爆发，实际上所有事早就开始变了，他没能察觉到，不知道迟喻曾经多少次踩灭燃烧的引线，作认同乖巧天真的模样来讨自己开心。

摧胸破肝的痛觉让江聿怀首次清明地认识到自己对迟喻的爱恋。

他对迟喻的爱是真的，但随性洒脱也是真的，漠视痛苦也是真的，连居高临下都是真的。

江聿怀自幼看到的爱就不神圣专一。他的概念里，真爱同样可以丑陋血腥，如父母那般在满地狼藉中拥吻再分离。

爱人的能力欠缺，多年来毫无长进。

追回沐城找迟喻时，江聿怀其实带了户口本，想信誓旦旦地说"你是我这辈子唯一想共度余生的对象，我会改正一切"。

可自觉不配。

又荒唐地不愿意接受现实。

酒醒后的人生还在继续，江聿怀用小号一遍遍地检索迟喻的社交账号，每逢假期就探索她旅游过的城市、打卡过的店，走她走过的路。

他在雨城的深夜里和她淋过同一场暴雨；在冲绳的海边写她的名字，又看着海水无情地将其抹去。

江聿怀立在东京涩谷，被称为世界上最繁华的十字路口边发了半晌的呆，密集的人流在红绿灯变换后从不同的方向涌动。

手指反复点击着大前年的一条语音消息，迟喻轻声哼唱着："如果命运能选择，十字街口你我踏出的每步更潇洒。"

烈日当空，诘责拷问着江聿怀，哪怕迟喻正在人群中，四通八达的道路，他又可否一眼望见？

他不该在此地，该回到过去，拉住十六岁的迟喻，带她躲进家门口的凤凰木下，努力不被命运找到。

然而时间不以人的意志为转移。

空对往事俯首称臣。

迟航的婚礼遇见过迟喻后，江聿怀开始频繁到病态地出席与迟喻有过交集者的新婚盛宴，惶惑地期许她会出现，却都未能如愿再遇。

中间，迟航试着游说过他几次，在江聿怀讲出"我看着她十六岁时候望向我的样子，很难接受她三十岁时不是我的妻子，我无法和她共度余生这件事"后，迟航直接扬手泼了他半瓶啤酒，质问他："有这种决心，那你当时干吗去了呢？车撞树上了想起来拐了？想得美，随便你接不接受，不行你去死。"

江聿怀揉了把脸，反问："我死那天她会在我身边吗？"

迟航气得转身就走。

再见迟喻的场景如梦似幻，互联网公司讲究团队精神，人事会带着新入职的同事过来走一圈混脸熟，每个区域挨个介绍。

"这是运维部的主管金晟，我们一般叫他晟哥……"人事小姐姐热络地讲着。

"晟哥好。"魂牵梦萦的声音倏地在耳畔炸开。

江聿怀猛地抬头,斜前方穿黑白套裙、笑容可亲的女孩子正在对人颔首致意,似是察觉到他的视线,她也看了过来,如水般清澈的杏眼浮出江聿怀的失神。

"这是……"

人事很快带着迟喻来到江聿怀这边,刚准备介绍,迟喻就盈然打断了她:"这个不用介绍。"

人事笑笑附和:"你们认识啊?"

江聿怀撑着桌子起身,尽可能平静地凝视迟喻。

冷场不超过三秒,迟喻粉唇开合,坦荡无比地回了句:"旧爱。"

江聿怀点头,喑哑地讲:"好久不见。"

大家都是明眼人,得是多旧、闹得多僵的旧爱,才能对彼此的生活一无所知,择业时见到颇感意外,只剩体面问候,没人会八卦他们来自讨没趣。

今年燕城的雨季提前,才入职的迟喻没在工位配伞,只好在公司门口,排队叫车。

"我送你?"江聿怀只消背影就能认出她,在她背后站了许久,才缓慢地开嗓。

暴雨夜,加班到近凌晨,显示的排队时长超过半小时,迟喻稍作迟疑便答:"好。"

车程不远,报过地址后,一路无话。

江聿怀想说的有许多,预设过千万次再见时该讲些什么,真到了这一瞬,如鲠在喉,他到底什么都没能讲出。

老旧小区没车位进不去,江聿怀停靠路边,不待迟喻拒绝,持伞下车,疾步绕至副驾驶座,迎着她下车。

离他们最近的路灯在半米开外,昏黄的光线被滂沱大雨隔绝,唯一的光源是迟喻明亮的眼睛。她的目光落在江聿怀握伞柄的左手上，那枚曾作为她生日礼物的情侣对戒还被江聿怀戴着。

"江聿怀。"迟喻轻声叫他名字，语调清冷疏离，"我十六岁第一次遇见你，二十一岁跟你交往，次年分手，现在我二十九岁了。十三年来多少事，不谈对错，过去的都已经过去了，别再为旧事执念深。"

惊雷轰鸣，闪电撕裂天际，照亮江聿怀苍白的脸庞，他薄唇翕动："我爱你。"

"知道了。"迟喻波澜不惊地回，"谢谢你送我回来。"

她转身就走，江聿怀撑伞跟上，为她挡雨，又沉默地跟着闪进了门洞。

感应灯将楼道映得发灰，空气里浮动着雨天特有的咸腥，低头能看到他的影子覆过迟喻的，如同一人。

这一幕曾经出现过许多次，那时两人租的也都是步梯房，楼梯间被业主堆砌杂物，十分狭仄，只能一前一后地上楼。

如今的楼道倒是宽阔，但江聿怀已经没有任何理由跟上来与迟喻并肩，迟喻也绝不会停下等他。

几天后，江聿怀在桌上看到了一只华丽漂亮的水晶八音盒。他假借迟航之手送给迟喻的二十一岁生日礼物，越过九年的时空，终于物归原主。

产品部与运维部鲜有直接对接的项目，江聿怀只能在去茶水间的时候路过，匆忙又刻意地扫过去一眼。

迟喻的工位靠窗边，他往往只能看到一个逆光的侧影。

又半年，雪花在寒风中翩跹，烧烤店内温暖如春。

顶着毛茸茸的帽子的迟喻搓着手从厚重的棉门挡里闪进来，为她撑门挡的是个高大英俊的青年。

江聿怀下意识地埋头隐匿自己的存在，对坐的朋友莫名其妙地瞅着他。

迟喻坐在塑料隔断的另一边，时间已经很晚了，天不好，店里人不太多，以至于能听见别人正常音量的交谈内容。

"你辞职以后有什么规划？"男声温润。

"近的肯定是先回家过年，远点儿就写完MBA（工商管理硕士）毕业论文，顺利毕业，然后滚回沐城，住进海景房，看看能不能找个轻松又高薪的工作。有本事就自己赚够钱开烘焙店躺平，没本事就问家里要钱，反正我一个人吃饱，全家不饿。"迟喻爽朗地应答。

"小心烫……那你烘焙店需要股东之类的吗？不管是投资还是技术入股都行，可以为你提供写程序、分析客户群体这种业务的。"

迟喻该是在吃东西，含混不清地讲："不了不了，我可雇不起年薪百万的人。"

"汤圆圆。"青年忽地肃然，"有没有一种可能，我现在是在跟你讨要除男朋友外的另一种身份。"

迟喻顿了半拍："为我离开燕城，值得吗？"

"值得啊。"青年斩钉截铁地回。

后来他们说了些什么，江聿怀没能听清，血液里有什么在翻涌，耳鸣得厉害，只能听见自己牙关打战时发出的战栗声。他想起多年前，和迟喻还在交往的时候，女孩子窝在他怀里碎碎念："我这一生没什么大志向，以后想开家甜品店，睡到自然醒，抱着猫等你下班。"

平淡快乐的幸福。

而这家烧烤店，正是九年前和迟喻确定关系那夜，他们吃的那一家。

曾欠她的，后来人都有尽心尽力地做到。

朋友愕然地看着素来倨傲的江聿怀眼尾薄红难掩，慌乱地把纸巾盒推至他面前。

"让我们祝贺江聿怀先生和迟喻女士结束了长达九年的爱情长跑，终于在今天踏入新婚殿堂……"

江聿怀垂眼，穿粉红婚纱的迟喻娇俏可人，即将吻上迟喻的前一秒，溺水般的窒息感将他从梦境中拖回现实。

足量的助眠药并没有予以江聿怀长夜好眠，他竭力平复着呼吸，点开迟航的朋友圈，下滑找到那张迟航帮忙转发的电子请柬。

婚期是今天，新娘迟喻，新郎的名字因为氤氲水雾阻挡视线而变得不可辨。

江聿怀迫切地想听到迟喻的声响，来证明自己尚存一息，他按开音响，播放刻录好的CD。

迟喻用不标准的粤语唱着《富士山下》的高潮部分："谁能仅凭爱意要富士山私有，何不把悲哀感觉假设是来自你虚构。"

这天，江聿怀在玄关处重复了无数次进门又出门的动作，靠着电子音兢兢业业地复述"你回来啦"模拟与迟喻对话，竭力安抚自己。

直到机器过热烧坏，再不能给他任何应答。

后记

我需要在前往异国的航程中直面过去，飞机上没有无线网，合眼单曲循环起张敬轩的《春秋》，男声低回婉转地唱："若自觉这叫痛苦未免过分容易，我没有被你改写一生，怎配有心事。"

苦情歌总让人不可避免地回忆起曾经，我努力翻检着暗恋与恋爱的经历，试图找寻出哪里可以做得更好些，让彼此不至于走到今天这个地步，但一无所获。因为实在太喜欢了，所以小心翼翼，话到嘴边都要犹豫三秒，根本无可更正。

飞行广播播放至"现在坐在机翼右侧的乘客可以看到富士山"时，我才睁眼，隔着层云看覆雪的山顶，直到那一刻，我终于真切地意识到都结束了。

我开始在异国他乡独自生活学习，认识了新的朋友，多少辗转反侧、痛彻心扉，都是旧事而已。

可生活中总有些东西在不经意地提醒我，比如说输入法的习惯，又比如在给单反相机清理存储卡时，发现许多没有发布在公开社交平台的照片，思索后才想起，当初是拍给某人看的。

后来，我们其实意外地见过一回，在朋友组的饭局上，桌上聊得尴尬，他问我："在东京过得怎么样？"

我潦草而敷衍地回答："还行。"

那顿饭谁都吃得不顺心，一场相见，真不如不见。

最后散场，我和他一起过天桥。走到岔路口时，他跟我说自己的车停在左边,我讲我往右走十五分钟就到家了,不必绕路送。

他在我身后叮嘱我:"过马路时注意看车。"

我没讲话,也没回头。那样喜欢过某个人,花了那么多时间贴近,难以举重若轻地放下。

其实得到过三两次示好的台阶,可我迈不开步,或许人这一生需要不断地妥协才能达到幸福,面面俱到的圆满并不存在,但二十出头的我不愿意屈就,不希望让十几岁的自己失望。

又两年,我收到朋友的婚礼请束,因为不敢确认他是否也会出席,所以到婚礼前一天才决定了自己礼到人不到,于是有了书名为《或在同伴新婚盛宴》的构想,其实后半句是首耳熟能详的粤语歌词"惶惑地等你出现"。

在此之前,我其实写过许多故事,人设各异,但未曾触碰过暗恋题材。

备忘录和日记本中的少女心事始终雪藏,直到几年后什么都已过去,当初那位的模样在记忆里模糊不清,方觉我的记忆力也并没有想象中那样好。

故事里许多地点和天气都曾真实存在,但时至今日,我唯一遗憾的是托福成绩真的没能考过一百分,虽然我已经不再需要靠语言成绩单来佐证自己。

暗恋故事总是千回百转,各有相似,结局自然可以被选择性地美化。提笔反复,起初我心平气和地认为故事应当加以粉饰,让女主暗恋成真也未尝不可,现实如此难堪,故事总该有个童话结局。

但冬日里拥着被子在床上写作,笔记本电脑休屏时,我透过日光下的黑屏与自己对视,觉得自己应当诚实。

于是有了迟喻,她有青春期的迷茫,有不那么幸福的原生家庭,花了多年所爱非良人,凭借自己能杀出重围的女主角,我没有迟喻那般优秀洒脱，可隔着浩荡岁月，也终于完成了自我和解。

二十六岁的我选择对二十岁的往昔坦然以待。

付出过真心的人永远不必说抱歉，尽兴就好。

祝大家得偿所愿，万事顺遂。

巧克力流心团 2024 年 8 月 10 日夜